體育時期

【上學期】

時期

P. E. PERIOD

（劇場版）

董啟章

當代名家·董啓章作品集7

體育時期 （劇場版）【上學期】

2013年9月初版　　　　　　　　　　　　　　　　　定價：新臺幣300元
有著作權·翻印必究
Printed in Taiwan.

著　　者	董　啓　章
發 行 人	林　載　爵

出　版　者	聯 經 出 版 事 業 股 份 有 限 公 司	叢書主編	胡　金　倫
地　　址	台 北 市 基 隆 路 一 段 1 8 0 號 4 樓	校　　對	吳　美　滿
編輯部地址	台 北 市 基 隆 路 一 段 1 8 0 號 4 樓	封面設計	許　晉　維
叢書主編電話	(0 2) 8 7 8 7 6 2 4 2 轉 2 0 3		
台北聯經書房	台 北 市 新 生 南 路 三 段 9 4 號		
電　　話：	(0 2) 2 3 6 2 0 3 0 8		
台中分公司：	台 中 市 健 行 路 3 2 1 號		
暨門市電話：	(0 4) 2 2 3 7 1 2 3 4 e x t . 5		
郵 政 劃 撥 帳 戶 第 0 1 0 0 5 5 9 - 3 號			
郵 撥 電 話：	(0 2) 2 3 6 2 0 3 0 8		
印　刷　者	世 和 印 製 企 業 有 限 公 司		
總　經　銷	聯 合 發 行 股 份 有 限 公 司		
發　行　所：	新 北 市 新 店 區 寶 橋 路 2 3 5 巷 6 弄 6 號 2 樓		
電　　話：	(0 2) 2 9 1 7 8 0 2 2		

行政院新聞局出版事業登記證局版臺業字第0130號

本書如有缺頁，破損，倒裝請寄回台北聯經書房更換。　　ISBN　978-957-08-4247-0 (平裝)
聯經網址：www.linkingbooks.com.tw
電子信箱：linking@udngroup.com

國家圖書館出版品預行編目資料

體育時期（劇場版）【上學期】/董啓章著 .
　初版 . 臺北市 . 聯經 . 2013年9月（民102年）. 288面 .
14.8×21公分（當代名家·董啓章作品集7）

　　ISBN　978-957-08-4247-0（平裝）

857.7　　　　　　　　　　　　　　　102015593

【目次】

Deus ex machina
──劇場人物與小說機器（代序）

貝貝、不是蘋果：

你們別來無恙吧！寫這封信給你們的時候，《體育時期》正第二次搬上舞台。跟六年前一樣，是同一位導演。所以，他也是你們的知音人吧。飾演你們的演員，卻不是六年前的那兩位了。換了兩位演員，你們在舞台上又出現了不同的形象和質感。但無論如何，你們還是我當初心中的貝貝和不是蘋果，永遠不會改變。每一次被演繹，你們只會變得更豐富，更接近真實。

但是，你們不是本來就是真實的嗎？縱使一直有人覺得，我作為一個寫小說的人，筆下的人物不夠「有血有肉」，不夠「栩栩如真」，甚至直截了當地說，很假。我唯有辯解說，那不是能力問題，而完全只是因為，我對甚麼是人物，有我自己非常執迷的一套；我對何謂真和假，也有非常自我的理解。自我到一個程度，很可能根本不會被別人理解和接受。

鋼琴是個很假的樂器，極度人工化和機械化，但沒有人會覺得由優秀的鋼琴家演奏偉大的鋼琴曲很假。巴哈的賦格曲極度數理化，儼如一座結構工整的教堂，但沒有人會說巴哈很假。只有天籟是全然自然的，人籟就是人為，就是造作。藝術是人為事物之一種，雖然有渾然天成的高遠目標，但畢竟是假。縱使是模仿自然，也只是自然的模仿。所以柏拉圖貶抑藝術家並不是沒有道理的。

但依然有人會覺得這樣的假是很真的。有人會為這樣的假而困

惑，而流淚，而振奮，而低落。人類就是有這樣的缺憾（還是優點？）——會沉迷於自己創造的玩偶，愛上自己創造的假面。Pygmalion 是所有藝術家的原型。能夠弄假成真，是人之為人的其中一項不可或缺的特質。這是一切想像的泉源。但弄假成真的最迷人之處，不是把假的錯以為是真的——這很可能只是單純的容易受騙或者精神錯亂——而是縱使明知那是假的，卻還能相信它的真實性。柯勒律治說得最為精妙而冷峻：Suspension of disbelief，暫停不相信。那就是想像世界的真理。先不信，才能信。

問題是，我的「暫停不相信」已經延續了很長的時間，以至於我已經不可能停止去「暫停不相信」，也即是反過來說，我已經不可能相信你們不存在了。想像的機器已經啟動了，而且沒法停下來。於是，在一部小說結束之後，你們又在另一部小說裡重生。貝貝變成了栩栩，變成了恩恩，變成了啞瓷，變成了維真尼亞，變成了阿芝，變成了知恩；不是蘋果繼續以不是蘋果、正、Apple、中、不二蘋果的變相出現。你們已經成為了我的小說的 DNA 雙螺旋結構，通過互相結合而衍生無窮的生命。這就是人物作為物種的演化方式，或者靈魂在小說機體裡的輪迴過程。

我認為長篇小說是一部機器，一部非常複雜，但卻漂亮無比、威力無窮的機器。而人物，就是這部機器的製造物。但這製造物不是一件沒有生命的死物，它是有靈魂的軀殼，ghost in the shell。這是我對「有血有肉」的理解。第一個「有血有肉」的人物應該是潘朵拉——Pandora，all-gifted 的意思。她是宙斯製造出來的人偶，作為「禮物」送給人類，但其實是天神報復人類的工具。她帶來人間的甕子其實是她自己的象徵。潘朵拉是個器皿，她盛載著天神所有的邪惡願望。也可以說，她是個人肉炸彈。所有的人物，或多或少也繼承了這樣的特質。

不過天神不一定為人類帶來惡運，有時也會帶來及時的解救。

在希臘戲劇裡，有所謂apò mēkhanés theós，拉丁文叫做deus ex machina，譯成中文是「從機器來的神」，意指在一齣戲的結尾，以天神的突然介入來解決一切難題。這個用語原本是對無法按劇情的內在邏輯收結的壞劇本的批評。在那時候的劇場裡，扮演天神的演員通常藉由機械吊臂從天而降。所謂奇蹟大概就是這樣一回事。那是人力失效的時候的唯一寄望。可是，如果機器本身就是人為物，那「從機器來的神」也只是人自己生產出來的假象吧。然而正如我們對「有血有肉」的人物的不信而信，我們對「從機器來的神」是否也可以產生相同的「信仰」呢？Ghost in the shell和god from the machine其實可能是同一回事。

對我來說，你們不單是「軀殼裡的靈魂」，也是「從機器來的神」。我是你們的作者，我給了你們形體和生命，也讓你們把那盛滿各種不幸和煩惱的甕子帶到人間。但我不是神，我只是你們的崇拜者。你們才是值得相信的。我的任務只是繼續建造小說這台機器，讓你們一次又一次地回到人間。而一個龐大的長篇小說機器，足以造成一次大規模的神的降臨。

你們會說：我們也不是神啊！我們只是很普通的人物。是的，「有血有肉」的就必定不是神，正如「栩栩如真」的就必定是假。「血肉」和「如真」是互相違背的，但也可以是互為表裡的。也許這兩個狀態只有在劇場裡才能並存──通過「有血有肉」的演員去演繹「栩栩如真」的人物。以真作假，弄假成真。這就是文學和劇場之間的祕密通道。

但既然有劇場裡的文學，也就肯定有文學裡的劇場。就如費南度‧佩索亞的偉大創舉──把自己的心化為舞台，讓人物在上面進出。我也希望能搭建這樣的一座舞台，讓你們繼續演出，無論它是一條未曾建好的天橋，還是一個已成廢墟的體育館。而我有時也會忍不住粉墨登場，不過我會戴著那叫做「黑」的假面（persona），

作為一個人物進入你們的世界。在那裡我們會再次相遇，作為對等的人物，有著「如真」的「血肉」，相知，相交，相搏，相守。

而如果在所謂的真實世界裡，有人覺得自己就是貝貝或者不是蘋果，又或者我遇到我覺得就是貝貝或者不是蘋果的人，那表示deus ex machina的奇蹟真的出現了。

不信嗎？這你就可以相信了。

黑騎士

2013年3月12日

《體育時期》「劇場版」出版說明

　　《體育時期》於2003年由香港的蟻窩出版社首次出版，其後於2004年由台灣的高談文化出版台灣版，其中把部分廣東話原文改為書面語。2010年，這部小說又由中國大陸的作家出版社印行了簡體字版，文本跟台灣版相同。現在重新由台灣聯經出版社推出的版本，文本續用2004年的台灣版，並加入了兩次在香港改編為舞台演出的內容，所以稱為「劇場版」。

　　《體育時期》於2007年由7A班戲劇組第一次改編成舞台演出，導演是譚孔文，當時稱為《體育時期。青春。歌。劇》，內容涵蓋小說「上學期」部分。2013年由浪人劇場再次搬上舞台，導演依然是譚孔文，劇名為《體育時期2.0》，並定位為「文學音樂劇場」。

　　現在的《體育時期》「劇場版」小說，加入了和兩次演出有關的材料，希望從另一個角度呈現文學和劇場互動的可能性。這些材料包括兩次演出的製作資料、導演及原作者的演前話和演後感想、創作者對談記錄、評論文章和劇中歌曲的歌詞等，分別附錄在上、下學期正文的前後，或加插在章節之間，可與小說正文同步閱讀，或者先行略過，悉隨尊便。

2007年演出資料

創作及製作人員

原著	董啟章
監製	林沛力
改編、導演及舞台設計	譚孔文
製作經理及舞台監督	黃詠詩
改編	王敏豪
執行舞台監督	阮詩敏
作曲及音樂總監	劉穎途
助理舞台監督	馮鎮宇
填詞	許少榮
服裝助理	馮詩雅
服裝設計	溫俊詩
道具製作	陳詩歷、劉肇珊、莊詠楓、陳重因、曾昭文
燈光設計	甄麗嫦
鏡像設計	吳小肥
道具助理	張嘉尹
形體指導	何翠亮
錄像控制員	陳銘麟
音響控制員	李啟亨
音響控制員助理	陳詠杰
宣傳攝影	張志偉

宣傳設計	譚孔文、譚卓文
演員	林碧芝、莫嘉紋、王君傑、鄧耀興、 鄧智堅、周家輝、黃曉初、張志敏、 任碧琪、羅松堅

演出時間：2007年8月31日—9月1日，晚上7時45分

2007年9月1日，下午2時45分

演出地點：香港藝術中心壽臣劇院

演出3場

7A班戲劇組製作

青年作為方法

　　對不起，起這樣的一個題目，聽起來硬邦邦的，而且有歐化語法之嫌。另外的選擇是：青年作為模式，或者，青年作為反模式。要不，就是：青年作為狀態。同樣硬邦邦的。我們通常傾向認為，青年是一種體驗，是一個混雜著熱血和傷感的階段。又或者，我們更經常會用「青春」一詞。那顯得更富生命力。但我還是避免用帶點煽情的「青春」，而選擇比較中性的「青年」。

　　我一直在寫「青年」，這是很明顯的事實。在《體育時期》之前已經如是，往後的《天工開物・栩栩如真》和《時間繁史・啞瓷之光》不但有所延續，而且是越走越深了。寫「青年」容易引來某些質疑，比如說自我沉溺（如果是寫自己的成長）、青春崇拜（一種可疑的意識形態）、流連夢幻（一種幼稚病）、懷緬舊事（如果作者的年紀已漸離青年期），也會被形容為「拒絕成長」。「拒絕成長」意味著一種一廂情願的自我美化，過度的自我珍視，和對現實世界的無知和卻步，是一種軟弱的、沒有志氣的表現。當然，也不乏有人拿「拒絕成長」來自我標榜。於是自我這一代開始，出現了不少「老少女」、「老少年」或「後青年」。總之，「青年」讓人聯想到自我中心、視野狹窄、見識淺薄、牙痛文學、肚臍眼思維。有趣的是，在通俗的意象系統裡，「青年」又同時是反叛和野性的代名詞。無論是前者還是後者，我認為也是對於「青年」的偏見和簡化。

　　於是，我還是想為一眾「老少女」、「老少年」和「後青年」

說幾句話。我想,至少在文化藝術的範疇裡,有這種意識的朋友們其實不是知無,也絕不是退縮,而是有意以「青年」作為審視和對抗整個所謂「成年」的政治、經濟和社會體制的立足點。(這不同於籠統的、原始本能式的「反叛」。)這種「青年書寫」(無論是文學還是其他藝術媒體)在批判性之餘,也同時是富有自覺性和反思性的。大家或多或少也會抱持「青年作為方法」的態度。但在理性運用的同時,也難免同時流露出殘餘的或是重燃的青春的熱情和稚氣。這種混雜是必然的,也是必要的。因為「青年書寫」不單是「寫關於青年的題材」,而同時必須是「從青年的視點去寫」。前者可能是帶有距離的、宏觀的、廣角鏡式的,後者則是親密的、切身的、微觀的、大特寫式的。「青年」既是「方法」,也是「體驗」。因為有「方法」,「體驗」也就不會流於沉溺、濫情和混沌;因為有「體驗」,「方法」就不會變得冰冷、機械和霸道。如此這般的雙重性,就是所有「老少女」、「老少年」和「後青年」們的精神特徵。

把《體育時期》搬上舞台的7A班諸位,雖然都比我年輕,但也不能算是狹義的青年了。我是帶著上述的期許去看他們的改編和演繹的。

(原刊於《體育時期。青春。歌。劇》〔2007〕演出場刊)

不是導演的話

　　作為導演，我要說的話都已經花在演出上的每分每秒，所以，導演在這裡「說話」，永遠是多餘的。但，作為「7字頭人」，作為「劇場攪事者」，和作為「初信基督徒」的我卻有話說。所以，容我的「分身」借此空間和大家分享一些事，一些情。

1、作為「7字頭人」

　　在演出前三個月的一個星期日，我與一班演員和同事們到赤柱作戶外演出。之前有同事告訴我，原先商場允許借用的有蓋露天劇場正進行裝修，不能使用，我們將要到一處較偏遠和人流較少的露天位置演出，那本是無可奈何之事，誰知當我們到達後，內裡一個工程也沒有，卻有一條基金投資公司的Banner掛在劇場內相當顯眼的位置。因為當時是星期日，你永遠不會找到商場的負責人與他們交涉，當時我見有三數名身穿整齊行政服的青年坐在Counter時，我立刻上前與他們商討，希望可以用回部分露天劇場，可是青年們不停說公司是經過正式程序申請，並已付款，又不斷提到「這是商業社會，無可厚非」，那一刻，我望著那群青年，覺得自己變「年輕」了，相反，那幾個青年卻比我「老了」許多。

2、作為「劇場攪事者」

　　記得還未畢業的時候，有一位設計師僱用了我，負責設計及製作一個芭蕾舞劇的道具，並有機會與一位從英國來且富經驗的道具

師合作。那一年的暑假，我每天從早上十時到下午六時，都在火炭一個被棄置的工場內和這位「伯伯」一起工作。記得「伯伯」每天早上總會親自煲一壺咖啡，之後便扭開收音機聽BBC新聞，那個空間漸漸充斥著淡淡的咖啡香味和濃濃的英國口音，曾經有一刻，我望出窗口，以為自己不是在火炭，而是在蘇格蘭一處小鎮的工場內！原來專注做自己想做的事，可以是這樣美妙，一切都那麼單純和直接。然後，這麼多年後，我一直希望再次進入那幅心中的圖畫，直到今天排練《體育時期》，當每次進入排練室，面對演員及所有共事的朋友，又令我重新拾回那種感受，而我是多麼希望這份感覺能延續下去呢。

3、作為「初信基督徒」

八月中的星期日，我到教會參加崇拜，期間唱了一首聖詩〈My Soul, Be Still〉，當司琴彈奏時，旋律竟是似曾相識的，原來那是我中學的校歌！隨著琴聲，教堂那一刻已在我腦內成為學校禮堂，四周的會友都變成曾經要好的同學，而我最記得歌詞的最後兩句：

> In work and play, at school, at home, and always,
> In all we do, we'll seek Integritas.

Integritas據說原文是拉丁文，成為校訓則譯為「誠正達仁」，即誠實、正義、豁達和仁慈的意思。我一直都帶著這樣的心來面對自己和別人。

三年前，當我看完董啟章先生的《體育時期》之後，一直希望將它改編成為劇場的演出，直至一年前，我才冒昧地向董先生提出這個建議，在此，我想再次感謝他對我們的信任。最後我想將這個

演出送給每一位曾令我感到青春的人和仍然以劇場表達自己為己任的「同道人」。

願　與林檎同在。

劇場浪人

譚孔文

Aria: P.E.—期待

時間自白

語言暴亂～超倫溯妓ㄓ砝戳辦鑼ㄜㄌ斃　〈〈

復合

出演絕拒

妄想

Aria: Period—期限

by體育系

作曲、作詞、主唱、電結他：不是蘋果、貝貝

低音結他：弱男

鼓：智美；鍵盤：色色

【上學期】

Aria：P.E.—期待

曲：不是蘋果　　詞／聲：貝貝

青春一切
並不殘酷
也不空虛
只是無用

當無用結束
有用並不開始
如果欠缺熱情
只要向著變冷的雙手呵氣

任務

曲／詞／聲：不是蘋果

生存在世上總有一個任務
當首長總裁乞丐或其他
胸口接上紅色電結他
把招搖而過的房車彈成火球

也不過因為愛你
不忍看見囚禁和掠奪的意象
也不過因為愛你
望著揚長而去的車尾燈流淚
非不得已　　用我眼瞳中僅餘的火燄
把倒後鏡中的霓虹光管引爆

想抽菸卻划不著火柴
就心知不妙
心裡已經預見明早報紙上的交通意外
給瘋禽症的頭條壓在左邊角落
右邊有高官在平治房車裡露出的笑
隨時掉落

在深夜的路邊燒報紙或大學用書
BMW掠過刮起滿天的灰

在黯藍的夜空中像蝙蝠般飄忽
沿港灣的公路上排滿長長一列美豔火球

也不過因為愛你
不忍看見囚禁和掠奪的意象
也不過因為愛你
望著揚長而去的車尾燈痛哭
非不得已　　用我胸中僅餘的火燄
把後窗玻璃上的夏日大三角引爆

自此我接受了
自己生存在世上的任務

任務

　　想來必定是那個女孩給推倒在地上時露出那迷你潔白網球裙下面的深藍P.E.褲的景象和她那雙修長光脫的腿在空中發狂亂蹬的姿態，令貝貝產生了微妙的，來自久遠之前的，深埋在身體的記憶裡的共同羞辱感。那看似是一個強暴的場面，雖然首先發難的其實是那個女孩，而且被襲擊的一方並沒有怎樣動粗，只是同行的人一擁而上把女孩扯開，並在混亂的制伏行動中無可避免地把女孩推按在地上而已。一行人中似乎只有貝貝一個站著不動，瞪著眼看著女孩痛苦地掙扎著，口裡吼著貝貝聽不太慣的粗話，後來女孩實在是無力推開壓著她的人堆了，聲音就開始尖銳成近乎無實質的嘶泣，好像在電結他的高音弦上勾出來的顫音一樣，穿著簇新白網球鞋和小白襪的雙腳卻依然心深不忿地在木板地上擊出一下一下的重捶鼓。貝貝也不知道自己有沒有尖叫，不過就算表面上沒有，她也覺得好像事實上已經叫出來了，和著那女孩的喉音給叫出來了。就像久遠之前的那一次，在學校的更衣室內，她沒有出聲，卻讓另一個女孩把她心裡的尖叫給叫出來。但眼前這次令貝貝最感震動的，是在驚惶失措的同時，她竟然隱隱享受到一種閃爍的光芒。是享受到沒錯，不單是感受到。縱使這可能是令人懼怕的光芒，是要刺痛雙眼的，是要以羞辱和極度的不安作為前提的光芒。女孩的白裙、白鞋和白腿變成了一團光，蓋過了那沉沉的黑洞一樣的P.E.褲，貝貝就覺得自己的下身一陣涼，像初中時期深秋的體育課後，雙腿滲滿運動後的酸性汗水暴露在穿過操場排球網洞襲來的風中，那種忽然湧起無處躲藏的羞澀感的徬徨。那薄薄的、貼著下身的、卻沉沉如鉛

的小褲子。和內裡來得措手不及的濕和腥。然後突然又化為一陣焦灼的熱，從身體的深處燃燒出來。

直到卡拉OK的經理推門衝進來，喝令侍應們把女孩抬出去，貝貝才不忍卒睹地闔上眼。女孩那雙腿在貝貝閉黑的視景內燒出兩道光痕。貝貝在人聲噪動的背景中，聽到房間內正在播放著剛才選定了的一首流行曲的配樂。房中居然有人還有興致和著音樂哼了幾句。

腿的那種白，把褲的深藍映成了黑。那是比黑更黑的深藍，是成績表上藍墨水的印漬，帶有霉霉的味，化開而且滲透性的，不易洗淨的顏色。貝貝一直不明白，為甚麼女子排球褲會成為具有普遍適用性的P.E.褲。貝貝本來是喜歡打排球的，她不介意皮球擊打在手腕上那種疼痛和因此留下來的藍青色瘀痕，她反而是盡情地去享受這種痛感。可是因為身材生得較矮，升上中三之後就知道自己是沒有資格參加排球隊的了。有時摸摸手腕，也會懷念那種徹骨的觸覺。卡拉OK的事件之後，在白網球裙下面穿深藍P.E.褲的女孩在貝貝的心中徘徊不去，像一個從久違的記憶中走出來的影子一樣，模糊但卻巨大。貝貝嘗試去尋回那種無以名狀的感覺。當晚回到宿舍，就立刻在衣服堆中尋找去年修體育課時還在穿的P.E.褲。起先貝貝對大學還要修體育，而且還規定要穿P.E.褲，感到很討厭。試想想，對一般愛嬌的大學女生而言，換下了入時的衣著，臉上還塗滿化妝和美白護膚品，甩著染成又紅又金的負離子直髮，卻被迫穿著中學式的P.E.褲在運動場上跑來跑去，樣子不是有點可笑嗎？她有些預科舊同學，還真的因為這間大學的這個規定而考慮選另外的大學。不過，大學時代的貝貝，並不屬於特別愛嬌的女生，對必修體育和規定穿P.E.褲一事，除了感到輕微的厭煩，已經對這樣的事情沒有特別的深刻的感受了。這已經是個沒有質感的經驗，甚或是稱不上一個經驗，而只是一件為學分而做的例行公事。可是，當貝

貝再度捏著深藍褲子，和當晚在卡拉 OK 中目睹的情況對照起來，那種奇異的質感竟又回來了。不知是哪一天開始，P.E. 褲把某些隱微的東西暴露在別人的目光之中，尤其是男同學的目光，和中二時候教體育科的郭 Sir 眼中。那是突然發生的狀況，事前沒有預告，事後也沒有解釋。那比穿上泳衣更令人自覺著赤裸，雖然布料的厚薄和面積的大小也在在說明著相反的結論。貝貝想，那會是因為游泳池所造成的差別嗎？是因為游泳池是個相對隔絕的場所，是個脫離日常狀態的地方，所以一切非日常的裝束也因而得到合理化嗎？而 P.E. 褲呢？操場、走廊，不就是平時接觸的地方？早會的時候大家還穿整齊的校服，上體育課時卻只剩下那薄薄的一幅藍料子。大腿的肥瘦長短，也都無從掩飾了吧。想到這裡，貝貝也為著這番謬論而偷笑了。有誰會想到這些呢？當時難道真的會想到這些嗎？突然，她淺淺泛起的笑又迅即退卻，胃部湧起一種窒悶感，好像是有些東西卡住了說不出來，當時不能，現在也不能。理解是多麼的無力，或者，事情根本不值得多加理解。

在裙子裡穿 P.E. 褲打底，曾經是貝貝初中時代的習慣。很多女同學也是這樣做，因為方便穿著校服裙打球和盤腿坐在地上。貝貝想，其實真正的原因，可能是源自那個階段的一種不安感。她必須得到 P.E. 褲那種緊束的感覺，好像它能遏止正在無法控制地變化和增生的身體。就像同學小宜偷偷告訴過她一種方法，就是在睡覺的時候用毛巾綁束著自己的胸部，可以有效地防止它脹大。當然，那很痛，小宜補充說。貝貝試過這個方法，但一點用處也沒有。胸部還是像破土而出的苗一樣，無可阻擋。可是貝貝至少感到，小宜和她分享了這種不知為甚麼會突然變成了另一個自己的恐怖。也許，就是這一點使她和小宜成為朋友。後來校方禁止了在校服裙裡穿 P.E. 褲的舉措，說是有損儀容。貝貝還記得，那次訓導主任來到班中，命令全部女同學站起來，然後逐個用間尺撩起校服裙來檢查。

窗外有男生偷看，有一個沒有違規的女生哭起來，貝貝、小宜和幾個同學給逮個正著，被押解到洗手間脫褲子，出來還要向訓導主任出示P.E.褲。她清楚記得，訓導主任Miss馮拿著她的P.E.褲在手中捏來捏去的樣子，好像在檢查布料下面有沒有藏著甚麼東西似的。褲子當時還是暖的吧。這就像捏在自己的皮膚上一樣，給盡情地淫辱著的感覺。貝貝的身子像被火燒一樣，她從洗手間的鏡子中別過臉。以後上體育課穿P.E.褲，也就殘留下這種差辱的溫度。

她好像明白了甚麼。

那天晚上韋教授請了他的研究院學生去卡拉OK玩。貝貝不是他的學生，但因為她的男朋友政，她也跟著去了。她常常聽政談到他的老師，所以也好奇想去見見他。韋教授一見政帶了女朋友來，就取笑了他兩句，不忘細心問了貝貝的班級和學院之類的背景，又說，下個學年選我的科嗎？不過你到時要小心點！我不會因為你是政的女朋友而手下留情啊！貝貝的主修科是文學，本來對韋教授的文化研究興趣不大，但經他這麼一說，竟又有點心動。但她搞不通那句普通的說話裡究竟有甚麼魔力。正如這個人的外表，只是普通中年男人一個，額角雖然有點光，但又未算顯著地脫髮，穿的淺灰色西裝並不特別入時，也不名貴，但看上去又不老套古板。總之就是不知從哪裡發出一種奇特的氣味，令人不知不覺就受到吸引。她開始理解政對老師的崇拜，但她卻隱隱有點莫名的擔憂。是預感嗎？她沒法說清。

據韋教授說，這間卡拉OK是新開張的，以體育運動做主題，本來想配合這個城市申辦亞洲運動會的熱潮，後來申辦失敗，多少有點掃興，不過生意還是要做的。整間卡拉OK分為七個主題場館，有足球、排球、網球、田徑、游泳、體操和水上運動。但所謂場館其實不過是掛羊頭賣狗肉，布置頗為粗糙，最多是掛些體育明星的照片，展示些有關的體育用品。可惜本土的體壇明星不多，歌

星的照片反而不少。當然囉，說到底這是一間卡拉OK啊！比較有看頭的反而是接待員方面，都是年輕男女孩，穿上不同的運動服裝，在場館內穿插來往。韋教授很熟行地選了個網球館的房間，穿成網球界嬌娃古妮高娃的樣子的女孩，叫同行的男生也有點側目，只有政顯著地做出不以為然的表情。貝貝倒想看看游泳館是甚麼光景，會不會滿是穿泳衣的女孩和穿泳褲的男孩？感覺好像色情事業似的。甫一進入房間，政就既虛心但又有意表現主見地問韋教授為甚麼會帶他們來這間卡拉OK。這裡似乎瀰漫著一種虛偽的消費主義味道！他以生硬的敢言語調說。韋教授沒有立即回答，只是慢慢地在沙發上坐下來，做出一個頗舒適的樣子，然後才溫和地望向政，露出讚賞的笑容，說：政，你聽我說，論成績，你是我學生之中最好的了，不過，你就是脫離不了好學生的思維，對理論的態度不夠靈活。在這個時代，做一個學者，不再是躲在象牙塔裡念書寫論文就可以，而是要和這個就算是充斥著垃圾的現實世界正面接觸，不單是去和它戰鬥，也要融入它，擁抱它，這就像愛一個人吧，沒有試過最親密的接觸，是不會產生理解的啊！作為一個好學生的政，因這突然變得課堂化的氣氛而得到鼓勵，試著反問說：你是叫我們去擁抱這堆垃圾，去愛這堆垃圾嗎？韋教授稍頓了一下，臉上的讚賞笑容卻一直沒有消退，說：我說到愛，是誇張了點，那麼就說，和它發生關係吧，就像性關係一樣，是不能空談的，非得先發生過，才能揭示甚麼的！好，各位同學，這裡就是我們實習學過的理論的最佳場所，不看清楚這個社會的各種面貌，又怎懂得去分析和批評？我們就先和它發生關係，然後大家回去好好給我做一篇關於這間主題店子的文化評論！有人抱怨說出來玩也要交功課，又有人說要弄到高潮才能寫啊，韋教授就只顧大笑。貝貝不明白這種比擬有甚麼好笑，但卻不好意思地跟著大家笑了。政也搞不清老師的發生關係論是不是認真的，室內的空氣好像很侷悶。看來善解

人意的女同學詠詩立刻就拿起遙控器選曲了，一邊還嚷著有阿Moon的新歌〈愛情教室〉啊！氣氛突然就舒緩下來，大家紛紛回復一個普通年輕人的本相，爭先恐後地演唱。貝貝很少聽流行曲，很多歌也不懂得唱，只有聽的份兒。後來有人就起鬨，說要政和貝貝合唱情歌。政的歌喉劣透，平日又厭惡流行文化，所以擾攘了好一會也沒有結果。韋教授突然提議唱Double的〈分離仍忘不了愛〉。貝貝算是聽過，政卻推說不懂，韋教授就說：別扭擰啦！男人大丈夫！來！我先和貝貝唱，你跟著學，然後輪到你。大家把歌曲插播了，音樂立即出來，前奏是罐頭式浪漫鋼琴獨奏。男音一開始，韋教授先唱，聲線很柔，很純熟，瞇著雙眼一副陶醉的樣子，教人弄不清他是真心投入還是故意反諷。眾人乘機一陣譁叫。然後輪到貝貝，開始時有點顫顫的，後來也跟上節拍，音質也悅耳，於是人們又拍掌，並且催促著政出場了。那個女孩，就是在這個時候開門進來的。

女孩進來的時候，大家也以為她是來送飲品的。她穿著網球館的制服，手上也的確捧著餐盤和飲品，但當她趨近，彎身如隱形般把杯瓶放在矮几上，再站直的時候，突然就向旁邊正拿著咪的韋教授的臉上搡去。事實上當時沒有人看見她做了個甚麼動作，只聽見昏暗的房間內發出一聲在那音量放到很大的配樂中幾乎是難以辨別的悶響，要不是韋教授的歌聲忽然中止了，而且重重地跌落在沙發上，可能待女孩靜悄悄走出房間也沒有人發覺。而這個女孩竟然還想再撲上前去。旁邊的政和另一個男生立即反應過來，衝上前去按住她。貝貝這才看清楚，韋教授的金屬框眼鏡給打碎了，左邊臉有一道血痕。女孩咬著牙和兩個男生扭打著，其他人都加入制止暴行的行列，把女孩壓在地上。她的整個上身也給牢牢按住了，只露出穿白色迷你網球裙的下身，雙腿還在蹬地，很白很白的，照亮了幽黯的房間，但兩腿間卻有那團奇異的黑。那本應是非常不協調的景

象，但對貝貝來說卻完全合理。在她的意識能明白之前，她身體的記憶已經了解一切。女孩的右臂給政緊緊鎖著，她的手指戴滿了粗金屬指環，握成一個鐵拳頭。貝貝清醒了一下，察覺到，剛才的歌曲已經完了，房間內正播出新星阿Moon的〈愛情教室〉。

女孩給抬出去之後，經理幾乎要跪在地上道歉，又說不收錢又說送套票。女孩真的是卡拉OK的員工，但沒有人知道她為甚麼要襲擊韋教授。政堅持要報警，韋教授卻說：算了吧，只是個女孩子吧！可能是認錯人！詠詩用手帕給他拭去血跡，他臉上好不容易擠出無奈的笑來。貝貝見他狼狽的樣子，先前那種魔力突然就消失了，隨著金屬框眼鏡粉碎了。

眾人擁簇著教授離去的時候，貝貝看見剛才的女孩被人圍住在角落裡，經理不顧公司形象在那裡狠狠地責罵著，引致房間裡的客人也紛紛出來看個究竟。後來另一個經理上前制止了，立即又回頭安撫客人。女孩靜靜地坐在地上，神情疲累，還在喘氣，頭髮和衣服亂作一團，但眼睛卻一直盯著離去的教授。她的指間有血，不知是教授的血還是她自己的，白裙上也沾上血跡。雙腿V字形在地板上撐開，看來其實並不真的很長，只是因為裙很短，和皮膚很白。除了膝頭擦損的一塊，特別紅。有一種燙燙的恥辱感。貝貝在踏出門口時忍不住回頭看她。

之後同學們在教授家留到很晚，教授好像恢復得很快，和大家若無其事地談天。要不是臉上的藥膠布和替換的膠框眼鏡，之前的事真像夢一樣不真實。教授妻子靜靜地給大家做了消夜，開了紅酒，但自己沒有吃東西，只是拿著四分一滿的酒杯坐在一旁，卻一口也沒有喝過。貝貝不時偷偷看她，覺得她很眼熟，好像在哪裡見過，但又不能確定。她臉上有一種不確定的表情，不知是安靜還是低落，是耐心還是煩悶。貝貝後來就不敢看下去，好像怕有祕密會突然自她的口中爆發出來。

在回宿舍的路上，貝貝想起那女孩，和政說：那個女孩好像受了傷，不知她現在怎樣呢？該會被炒魷魚吧！政很不屑地說：這是活該的！這種女孩，不學無術，只懂撩是鬥非，你說有甚麼前途？貝貝自言自語說：我想回去看看她。政瞪大了眼睛，把她的身子扳過來，正色說：你傻了嗎？這種人千萬別惹她，說不定有黑底！由她自生自滅好了！來！累不累？去吃糖水好不好？

貝貝推說飽，沒有去吃糖水，讓政送她回宿舍去了。一關上門就去找去年上課的P.E.褲，找了大半晚也找不到，同房的阿丁也給她吵醒了，問她搞甚麼鬼，知道她找褲子，就叫她到自己的衣櫃隨便拿用，別半夜三更翻天覆地。貝貝打開阿丁的衣櫃，果然有條深藍色褲子，看來小小的，好像童裝，但彈性很大。她試著用手扯了扯，把褲頭拉開來就在腰上比畫了一下，然後就彎腰脫下牛仔褲，穿上了那條P.E.褲。因為怕弄醒阿丁，只亮了盞床頭小燈，站在鏡子前照了照。在掩映的燈光下，是一雙泛光的圓腿。貝貝坐在床邊地上，伸直V字形張開雙腿。然後伸手關了燈，閉上眼，想像那女孩的樣子。那種下身的緊束感又回來了，慢慢發熱燃燒，直至，它融進自己的肌膚，在黑暗中與自己成為一體。在那黑暗中，尖叫的聲音由深處鑽出來，像萌芽的乳房那種痛。那是小宜的尖叫。

小宜給按在更衣室的地上，白色校服裙給扯高到腹部上，未脫稚幼的缺乏線條感的雙腿雖然給抓住，卻在拚命亂蹬。把小宜按在地上的是四個中三女生，是校內的滋事分子，聽說有背景，放學後常常有金髮不良少年在學校門口等她們。曾經發生過低年班女生惹怒了她們而給襲擊的事件，後來隨受害者轉校而不了了之。貝貝不太知道小宜和她們的瓜葛，那似乎是很偶然的事情，好像是那幫人的同夥中有個男生盯上了小宜，在學校門口等過她幾次。那幾個惡少女就因為這個找上門來。那時候貝貝和小宜剛剛上完體育課，那是安排在放學之前最後兩節的體育課。小宜慢條斯理地換校服，後

來又在廁格內弄了很久，其他同學都走光了，獨剩下貝貝在等她。然後那四個人就走進來，一見小宜從廁格出來就拿羽毛球拍亂打一通。小宜捱著拍打，縮作一團，後來就被按倒在地上。貝貝站在旁邊，嚇得呆了，不敢跑，又不敢插手。其中一個短髮女生把貝貝推到牆邊，警告她不要出聲。那些人質問小宜和那個叫阿虎的做了甚麼，小宜卻只懂得哭和搖頭。其中一個看來是頭頭的高瘦女生卡著小宜的喉嚨，說：我條仔你都敢溝！你未死過定啦！那人一把扯起小宜的校服裙，看見她在裡面穿了P.E.褲，就說，打底都冇用，除咗佢條褲！用羽毛球拍插佢！貝貝眼睜睜看著那些人扯下小宜的P.E.褲，因為褲子很緊，小宜又在掙扎著，所以糾纏了好一陣。然後有人怒吼道：頂你個死八婆！來月經呀佢！整到我成手都係！這時更衣室門外傳來一把男聲，好像是校工梁伯的聲音，在問裡面幹甚麼。那幫人立即就往外逃，手給弄污了的那個還一邊走一邊扯著長長的廁紙卷。貝貝僵硬著貼牆而站，看著躺在地上的小宜，雙腿間的內褲襠裡染了一大片黑黑的血。小宜的眼光和貝貝的眼光直接遇上。小宜的眼神是慘然的，但也包含著怨怒，而貝貝則被迫進了羞慚的角落，好像給暴露出下體的是自己而不是小宜。小宜突然止住了哭叫，自行站起來，撿起掉在地上的P.E.褲，穿回去，因為手腳被打傷而有點笨拙，在瞬間中差點就落入可笑的跌倒。她小心地把校服裙放下，揹了書包，站到鏡子前整理了儀容，然後一聲不響地蹣著步走出去。在這個過程裡，她沒有再看過旁邊的貝貝一眼，好像她根本不存在似的。貝貝突然預感到，她和小宜的友誼就此結束了。她目睹了小宜的屈辱，這就足以讓小宜必須忘掉她這個朋友。現在做甚麼也於事無補了，就算貝貝站在小宜這邊告發那些人，也不能再改變她旁觀了小宜的屈辱的事實。唯一的可能，就是貝貝因著目擊者的身分而一同被那幫人強暴，被扯起校服並且強行脫掉褲子。只有這樣才能維繫兩人之間的共同感，分享彼此的屈

辱，否則，受辱者就必須忘掉這個站在旁邊的人。尖叫卡在貝貝的喉嚨頭，像有東西要刺破她的胸口似的。她望著在地上拉得長長的廁紙條，覺得自己參與了強暴，手指上有腥腥的，小宜的經血的氣味。她撿起廁紙條，撕了一塊，抹著手。

小宜後來加入了那幫人，開始染髮，講粗口，抽菸，搭上不同的男孩子，念到中三就輟學了。看來好像不可思議，但貝貝完全明白箇中原因。那是小宜對她的報復，對完好的旁觀者的報復。

在教授被襲擊之後第二天，貝貝跑到那間卡拉OK去找女孩，經理說她已經給辭退了。貝貝央了半天，一個女侍應才偷偷把女孩的手提電話號碼告訴她。她拿著那個號碼，竟然又不敢打。把紙張摺疊好，放在銀包內，以為這樣的舉動已經足夠令她安心。她也一直沒有把這事告訴政。新的學期快要開始了，那將會是她最後一年的大學生活了，這一年該如何好好利用呢？貝貝想坐下來計畫一下，她相信把精神集中在學業和與政的感情上，很快就可以把不安的事情忘記。反正她不認識那個女孩，對她的事沒有任何責任。是女孩先襲擊教授的，沒有因由的，被制伏也是應得的。加上貝貝沒有參與其中。她只是旁觀而已。被辭退也是應得的。她只是旁觀。這一切和她無關。韋教授的事也和她無關。她不過是他學生的女朋友，不過和他在體育主題卡拉OK合唱過一首叫做〈分離仍忘不了愛〉的情歌，不過在他家吃過一頓他太太做的消夜和喝過小半杯紅酒。她和他無關。下學期也不會選他的課。但，他是她男朋友的老師。但，她打了他。但。她在白色迷你網球裙下穿了深藍P.E.褲。但。她在當天晚上回宿舍也穿上了深藍P.E.褲。小宜的P.E.褲。那光，那火，那溫度。那羞辱感。

貝貝忽然為大家當晚的行為感到極度的羞愧。縱使那看來是正當的自衛，是沒有過火的恰如其分的制伏。但那個女孩，被按在地上，露出白網球裙下的腿，和裙下面的P.E.褲，就算怎樣嘶叫，怎

樣掙扎也沒有用。那是多麼的可怕的行為！貝貝看著自己坐在宿舍地上，光脫脫的雙腿撐開，V字形伸直。早晨的陽光從窗外投落，暖暖的，把腿間的陰影驅除。她摸摸柔嫩的膝頭，想像那種痛，和神奇的光芒。

她是有份的。她不是無關的。

貝貝掏出那張寫了電話號碼的紙片。打了那個號碼。

喂？喂？……搵邊個？

我……搵個晚喺卡拉OK打人個女仔。

乜話？……幾點呀？……咁早？……

係咪你？

喂！天都未光呀！你唔瞓人地要瞓架！

係咪你呀？

……

你點解要打佢？

……

你樣點呀？有冇受傷？我去過搵你……

……

我想講，我覺得好慚愧。我好似以前一樣，我一直都係個咁嘅人。

你講咩呀？

我冇幫你。

你係邊個？

個女仔真係你？

你係咩人嚟架？你唔使瞓嘅咩？天都未光呀！

寧靜的獸

作曲：劉穎途　　作詞：許少榮

如看見了折斷獸骨　積血裡　身軀飄飄欲墜
誰教牠摔倒再淌淚　誰教牠怨恨和恐懼
怎麼失手作出傷害　撲救怕換來怪罪
伸不出手幫助　一聲不響觀看　這經過
逃避過　又痛楚

風一吹　土一掩　牠應該熟睡吧
燈一關　火一熄　卻再次復活吧
漆黑中　似怨懟　卻仍然不說話
懷恨著我都請講一句吧
請開口指控我　冷冷四周　愈覺可怕

想起牠　憶起牠　想高呼　別墜下
（遲了這些話）
想找牠　想幫牠　我哪怕被大罵
孤單的野獸　墳場裡掙扎吧
（你不反省嗎）
如同下葬　不敢瞻仰吧
（完全是你撇下牠　竟放下牠）
此刻該解穢嗎
（牠失救　你的過錯吧）

無人原諒我過失嗎

想起牠　憶起牠　想高呼　別墮下
（遲了這些話）
想找牠　想幫牠　我那怕被大罵
孤單的野獸　墳場裡掙扎吧
（你不反省嗎）
如同下葬　不敢瞻仰吧
（牠已喪生吧）
現在就判我罪
（受傷的獸）
我多想　救牠
（你的罪　懂嗎）

耳膜

曲／詞／聲：不是蘋果

任誰也會感到憤怒吧
關於生存這回事
要試的也試過了
未試過的也絕不想試

下午一個人在家吃CD
小心翼翼結果還是刺傷腳趾
努力模仿皺眉和瞪眼
或者任由自己迎頭摔倒在玻璃茶几上
結果也無法做成令人害怕的姿態

誰叫你只懂唱歌
或者虛耗言詞
除非你的聲音夠尖
足夠震碎整個城市的玻璃

任誰也會感到憤怒吧
關於愛情這回事
要說的也說過了
未說過的也絕不想說

我只想喊破你的耳膜

連同我自己

一起聾掉

耳膜

清晨五點給陌生人的電話吵醒的女孩。

　　想不到那人真的會來。我只不過是隨便說說吧，這裡那麼遠，要來也很麻煩，一般人也只會是隨口說說吧，怎會真的找來？這不是認真得有點白痴嗎？而且，真好像這邊放下電話筒，那邊門鐘就響起來。見鬼！如果是電視台的鬧劇，該會引起無聊的笑聲吧。擲下電話筒，看看鐘，還不過是五六點，天剛剛才亮。不過真的熱。八月尾啦，熱到早上會給自己的汗淋醒，枕頭都濕了一大片，有時還夾雜著在夢中哭過的淚痕。在夢中哭這種糗事，我一直想極力避免，因為日間老扮作酷酷的，晚上卻偷偷在流淚，自己想來也沒勁。但在夢中的眼淚總是源源不絕，也不知是不是因為憋尿的緣故。有時候也會夢到很暢快地撒尿的情況。撒呀撒呀地撒過不停，比真實中的尿量要多和長久，有時還是脫了褲子蹲下在隨便一個甚麼地方，在大街大巷或者是課室之類的，毫無拘束地盡情解放。尿在下面像開了花灑一樣地撒出來，劈劈拍拍地打在地板上的聲音特別響亮，還可以看見它逐漸形成一條洪流在腳底下伸展出去，再分叉成較細小的支流向四方八面蔓延。但夢裡流淚的情況竟也差不多，只是心情截然相反而已。濕濕的甦醒，當然只限於面部，下面縱使是憋尿，也未至於像小孩子般失禁。至於因為夢中的性場面而把下面弄濕，也未至於沒有，只可惜是近來頗為稀罕，有的話也老是以可厭的灑淚告終。把鼻子埋進枕頭裡去使勁嗅，也嗅不出甚麼，只是洗頭水和頭皮混合的味道。有時候實在抵不住熱了，就不

得不開冷氣，但那部老爺機吵過轟炸機，有一次沉沉地就夢見自己在打鼓，一會是智美在打，一會又變了是高榮在打，好像打在耳膜上，耳朵很痛。後來高榮竟然把鼓打穿了，穿破的鼓裡面還噴出像是果汁的東西，濺在他的臉上。那樣子本來是滿滑稽的，但夢裡的氣氛似乎顯示出濺上果汁也是件很嚴肅的事。他挺著滿是橙紅色果汁斑點的胸口，說要走了，不如索性把結他也打碎算了，以後別再玩了。我覺得打碎結他這種故作狂野的舉動很可笑，但當時我卻笑不出來。他說完就來搶我的結他，我拚命抱著它，幾乎哭著求他別這樣。奧古也在旁邊，來幫我拉開他。他鬆開手，聳聳肩，說，鼓都破了，還可以怎樣？不能走回頭啦。說完，舐了舐手臂上還滴著的果汁，就轉身走了。我記得他那把金色長髮，剛剛在頸後翹起的髮尾。醒來，枕頭和被單卻照樣是濕的。好像還有果汁又酸又霉的氣味。是放了不知多久的爛生果發出來的吧。空氣卻很冷，手腳都冰冰的。迷濛中竭力爬起來，差不多要把冷氣機的鍵鈕扯掉，突然就忍不住捶打那殘舊的網板，撒了一臉灰塵，很刺眼。擦了擦眼睛，才知道自己真的在哭。死蠢！越想越哭。衝進廁所裡，坐在馬桶上，就上下一起流過不停。

貝貝覺得就好像中學家政課弄壞衣車沒出聲。

也許我一直在等待這種無條件的東西。這甚至在我和政之間也沒有過。想到這點，先是很驚訝。和政一起已經兩年了，到現在才發現其實未曾有過這種東西，那我之前感到的算是甚麼？不是也有十分快樂的時刻嗎？為甚麼到頭來會有這樣的結論？再想下去就有點不知所措。總之那一刻我是不顧一切的了。看來還沒有這樣的程度吧。但我實在是感到了。那舉動裡蘊含了這樣的性質。情況就像念中一的時候在家政課上不小心弄壞了衣車。我當時真的是無心

的，甚至可能不是我的責任，只不過是衣車突然不動了，我試著去修理它，不知怎的就把車針弄斷了。下課鐘聲響起，同學都收拾好東西，我是最後一個用衣車的，沒有人知道發生了甚麼事。我也靜靜把未縫好的圍裙摺好，放進布袋裡，隨著同學們離開課室。我是最後一個，在關上門前怯怯地回頭望了一眼那衣車。它沉寂地匍匐在遠遠的角落裡，像隻受傷的獸。我在心裡向它說，耐心點等吧，明天會有人發現你的傷，然後給你治療的了。獸們都在陰暗中沉睡，不論受傷與否。那個晚上我無法入睡。我知道我應該向老師自首，要不，明天可能連累另一個用那衣車的同學。我也知道隔了一晚才招認，一定比當場招認更嚴重。那顯示出我的怯懦或狡詐，而怯懦或狡詐只會令老師更憤怒。但是，我感到那其實並不是最令我害怕的，縱使的確因為怯懦而害怕，但那也不是最核心的。最核心的地方，躺著那沉睡的受傷的獸。如果我要負上任何責任的話，那是對獸而負的責任，不是對老師，對同學的。也許我當時還未懂得這樣去理解這件事，但有一點很確鑿的是，我對獸感到愧疚。這一點就說明了一切。直到今天，受傷的獸和我對它的愧疚，也作為一個核心形象給保存下來，常常在生活的背景裡浮現，像是催迫著我去重新確認它，和重新承認我對它的責任。我躺在床上，輾轉掙扎著，右手食指指尖隱隱作痛。那是嘗試修理衣車時刺傷的。再過一會，陽光照到我的枕頭上，就可以看到指頭上殷紅的一點。

在卡拉OK打人之後手腕和膝頭還隱隱作痛的女孩。

　　我以為那人不會真的來，所以放下電話筒之後立刻又蒙頭大睡了。不過也不能這樣說，因為給電話在五點幾吵醒之後，是不容易真的再回到難得的酣睡狀態中的了。那是一種半睡半醒，既不能奮然起來，又不能完全沉墮的中間狀態吧。也即是一種最混帳的狀

態。在這種狀態中，人只會越睡越累，好像整個人掉在泥淖中一樣。在泥淖中我差不多把那人忘掉了，彷彿那種一閃而過，在甦醒前已注定被忘記的短夢一樣。我常常想，如果我們記得晚上做的所有夢，就再沒有空間生活下去了，夢的世界一定會把日間生活的世界完全占據，像精神病患給腦袋裡的幻影蒙住眼睛一樣。就只是那個高榮打破了鼓濺滿果汁的夢，已經足夠整個人也浮躁一整天了。在之後那天晚上，我就在卡拉OK遇到那個姓韋的，而且還狠狠地揍了他一拳。那個夢難道不就是個惡兆嗎？還惹來了剛才電話裡的那個不識趣的麻煩人！

　　好熱啊！被子不知哪裡去了，是掉到地上嗎？陽光騷擾我的眼瞼，我就轉身背向著窗子。幾乎可以感覺到光線隨著太陽上升的角度而逐漸加熱的緩慢而微細的進程。又好像有人在我的背上鬼鬼祟祟地呵氣。是誰啊？嘗試集中幻想性事，給撫摸，流汗，體氣，對方的勃起，濕熱的吻，但也不成功。裸體的形象像融化中的雪糕，甜膩而且難以入口，舌頭也找不到愜意的形狀。下面除了尿急的緊束感，沒有半點性欲的興奮。房間內突然有人大聲說話，但語氣很平滯，像在施行催眠。長官的民望，比去年低幾多個百分點，民意調查的可信性，今天最高溫度三十三……是收音機的預校響鬧放。去死吧，怎麼會校在這個時候？幾點了？八點鐘新聞？又沒事做，為甚麼校八點？八點根本不是正常人應該起床的時間。我伸手往地上摸遙控器，摸著軟軟的，是拖鞋。撞鬼你！手腕還在痛，還怕會廢掉，以後沒法彈結他了，真好笑。剛才好像有電話。是誰？發夢吧！遙控器呢？在牛仔褲褲檔裡面，怎搞的，跑到這裡？去死啦民意調查！隨便按了CD Play鍵。裡面有沒有放碟呢？噢！是〈幸福論〉。探尋真正的幸福時，開始思索愛與被愛的問題，而我汲取你的強勢與隱然若現的脆弱……好像有門鐘聲。是幻覺吧？把臉埋在手臂裡，好亂，好暖，幸福啊。彈結他。蘋果。不是蘋果。

在時間之流與天色之間，若無所盼一般，只為給真實笑著哭著的你燃起動力……。好熱。是門鐘啊。真是。

貝貝清晨坐車到元朗去，沿途的景物很陌生。

她說她住在元朗。我沒想到她會這麼爽快地說出來。在一個清晨突然響起的電話中向一個陌生人說出自己的地址，極有可能是神志不清的不幸結果。而我在途中一直擔心著，那個地址是打發我而胡謅出來的，又或者，在神志不清的狀態下稍有錯漏的。那麼不幸的將會是我吧。但我是絕無怨言的。就算她是存心作弄我，欺騙我，我也是自招的。

從宿舍出來，坐火車到上水，再找到往元朗的巴士。因為早，人不算多，可以找到座位。我靠著那新式空調巴士的大型玻璃窗，看著那些陌生的景色在外面掠過。那是個我幾乎沒有去過的郊區，公路右邊大概是北面，相信是米埔鳥類保護區的濕地，雖然天上不見甚麼鳥。遠遠的後面隱隱然有高樓大廈，給蒙在一層晨光也驅不散的灰霧中，想是大陸那邊的市區吧。今天看來是晴天，灰霧有污染物的顏色。左邊山谷中平坦的低地，從前應該是農田，深一塊淺一塊的，現在一律不深不淺，一種無色的啞灰，長滿野草，或者變成廢車場。鏽紅的廢車殼和散碎的配件，像巨獸的骸骨，堆疊在一起。還有那些積木似的貨櫃，堆砌成十幾層高的建築，好像古代文明的遺跡，神壇或墓塚之類。巴士的空調很冷，我雙臂抱著只穿了薄薄的T恤的身體，外面卻已經越來越燙了，公路地面像熔掉的金屬，我彷彿嗅到車胎膠質過熱的焦味。差不多看到元朗市區的時候，我猜這不會是別的市鎮吧，公路兩旁更平坦了，沿著某河道正進行著很大規模的工程，平整了大片農地和河岸，四處布滿泥堆和各種像遊戲模型一樣的工程車，還高高豎起了一排排石屎支柱，像

新品種的巨樹，只是很筆直，灰色，而且沒有枝葉，頂端露著鋼筋，像給截斷的露出骨頭的殘肢。和工程地盤相間的，是擁擠而俗豔的小房子群，該是原居民的丁屋，一律浮泛著一種既不傳統也不現代的建築風格，應該說是沒有風格的暴發豪華裝修吧。這就是原居新界郊區數百年的大族的當代風貌了嗎？我暗暗納悶，她住在這地方做甚麼？她是這裡的人嗎？

到達元朗市區大馬路便下車，發現這裡比想像中現代化，不像聽聞已久的昔日小鎮模樣。寬闊的大馬路給笨重的輕便鐵路從中破開，殘舊的戰時建築依傍著新建的購物商場。我嗅到街上有一種頑固的氣味，那是在新潮風尚侵蝕下殘餘的朽敗氣息。我手裡捏著草草寫下女孩地址的紙片，留心著路上哪裡可以截到的士。她住的地方看來離這小鎮還要遠一點。我忽然產生流落異地的感覺。這就像去年暑假和政到歐洲旅行時遇到過的失去了任何座標的迷失感。好像乘坐夜班火車於清晨抵達陌生的市鎮，神志還未從一夜顛簸無眠的車程中恢復，呼吸著肺部還未適應的空氣，拿著地圖站在人影疏落的路旁，於事無補地默念著那個不懂如何發音的地名的時候，頓然襲來的一種腳下的地面在浮動的徬徨。地面真的不友善，沉默而不願意協助，好像隨時準備把我摔開。心在跳。可以清楚聽到，耳膜側旁的血管在鼓動。脈動的鼓聲令人暈眩。

在半夢半醒中把住址向陌生人說出來的女孩。

真的是門鐘聲嗎？難道真的有那個人？我真的把地址告訴了那個人，而她也真的立刻就來了？不是夢中的事嗎？我真魯莽！她和姓韋的是一夥人啊，說不定是來尋仇的，還帶齊人馬了吧！這次死硬了。

我半爬起來，又讓自己躺倒在床上。如果不是開著了音響，大

概還可以裝作沒人在家。真笨。要不要拿武器？我用惺忪的眼瞄了瞄房間，迷濛濛的哪有充當武器的用物。只有用枕頭蒙著耳朵，但門鐘明明在響啊！索性用遙控器把音量調得更大。我不記得當晚在場的人了，卡拉OK房內很暗，只知道有男有女，只看見在唱歌的姓章的那人。連後來和我扭打起來的幾個，也不認得了。對，他們離去時有一個矮小的女孩回頭望過來。那是她嗎？

唉！蠢！我在做甚麼呢？我為甚麼要把地址告訴她呢？

我是有意這樣做的嗎？我是盼望著有人像她這樣來看我嗎？在我揍了那人之後，有人來關心我的狀況？而不是給無情地喊罵著，或者不當一回事地遺忘？我記得她，那個回望的女孩。電話裡的必定是她。雖然在電話裡語無倫次，但語氣卻好像是已經知道我的事一樣，好像一個很久之前已經認識的人一樣，還向我說了那些不知所謂的道歉。好像，我的惡夢，我的流淚，憋尿，被壓倒在地上和一切失態，都給她親眼目睹，而且不單一點也不覺得可笑，反而在天還未亮就老遠跑過來看清楚。世界上還有比這更不可理喻的白痴嗎？這個蠢人，你還想看甚麼？難道你還要看著我在你面前像夢中一樣蹲著狗的姿勢毫不羞恥地盡情撒尿才心足嗎？才足以顯示你的包容和善心嗎？

天啊！這個人來了。

我放開了抱著枕頭的手臂，撥開散貼在臉上的亂髮。

貝貝轉身打算離去。

來到這個地步，我已經不再感到猶疑了。那是個村屋的地面單位，裡面傳出嘈吵的音樂。再三對了一次門牌，就大力往門鐘按下去。也不知道究竟是門鐘沒有響，還是給音樂聲掩蓋了，斷斷續續地按了十幾下也沒有反應。但明明是有人在。我怯生生地望望四

周，怕遭到鄰居奇異的目光，但沒有半個人影。只有一條黑狗，在小路那邊側著頭紅著眼在窺視，不知是敵意還是好奇，但看樣子不似會咬人。裡面的歌曲已經轉了第二首，我在空檔裡再按了鈴，今次我自己也聽得很清楚，是那種電源不足而有點走調的鈴聲。第二首歌曲開始了，也不知是甚麼音樂，從沒聽過的，內容也模糊，只聽出唱歌的是把女聲。

我知道三四分鐘又過去了，因為第二首歌也完了。也肯定對方是有意不開門的了。雖然她告訴了我地址，但因後悔而改變主意也是有道理的。突然一切也明晰了。有一種如釋重負的感覺。我已做了我所能做的。在這之外，就會變成強人所難了。我決定轉身離去，這件事，也從此真的和我無關了。

就在我走到小路旁的時候，身後的門突然打開，音樂轟崩出來，就像一直阻隔著的一層膜突然穿破了。黑狗閃躲而去。我聽到那是一首日語歌，嘶號的歌聲收歇，音色突轉沉緩，是過場的鋼琴獨奏，像小孩子彈練習曲一樣戰戰兢兢的節拍，然後漸趨狂亂，銳利的歌聲再插入。我回頭，茫茫然的，看見她站在門框中，穿著紅色背心和藍短褲，髮絲貼在汗濕的臉上，一隻手不停無效地撥弄著。我突然察覺，今天很熱，頸後都是汗。

一隻手不停無效地撥弄頭髮的女孩。

我一直記得，在開門看見她的一刻，背後響著的是椎名的〈時光暴走〉。

那人回望的樣子，像在時光的另一端回望的自己。很奇怪。那一刻，她回過頭來，臉上有一種不明事態的愚蠢，加上那幼稚的及肩直髮，就像是一個笨蛋小女孩，不懂反抗地坐在家裡的鋼琴前，剛彈完一首枯燥之極的第三級練習曲，懵懂地向有人呼喚的方向望

去，雙腳因為太短而在琴椅上無聊地搖擺著。那是自以為愛惜子女的父母的呼喚嗎？那樣的傻子，不就是我自己嗎？那時光。又消失多久了？

時光暴走

數位顯示的文字令我感到疲倦
然而我卻依然濕著頭髮顫抖著

面對開啟的窗戶我在期盼甚麼呢
電話筒不肯打破沉寂

幾因為幻覺的電話聲而身體動了起來
反應遲鈍地早晨再度到臨
時光疾行

一邊關上被開啟的窗戶偷偷窺看著外頭
電話筒不肯打破沉寂

不斷地被惡夢侵襲有如搭著搖晃的船
沒有任何允許月亮變得皎白
時光疾行

同樣的事情不斷地在腦海裡轉啊轉的
反應遲延地早晨再度到臨
時光疾行

屋企有蛋同咖啡

我近乎粗野地叫了她一聲。你就係嗰個乞鬼貝貝？她點點頭，用手背揩了揩額頭上的汗，露出紅紅的微笑。我就問她。食咗早餐未？我屋企有蛋同咖啡。

蘋果，不是蘋果。

你係邊個？

個女仔真係你？

你係咩人嚟架？你唔使瞓嘅咩？天都未光呀！

我叫做貝貝。你呢？

……。

你叫咩名？

……蘋果。

你叫蘋果？

唔係，唔係蘋果。

吓？

不是蘋果。

詩與垃圾 I

曲／詞／聲：不是蘋果

最討厭那些精美的詩篇
機智的比喻　　巧妙的通感
動人的節奏
如果都只是虛擬的人格
給我吃垃圾好過

最討厭那些陰暗的小說
不外乎是遺憾背叛和慾望
霉雨的屋角
如果影印自己的扭曲就是偉大
給我吃垃圾好過

至少垃圾光明正大
至少垃圾實實在在

我愛你以我的一切
我愛你以我的遺骸
我愛你以我的殘餘
我把自己像垃圾一樣拋給你
請你好好吃它
因為垃圾是我的一切

至少垃圾光明正大
至少垃圾實實在在

詩與垃圾 I

　　相信關於貝貝和不是蘋果首次在村屋門口見面之後的事情，是不必詳加交代的了。例如貝貝點點頭，走向不是蘋果，隨著她走進屋內，看到房間的布置究竟如何，是整潔還是凌亂，哪裡堆滿了CD盒子，哪裡撒滿脫換的衣服，窗子大小，方向，光線如何，氣味如何，牆角是否挨放著結他，床單和被子是以怎樣的形狀捲成一團，上面有沒有汗水的痕跡，不是蘋果弄蛋和咖啡的時候有沒有和貝貝說話，說話的內容是甚麼，會不會說她該是大學生吧，是不是那個人的學生，對，應該說是那個人吧，會刪去他的名字吧，貝貝又會不會問她傷好了沒有，會不會問她給辭退後打算做些甚麼，不是蘋果會弄煎蛋還是水煮蛋，咖啡的香氣濃不濃，呷飲的時候會發出怎樣的聲音，和音響上會播放怎樣的音樂，會繼續是椎名林檎嗎？和，為甚麼必定是椎名林檎呢？這些，也不必說了。

　　我們會問，一個人和另一個人的關係是怎樣建立起來的？事情是怎樣發生的？這和事情是怎樣結束一樣，任誰也沒法找到最完滿的解釋吧，甚至是接近滿意的解釋也找不到。但我們還是頑固地希望去了解它，和更虛妄地，嘗試去用語言說出來，甚至用語言中最為虛妄的形式，詩，或者虛妄程度次之的，小說，來把它說出來。我們開始的時候，會從不太核心的地方說起，會描繪情景、氣氛、動作、樣貌、背景、事件，或者抽象的意念，但當我們無可避免地來到核心的邊緣，我們的信心開始動搖了，我們的語言開始遲緩了，我們會把這視為小心翼翼，精心洗練的表現，但事實上是因為，有些東西卡在喉嚨裡，吐不出來，也沒法再吞下去了。不幸的

話，它會一直卡在那裡，隨時間的逝去體積有可能會變小一點，不致哽咽而死，或者因慢慢習慣而接受它成為喉嚨的一部分，但它會照樣會一直卡在那裡。

話說回來，其實兩個人之所以會發生關係，並不需要很精心的鋪排，和漫長的發展。對，我是說發生關係，但我指的是人與人之間的情感關係，而不是這個詞不知因何而演變出的一種看來委婉但其實怪誕的用法，也即是韋教授的發生關係論的用法。話說回來，有些關係，是不需要歲月的累積的，它只要一個促發點，只要對準了這個促發點，它就會一發不可收拾。當然，是甚麼令這個促發點得以對準呢？這也不能說是沒有背後長久累積的因素的，看似遇然的事情背後常有必然的趨勢，相反來說，看似必然的事情其實也會因偶然而改變性質和方向。所以，我們不要再多費唇舌去分析這種無用的悖論了。一言以蔽之，貝貝和不是蘋果自一見面，彼此間就產生了關係。直白地說，是一種以隱晦的共同感為核心的關係，這就是我們的主題，也是兩個人之間的實質，無必要多加掩藏，讓語言轉彎抹角來作側面的呈現了。如果我們不習慣在文學中把事實的意義直接說出來的話，那可能是因為我們已經失去了直接說出真相的勇氣和能力。我們想說這樣的話，就用那樣的話去暫代，漸漸地暫代的話就變成了想說的話，而想說的話就不知掉到怎麼樣的深淵裡去了。不，說是深淵也有點兒過分詩化了，其實是掉到思緒的垃圾堆裡去了吧。

要說貝貝和不是蘋果相像，並因而給她們的關係的促發一些長久累積的背景因素，也不是沒有證據的。不過還是先說說她們不相像的地方。大家都已經知道，在故事發展到現階段而言，貝貝是將會升上三年級的大學生了，而不是蘋果呢，大家所知的就只是她當過卡拉OK的服務生，而且在上班的時候不知為甚麼打了一個尊貴的客人一拳。為了減省不必要地耗費篇幅的交代性情節，我們還是

在這裡一舉把基本的事實搞清楚好了。

　　不是蘋果小時候的家庭生活可說是幸福家庭的典型。我這樣說當然沒有嘲笑所謂幸福家庭的意思，這反而應該是人生中最值得尊重的正當追求之一吧。她爸爸和媽媽是大學同學，畢業後很快就結婚，也立即生下了不是蘋果。爸爸看準那個時代往外的移民潮，開設移民顧問公司，生意業務不錯，生活雖未能說是大富大貴，但也十分充裕，足以提供那種可以讓太太辭掉工作全心照顧女兒和讓女兒去學彈鋼琴和跳芭蕾舞的生活水平，和那種在家裡養一隻毫無用處的不懂看門而只懂徒添麻煩的西施狗的生活品味。畢竟，那是八〇年代啊！不過，在不是蘋果小六那年，幸福的彩虹色泡沫就突然爆破了。那天不是蘋果照常在放學後到鋼琴老師的家上課，那天學的是一首巴哈的小曲，對不是蘋果來說不難，她幾乎是一學就會了。老師常說，如果她再早一點開始學，和跟到更好的老師，說不定可以成為一流的鋼琴家。當然老師這種誇張的讚賞是不可以盡信的，但也不能說當中沒有接近事實的判斷。那是一首調子輕快的小曲。和平常一樣，在差不多下課的時候，有人來接她了，但這天來接她的不是媽媽，而是爸爸。不是蘋果雖然覺得奇怪，但卻很興奮，因為平時爸爸也工作到很晚，是幾乎不可能在午後的時間見到爸爸的啊！爸爸和老師不知交代了點甚麼，就帶不是蘋果走了。爸爸罕有地在路口蹲下來抱了她一下。自從小二之後，爸爸已經沒有在街上抱過她了。爸爸說帶她去吃西餐，說是吃聖誕大餐，但明明不過是十二月初，店鋪的聖誕節裝飾還未掛出來，哪裡會有聖誕大餐吃呢。不是蘋果就很自然地問：媽媽呢？媽媽不一起吃嗎？不可以不叫媽媽啊！媽媽沒空我們就不要吃，等媽媽在一起才吃吧！說到這裡爸爸就放下不是蘋果，自己走到一旁。不是蘋果看不到爸爸的臉，只看到他的肩膀在不停顫動，好像扮鬼扮馬卻無法忍笑的樣子。她知道爸爸說的聖誕大餐是個玩笑，媽媽躲起來也是玩笑的一

部分，她於是在爸爸抖得厲害的背上拍打著，說：爸爸唔好玩啦！好衰架！

　　媽媽走了之後，爸爸就像變了另一個人，除了性情之外，連樣子也好像完全認不出來。用不是蘋果自己的說法，就是已經好似死狗一樣，文雅點說即是沒有生存的動力了。事實上，家裡養的那頭西施狗就因為缺乏照顧而開始生病，不久之後就死掉了。不是蘋果當時完全不明白在發生甚麼事情，這樣的突變對一個小六女生來說，就像是養尊處優的頭上紮辮身上穿裙的小西施狗，無緣無故地忽然給拋擲到滿是搶屎餓狗的垃圾堆填區裡去。也許不是蘋果心裡無意識地把自己和西施狗的狀況關聯起來，使她突然中止了對西施狗的寵愛，甚至開始對狗產生反感，刻意地對牠疏忽，任由牠生病致死。但她自己並不明白這些，她只知道爸爸把公司讓了給別人，不上班，天天在家裡發呆，開始飲酒。從文學中人物塑造的角度去考究，我們也許會發出強力的質問，為甚麼在感情上遭受挫折的人也會做出這些樣板的庸俗行為，但我們必須對失意的人們表示諒解和寬容，因為事實就是當人生真的去到極低點的時候，是再沒有精力去想出創意地表現自己的情緒的方式，而只能抓住最方便的寄生形象了。所以毫不意外地，有一晚爸爸就因為不是蘋果帶回來的測驗卷只拿到九十五分而拿羽毛球拍打了她。拿九十五分會被打，那是個將會一生留在不是蘋果心中的無形標尺。拿不到滿分，只拿到九十五分，會被懲罰，所以，如果真的拿不到滿分，那就拿更低的分數也沒所謂。零至九十五，意義原來是一樣的。第一次被打了的晚上，不是蘋果帶著手腳上羽毛球拍留下的痛痕躺到床上，爸爸卻突然推門進來，坐在她的床沿。起先只是撫著她的頭髮，低聲說著對不起，說爸爸是不忍心打她的，爸爸沒用，爸爸是個廢物。然後就開始撫摸她的身體，一邊叫著媽媽的名字，說自己是怎麼的愛她，說大家從前是怎麼的相愛。再說下去，就慢慢脫掉她的睡衣，

她的內褲。不是蘋果很害怕，但她不知道這是不是安慰的行動，如果她反抗，又會不會激怒爸爸，再捱一頓打。她只是一動不動，任由爸爸做著奇怪的事情。在黑暗中，爸爸赤條條的影子非常巨大，他像神祕的獸一樣爬上來，分開她的腿，然後把一個硬硬的東西往她尿尿的地方塞進去。她很痛，尖叫了一下，爸爸就掩著她的嘴，說，忍一下，很快就過去的，不用怕，爸爸很掛念媽媽，你讓我當你是媽媽一會，媽媽也是讓爸爸這樣做的，如果不可以這樣，爸爸就會很傷心，你忍一下，幫爸爸一下吧，很快就完的了。那東西再進入去，不是蘋果就痛得更厲害，手腳都痙攣起來，眼淚也忍不住湧出，哭道，爸爸不要，很痛，爸爸我下次不會拿九十五分了。爸爸卻好像聽不到一樣，而且開始大聲咒罵媽媽，說了很多不是蘋果不懂的難聽的話，每一聲咒罵也配合著一下更不留情的衝擊。後來有甚麼暖熱的東西，像火燒一樣湧進她的裡面，爸爸就像負傷的狗一樣退開，滑落床邊，沉重地跌在地板上，嗚嗚地哭起來。不是蘋果下面一鬆，就和著抽搐和痛楚尿了床。這種事情，後來還重複發生過幾次，遇上不是蘋果初次來經，爸爸就叫她用口給他解決。她也不敢違逆，因為她完全不知道在發生甚麼事。

爸爸後來還是選擇和媽媽一樣，一走了之。一天晚上他突然平靜地在家做了一頓晚飯，因為沒有做飯的經驗，所以十分難吃，蒸蛋過老，炒菜像山火過後的焦木。飯後他給不是蘋果削了個蘋果，切成兩半，自己拿了一半，一邊咬著一邊打開家門走出去。不是蘋果後來才知道，爸爸徑直走到大廈天台，本來也許真的只是想一邊乘涼一邊吃蘋果，後來突然來了個念頭，就跨過圍欄跳了下去，不過他也許有意設想到，不要掉到他們家的窗下。所以爸爸的屍體躺在大廈後面的空地，口裡還咬著那半個吃剩的蘋果芯。不是蘋果對一個人能從這個世界消失到哪裡去沒有概念，而沒有概念多少也減輕了痛苦的尖銳性。她也學會了不再去問，因為世界上的事大部分

也是沒有答案的，又或者是有很多個互相矛盾的答案的，所以如果不想發癲，最好還是別問了。中二開始，她跟外婆住在一起，從本來比較中產的居住環境搬到舊式公共屋邨。我們都知道，外婆也即是媽媽的媽媽，但這些日子，不是蘋果也沒有在那裡見過媽媽。有時候她猜到在電話裡和外婆說話的是媽媽，但每次外婆都是用一種她聽不懂的方言向話筒裡大聲臭罵。方言聽起來就好像都是由粗口構成似的。她知道，是她媽媽一直在給她生活費的。但她已經沒有學鋼琴了，成績也開始離九十五分的標尺越來越遠。她再見到媽媽的時候，是中四那年。外婆心臟病發，夜晚躺到床上，第二天早上就沒有起來。那晚不是蘋果和朋友去唱通宵卡拉 OK，也沒想過要打電話回去告訴外婆，第二天早上滿身菸味回到家，脫掉昨天沒換下來的校服想沖涼，就發現外婆直直地躺著。那是她自媽媽離開以來第一次哭，連爸爸自殺她也沒哭過。她真的沒料到，會為這個整天說著粗口似的方言的外婆流那麼多的眼淚，她還以為自己對任何人也不再有感覺。所以她在外婆的葬禮上再見到的媽媽的樣子是模糊的，因為她沒停止哭過。爸爸的葬禮媽媽沒來，但這次她來了。媽媽好像沒怎麼變，仍然是記憶中的媽媽。不是蘋果有一刻的幻覺，以為站在媽媽旁邊的是爸爸，但那是另一個人。雖然視野模糊，但那個人的樣子卻很清晰。她一直記在心裡。媽媽只是走到她的跟前，伸手摸她的頭髮，摸了很久，像摸一隻給遺棄的可憐小狗，但始終沒說話。心地善良的人可能會覺得不可思議，一個人怎可能殘酷如此？可是在這種場面，還可以發生怎樣的狀況呢？可能性不外乎是三種：第一，母親紅著眼向女兒說，我對不起你啊！然後母女抱頭痛哭，冰釋前嫌，或者女兒不領情，摔開母親的手，反責她多年來的無情。第二，母親若無其事地和女兒打招呼，就像看到多年沒見的不相熟朋友，雙方不無尷尬地交換無關痛癢的說話，例如葬禮的時間安排，遺照選得不錯，某某親戚有沒有來之類。第

三種情形，就是現在的情形，母親沉默地撫著女兒的頭髮，女兒沉默地低著頭，咬著嘴唇。第一種情況是通俗劇的場面，在現實中很少發生。第二種比較普遍，但其實比第三種更殘酷。如果可以的話，第一種其實最理想，因為裡面的人至少能真誠地把心情毫無保留地表現出來。但人生往往欠缺這種坦然的時刻，最真實的東西全都卡在喉嚨裡，剩下的只有虛假，或者沉默。

外婆死後，不是蘋果開始了自己的生活，可以說是屬於自己的生活，也可以說是被拋棄到自己手中的無可選擇的生活。總之從此和母親全無關係了。勉強念到中五之後就沒念書，出來打工，售貨員、推銷員、服務員也做過，不值多談。有時好像很多朋友，都是吃喝玩樂的，看上去像一群不良少年，但也未至於作奸犯科，只是生活頹廢而已。有時又會自己一個人，做著完全不同的事，例如聽音樂，和看書，後來喜歡搖滾樂，自學結他，就是在這時候認識了高榮，而且和他住在一起。這是後話了。如果你覺得一個染了金髮，喜歡唱K和聽搖滾樂，每天抽菸間中也會喝酒，日間做sales晚間去P，和男孩同住，說話中不乏粗言穢語的十七八歲女孩不可能同時嗜讀日本文藝小說或者沉迷Glenn Gould彈奏的巴哈，不可能週末一整天躲在房中作曲和填詞，那是因為我們對人物的預期太狹隘，又或者現實本身的容量真的是太狹隘了。

不過，我們慶幸能遇到這樣的人，除了不是蘋果之外，還有她的朋友奧古和智美。奧古是個日間在唱片店工作的售貨員，對古典音樂很在行，可以告訴你四、五個《布蘭登堡協奏曲》版本的分別，除了懂得吹色士風，每個晚上下班後也會花三個小時練習吹尺八，還打算儲錢到日本拜師學藝。智美在餅店賣麵包，很容易喜歡上男孩子，也容易給男孩子欺騙，但打鼓很在行，比男孩子還有勁。慶幸遇上他們，因為他們讓你知道現實的容量就算狹隘，也還可以擠出微小空隙，追求自己小小的願望。

不是蘋果告訴貝貝，她的偶像是椎名林檎，願望是可以到日本看林檎的演唱會，和，她以慣常的不知是認真還是說笑的口吻說出來，就是成為像林檎一樣的歌手。貝貝不懂得椎名林檎，那天早上在不是蘋果的家第一次聽到她的歌，印象是很吵，唱腔是呼喊式的，而且不懂她的語言，所以迷惑不解，但卻幾乎是立即就給打動了。是因為不是蘋果的關係嗎？她不知道。貝貝看過不是蘋果作的歌詞。在學生的練習簿上，雜亂地寫了三本。她翻看著，較近期的有幾首，題目是〈任務〉、〈耳膜〉、〈詩與垃圾〉、〈倒下的方法〉。從文學角度考究，那也許都是些頗隨意鬆散的東西，但裡面有一種情緒，令貝貝覺得很震動。也許，那就是觸動那隱晦的共同感的地方。你寫詩的嗎？詩？沒怎麼看過，沒那麼高深，只是發泄一下吧。貝貝低聲唸著那些歌詞，一邊不住搖著頭，感到不可思議。老實說，我自己寫不出這樣的東西，我還說是念文學的，而且熱愛寫作！不是吧，你在說笑吧，都是蹲馬桶的時候亂寫的垃圾。不是蘋果一邊自嘲，身子卻一邊移向牆角的木結他。她無論表面怎樣裝酷，結果還是在一個微小的動作裡暴露出自己的幼稚。喂，唱給你聽，這個你懂嗎？她拍拍結他的音箱。我不行，我只懂一點初級民歌結他伴奏！這就行啦，來，一起玩！不是蘋果把木結他塞給貝貝，自己在床尾的盒子裡拿出另一支結他，這是支電結他，紅色，有白色的淚滴形裝飾。來，看看，如果不懂這些Chord，就把Key升高啦，轉做Am可以嗎？拍子一樣。OK？來，試試，開始是這樣的，一二三四，對啦，對啦，看你這個人，也不算笨，還可以啊！

後來貝貝去參加大學同學搞的詩會，心裡就一直揮不去不是蘋果的歌。那天詩會的主題叫做「詩與時代的撞擊」，聽來有點像天文學會辦的天體碰撞研討會。貝貝帶著準備唸出來的詩作，後來突然卻推說沒寫好，悄悄收起來。與會者以青年詩人互相稱許，但動

不動就發生激烈爭論，好像是某人的某一句不夠精練，或者是有某前輩的影子。一個把寫過的每一首詩也配上作品編號，和在詩末記錄著初稿和至少三四個修訂日期的二年班青年詩人裝出老練的口吻，說：這首詩的問題是不肯定自己在詩發展史上的位置，未能對既有的形式和新興的形式作出回應，貝貝師姐，你說對不對？貝貝因為心不在焉，一時回不過神來，就說：詩和垃圾有甚麼關係？眾人面面相覷，政坐在貝貝旁邊，就低聲問她：你沒留心嗎？你一直在想甚麼？政雖然忙著搞研究和搞學生運動，在習慣用語中兩者也是用搞的，就像人們說搞政治搞生意或者搞藝術一樣，但他總會抽空陪女友出席這種場合。縱使他自知對文學認識膚淺，並且興趣缺缺，但既然女朋友有這樣的愛好，他也唯有勉為其難，硬著頭皮忍受著這些年輕瘋子們脫離現實的星際爭論。不過他說這是為了表示對她的支持，這曾經令貝貝頗為感動。不過，政對文學的社會功用卻很感熱衷，覺得這些咬文嚼字的功夫說不定有助於社會批判。這多少和政的老師韋教授是念文學出身有關。因為有文學底子，韋教授好像對言辭的幽微詭譎有特別敏銳的反應力，從事文化和社會研究之後又開始寫政論，還計畫參選立法會議員。有人說為了這個目標，韋教授有意識地培養了一群活躍的入室弟子，使他在學生組織裡頗有名望和影響力。政是韋教授最寄予厚望的學生之一，他的評論文章有時也會經韋教授的轉介在報紙上發表。對於這些，貝貝抱著她一貫的旁觀心態。一方面是不太懂，另一方面也是出於一種不明所以的懷疑心。這種懷疑心在目睹韋教授給不是蘋果打了之後更強烈了，但貝貝又說不出是甚麼一回事。

　　貝貝一直沒有問不是蘋果那件事的因由，不是蘋果也沒有提起。這好像不合情理。我們一直預期貝貝和不是蘋果第一次見面的安排，一定是為了要揭示這問題的答案。但在這個我們沒有複述的片段中，相信我，她們真的沒有提起。因為一開始就沒有講，所以

以後也就變成了不能輕易講出來的東西了。這種東西究竟暗示著大家不說也能意會到，還是縱使沒有意會到也沒關係，還是一說出來就會產生不能彌補的破壞，其實大家也不知道。無論多親密的兩個人，也總有許多不能確知的事情，所以關鍵就是能否在確知和不能確知之間的地帶一起走下去。政對貝貝結交了像不是蘋果這樣的朋友，也抱有懷疑心，這本來也不是不合情理的，而且也很難說貝貝和政之後發生的事情完全是因為這點，尤其是政後來對不是蘋果的態度也發生了不可逆料的轉變。這也是後話。

貝貝不知道自己是不是能夠理解不是蘋果的感受，從事實方面講，她們的經歷是那麼的天南地北。可是，在表面的差異底下，是存在著早前提過的隱晦的共同感這種東西吧。這種東西和性格無關，也和背景無關，也和抽象的存在論或者神祕主義式的性靈現象無關，而是一種潛藏在身體內的，從感官一直膨脹到自我的界限的東西。那不是人與人之間的精神融和，或身分認同，那反而是確認了人以身體作為界限的必然互相阻隔，才能體會到的站在同一個境況內的共感。那也可以說，是本質上的孤獨和無助的共感。所以，貝貝那截然不同的背景並未造成和不是蘋果分享共同境況的障礙。貝貝的家庭，簡單說來就是不是蘋果小六之前所擁有的家庭的平安延續吧。至少到了她大學三年級這一年，也不見有父母異離的跡象。不過，當她知道了不是蘋果的事，心裡也曾想像過，如果有一天這樣的事突然降臨在自己身上，她是絕不能抵受的。如果以中一為兩人經驗的分界線，中一以後的貝貝過的就是平凡但幸福的人生吧。家庭融洽，雖然初中經歷過迷惘期，但很快就疏遠損友，努力上進，成績位列前茅，順利考入大學，念自己喜歡的學科，順利找到固定的男朋友，依然對人生抱有理想。這樣的人生還有甚麼可以挑剔？但在不是蘋果面前，她卻竟然暗暗為自己貌似完好的人生感到羞愧，就像在更衣室內目睹小宜受辱的一幕而對完好的自己感到

羞愧一樣。她有資格問，自己還欠缺甚麼嗎？她有資格懷疑自己的幸福嗎？她試過問政，政沉思了一會，說：也許，人生是永遠也得不到最終的滿足的，生存本身就包含著缺憾。雖然無論從文學還是哲學的角度來說這也是個做作而平庸的答案，但也同時不能算是個無理的答案。貝貝對他的答案感到很驚訝，她還以為政會為這樣無聊的問題而訓斥她。更驚訝的是，如果從前政說出這樣的話，她一定會理解為他不滿足於他們的關係，而且一定會對此感到不快，但這時她卻好像更真實地看到自己，和身旁這個人，而且有一刻前所未有的對他的體察感，一種好想沿著他的鼻梁摸摸他的臉的體察感。這也算是瞬間的愛情的感受吧。

　　2000年，新世紀的第一年，雖然這說法其實沒有甚麼意義，99年和01年也不過是個數目上的差別，但發生在這一年的事好像蒙上一層似是疑非的深遠暗示。所以我們也不必刻意去拋棄和浪費這巧合和方便的聯想吧，尤其是在這個有意義的事情變得這麼罕有的時代。貝貝雖然大不是蘋果兩年，一個二十二，一個二十，但她們其實也是同代人，可以說，同是處於青春的最後時期了。再跨過一點點，青春就要永遠逝去不返了。當然最新潮的文化分析家可能會對於把青春期的終點線推到二十歲不表同意，比如說有人會認為現在人類，注意是人類，我們做起文化偉論的時候也喜歡選擇氣魄比較魁宏的措辭，已經進入了青春當權的時代，每隔兩歲就一個代溝，十幾歲就成為科技神童和上市公司主席，就算連十七八歲也已經算不上文化上的青春期了。可是，這極可能是成人杜撰出來的論述罷了。去問問年輕人吧。去問問他們誰會覺得自己有權力，甚至感到受到尊重吧！在這個城市，我有所保留地說這個城市而不說在整個地球，青春不過是一堆垃圾，令人急不及待地要拋到垃圾筒，而在這個公德心竟然還沒有普及化的國際大都會中，隨便把這垃圾丟在路邊也沒所謂，反正這東西是沒人去撿也不太妨礙交通的。

如果從高空下望這個城市，縱使垃圾再充裕也絕不會礙眼。而如果你認為經這個章節這麼的一番概述，我們對人物們背景和關係的全局也知道得更清楚的話，請你也記著，更多的細微幽祕之處卻也必然同時給隱埋了。

　　老實說，我並未因此知道更多關於不是蘋果、貝貝、政和韋教授的人生。相反，我離他們越來越遠了。

詩與垃圾 II

曲／詞／聲：不是蘋果

我必得在生活中扮演自己
沒有別的可能性了
在堆填區的地底也許還存在真實的東西

我必得在語言中扮演生活
除此之外還有其他嗎
還有比化成石油的恐龍更遠古的東西嗎

裝出憤怒事實就變成憤怒
裝出頹廢事實就變成頹廢
比真正的憤怒更憤怒
比真正的頹廢更頹廢

好比一首花了五十六秒就草草寫成的歌

詩與垃圾 II

我所愛的一人啜飲吶喊
極度空虛擾弄著夜間道路
剪票口的簡陋螢光燈
就連你的影子也照射不到

偏離無常的遙遙長日也只留下香氣
喚起享樂般的季節
而我所期望的事　便是優雅超越自我的矛盾
就連最愛的你的聲音　也讓我一併掠奪吧

劃破寂靜的德國車及巡邏車
警車聲　爆破聲
現實世界　或者浮游

〈罪與罰〉

談話：

你信唔信罪與罰？

你講咩？椎名首歌呀？

唔係，我係話罪同罰這兩件事情。

你做咩？傳教呀？給你嚇鬼死。半夜三更我同你兩個人坐在條未起好的天橋上面，你突然問到這麼嚴肅的問題，你不覺得好怪雞嗎？

唔係呀，我反而覺得好正常，因為這類問題應該是在不正常的情況之下，才會好似好正經咁講到出來。比如話，如果平時一齊在快餐店食飯，或者搭地鐵，有人失驚無神跟你講甚麼罪與罰的問題，你一定會說他唔知癲咗邊條線。但是，在這裡就不同了。你睇下，半夜地盤附近一個人都冇，有誰會想到，有兩個女仔會走到這條未蓋好的天橋上面，還坐在又高又危險的邊緣上面傾談？睇下那邊的房子，前面那裡就是元朗吧，另一邊就是天水圍，再遠一點就是大陸，你說，在房子那邊有誰會想到我們就坐在這裡望著他們？這裡就好似另一個時空，好似是很久以前，一個已經毀滅了的地方，或者是以後，從將來睇返轉頭，但是我們就坐在這裡。我想，這樣的情況自然令人講到平時不會講的問題，就好似罪與罰的因果關係。

平時還有好多東西不會講。

那就在這裡講啦。

你個人真是天真，但是偏偏講話又好複雜，真奇怪。我覺得你太多胡思亂想。

你都好多嘢諗。

唔好審問我啦，現在不是上演罪與罰大審判啊？椎名首歌你記不記得怎麼唱？開頭用好沙啞的喉音清唱的。

記得，中間好似嘉年華那樣的氣氛，好似好華麗，但是又好沉，好似，好沉鬱。

你講得對，真是好似嘉年華，但是計我話，應該是個沒人來玩，只是得自己一個人的嘉年華，即是呢，坐著好名貴的房車，擦滿好誇張的化妝，著上好暴露好野性的衣服，整個天空在放煙花那樣子，但是四周只有自己一個人。初時還做到好似好開心的，玩到好high的樣子，然後就在煙花爆炸聲和興奮的音樂聲裡面，搏命地大聲喊，大聲尖叫。但是沒人聽到，就好似在一個沒有人但是甚麼都開動著，那些旋轉木馬和機動玩具都在移動的遊樂場裡面，真係

好邪。你知不知，我六年班之後就整天做這樣的夢。夢裡面有個好鬼死大好鬼死靚的遊樂場，開滿了七彩的燈，那些馬仔在轉下轉下，又上又落，但是一個人都沒有，好恐怖。然後就會有個小丑在黑暗裡面走出來，化滿白色面和紅色鼻紅色厚嘴唇，對眼周圍還要畫個星星那種小丑，著住花花綠綠的衫，褲襠那裡掛住條倒吊的波板糖。是那種大大塊，扁圓形，上面有漩渦狀條紋的黃色波板糖。那個小丑好高，夢裡面的我就一定是好細個，好似變回幾歲大，所以那條波板糖剛剛在我面前好似鐘擺一樣搖來搖去。小丑話請我食波板糖，但是我不肯，我跳了上去其中一隻木馬，想逃走，轉頭一睇，小丑就坐在後面那隻馬上面追我。我隻馬走來走去都是慢吞吞地上上落落，後來就變了隻狗，而小丑就來來去去都是在我後面的一段距離，坐著另一隻狗，不近又不遠，一路死跟住，手上面還拎著變了好似個球拍那麼大的波板糖揮下揮下，我這個時候就會好急尿，結果忍不住就坐在隻狗身上面屙出來。個旋轉木馬，不是，應該說是個旋轉木狗上面的狗都一齊從後面屙尿。整個地方就好似變了個旋轉噴水池那樣。查實都幾壯觀，都唔好話。

後來個小丑呢？

唔知道。所以我好憎小丑，覺得他們都是些會迫人口交的怪物。我想我都是因為這個所以討厭幫人口交。遇到鍾意口交的男仔，他的樣子就會即刻變成小丑，好噁心，好鬼邪。但是我又不介意別人幫我，有時都會突然想到如果向他的嘴裡屙尿會怎麼樣。不過，只是想想吧，還未試過真的那麼變態。怎麼啦，這種話題算不算配合這個不尋常的時空？

我第一次聽人這樣講。老實講，我未試過這樣。

未試過口交？

我是說，未試過這樣講這些東西，好似好激的樣子。

其實都是罪與罰的問題，如果你喜歡這樣理解的話。

為何我會哼著這個旋律呢　仔細的想想看
為甚麼我會說出這樣的話呢　稍微的想想看

要墮落到哪裡　這個身體　遙遠遙遠的灰色天空裡

那一天確實在寂靜之中
晃動的地面妨礙了我的志向

為甚麼我要流下這樣的淚　好好的想想看
要墮落到哪裡　這個身體　遙遠遙遠的灰色天空裡

〈暈眩〉

筆記：

〈暈眩〉。《在這裡接吻》單曲集內的歌。後來沒有收入大碟。連同幾隻single內的歌，〈遙控器〉、〈時光暴走〉、〈溜滑梯〉，也沒有選進大碟。都是絕優秀的歌，為甚麼後來可以棄而不用？是好歌太多而不能不拋棄？開首的是直升機螺旋槳轉動的聲音？空氣在旋轉了。然後主要是結他和鋼琴，比較清，不像椎名主力的搖滾風。但還是很椎名的旋律。詞較淡，但晃動的地面妨礙了我的志向，也很椎名句子。天空是灰色的，身體在墮落。那是個怎麼樣的高處。像那些施工中的天橋，很高，在半空中止，站上去卻彷彿在晃動。那個晚上和她爬上去，坐在未接駁好的邊沿地方，看遠處市鎮的燈，公路上掠過的車，迴旋處轉動的光，灰濛濛的天也擋不住的星，夏日大三角，她說，第一次來到元朗的那個清早，她下了巴士，站在陌生的路上，有一種路面不友善的暈眩感。於是我就哼了這首歌。向著凹凸不平的廣大沉睡的地面挑戰。起來啊！天橋！公路！地面！有種就反過來拋倒我吧！她說好像站在舞台上，遠處閃

動的燈就是歌迷的螢光棒。嘩呵！這是我們的舞台，我們的體育館！令人暈眩的體育館。

只要一聽到蟬鳴　便會想起九十九里濱
放開祖母滿是皺紋的雙手　獨自探訪的歡樂街

媽媽是這裡的女王　活生生我就是翻版
每個人都伸出手來　雖然還小卻已經深深迷戀的歡樂街

拋棄十五歲的我　女王銷聲匿跡
應該是跟每星期五來的男人去生活了吧
盛者必衰
領悟這道理卻一腳踏進歡樂街

雖然怨恨失去蹤影的女人但小夏我現在
卻光榮的頂著女王的頭銜

成為女人的我賣的只有自己
也許當我需要同情時就會失去一切吧

走出JR新宿東出口
那裡就是我的庭園　大遊戲場歌舞伎町

今夜開始在這個城市女兒的我將成為女王

〈歌舞伎町女王〉

談話：

還要飲甚麼？咖啡好唔好？

我想聽歌。

聽甚麼？

歌舞伎町女王。

為甚麼？

氣氛好似好開心，其實有一種悲哀的味道。

我都好鍾意這首，試過聽著聽著哭了出來。好羞家，其實我好容易哭。你看不出吧。不過每次哭都是我自己一個的時候。我不會在別人面前哭。

為甚麼哭？

你猜我以前跟甚麼人在一起？怎麼壞的人都有，做甚麼不可以？有個時期，我想是中四阿婆死了之後不久，有兩個認識的女孩都是做那個的，好好搵咁話，又有得玩。那些仔其實好賤，話想溝你，其實想你幫他們搵錢。認識了高榮之後，我才開始疏遠那些人。可以話，高榮是我的轉捩點，如果不是認識了他，我不會玩結他，不會識聽音樂，可能會去了做雞，好聽點說就叫做歌舞伎町女王。高榮雖然不是好人，他不是社工，音樂都不是不良少女的輔導課程，這點我好知道，但是他至少不是那種壞人，你知道我的意思啦，老套一點講句，就是他無法給你幸福。不過，我說我不相信這東西，講起來也有點肉麻！我沒想過要幸福，只有白痴才會相信這種大話。高榮聽我這樣講就好放心，他走的時候我想他也沒有悔疚。就是這樣，我自己鋪好條路給他走。其實我跟歌舞伎町女王分別不大。一需要同情的話就會失去一切。

你可以自己做女王。

女王？現在還有女王嗎？英女王都已經走啦。椎名其實是騙人

的，根本就沒有歌舞伎町女王，尤其是在我們這個地方，做雞就是做雞。食快餐就有雞皇飯。

因為這個所以哭？

唔知。為甚麼你老是問我的事？不講自己？

我沒甚麼好講。我個人好悶。

其實蠢的是我，你最懂得保護自己。我可能會早死，你這種人好容易生存下去。

為甚麼　歷史上誕生了語言
太陽　氧氣　海　風
應該就已經足夠的吧

感覺寂寞不論你我都是
確切地相互治癒傷口　這無法責難於誰或是任何事物
繩索　被解開　生命　被比擬著

請原諒我的反覆無常
事到如今別去想為甚麼了還是快點行動吧
請進入更深的核心
用我的衝勁　勇敢地行動吧

〈本能〉

筆記：

金屬感的鼓擊。用擴音器唱的前奏。對美的歌聲有新的定義。不一定要柔滑，不一定要真實。經過過濾，變得粗啞的宣示。是原始的，街頭的，粗糙的工具，擴音器。那會更接近本能的粗獷嗎？還有封套上那用拳頭打碎玻璃的護士服形象。呼應在這裡接吻的手

術室場景，冰冷的金屬器皿，有兩條腿部支撐架的婦科手術床。只看見揮拳的護士，和碎玻璃，沒有背景。好美的造形。又回到美的觀念。通常也會說是玩嘢。節奏很有勁，雖然其實不算爆音的歌。一聽到身體就想跳動。好像脈搏。醫院意象不是無關的。聽到脈搏在跳。本能就在裡面嗎？拋棄語言，歷史。可以嗎？結果還是要說出來，喊出來的都是語言吧。無路可逃。但本能可以在裡面凸顯嗎？那喉嚨裡非常赤裸的東西。幾乎可以觸摸到的肉體的微粒。對，赤裸感的喉音。摩擦著耳膜。亢奮。要刺穿它吧。卻隔著擴音器，粗陋的機器化。不是精緻的。擊破玻璃的手，是肌膚，但金屬指環有機器感。耳膜要像玻璃般粉碎。語言也會被喉音粉碎嗎？歷史會消滅於肉體嗎？連記憶也可以徹底毀掉，只剩下這刻的肉體嗎？是被拋棄的肉體也沒所謂。

　　你總是馬上想照相

　　但不論何時我就討厭那一點

　　因為一旦照了相　　那我就變老了不是嗎

　　你總是馬上說出絕對的甚麼的

　　但不論何時我就是討厭那一點

　　因為一旦感情冷卻了　　那些不就都變成了謊言嗎

don't you think? I wanna be with you

　　就在這裡待著

　　永遠地

　　明天的事誰也不知道

　　所以請緊緊地擁抱我吧darling

〈石膏〉

給林檎的信：

我一直以為理解你，一開始就被你的歌曲深深感動，或者以為你理解我，就算你不會認識我，也從來不會想到有像我這麼的一個人，但卻通過你的歌唱出了我尋覓已久的說話。就算其實我不懂你的語言，看著曲詞的翻譯也只能得到大概吧，尤其是像你這樣的不容易解釋的言語。總會有錯漏或誤解或根本無可翻譯的地方吧。可是，就算能夠依靠的就只有這不可靠的譯文，我卻覺得能夠明白你，或者你已經明白了我。因為那是在言語之外的東西吧。是從音樂、曲調、意念，甚至是視覺上的形象，你的封套扮演，你的MTV演出，就可以傳遞的東西。當中最重要的是音樂。和聲音吧。沒有音樂和聲音，言辭都不過是啞默的狗，捲起尾巴來的。犬是要吠的啊。縱使吠的犬多少還是淒涼和孤寂。

震動的東西，是聲音，從沒有聽過這樣的聲音。不純然是粗野，也拒絕無力嬌柔，是面向殘酷，充滿戲謔和嘲諷，但又深埋同情的聲音。是有質感的，好像是有實體的聲音，不是柔膩的，平面的，虛浮的。然後我看到MTV影像，就無法不把聽覺上的你和視覺上的你融合在一起。特別是〈石膏〉映帶中的意象。褐色的死亡的夢，是沉入還是驚醒？仰天伸出雙手的女孩，邪惡的稚氣，頭上有教皇的冠冕。深綠色的荒野，失去焦距的樂隊，抽動不祥的黑禮服和高帽，回應罌粟花的呼喚，沒進死水，或者屈服於獸頭骨的凝視下，滾動在無情的地板上。你穿的裙子是灰色、褐色，還是粉紅？低低的胸口要挑戰誰的目光？無可比擬的結他姿勢，是挖出肉體內的荒蕪嗎？是揮擊纏擾的陰影嗎？臨終結他孤鳴的顫音，是犬的垂死嚎叫嗎？人們都說你代表頹廢、虛無、享樂主義。我聽到這些就納悶。除此就沒有更明晰或者更隱晦的東西了嗎？為甚麼都只是些簡單的詞彙？聽慣聽熟的說法？這麼方便隨意就把你定在某種

容易消化的形象？那不過是因為你擅長的反白的雙眼，噘起的嘴角，或者沉迷拳頭的意象。但其實你是玻璃而不是拳頭吧。我無法揮去你在MTV中那迎面仆倒的身軀，像失去意識的空殼，但其實是咬緊牙關的向地面的迎擊吧！是以脆弱的骨頭施以的最後的還擊吧！樂隊倒地，荒地上凸顯歪斜的十字架。但你不相信救贖吧。如果不掙扎，就一切也沒有。除了罪和罰的循環，就甚麼也沒有。

聽到人們把你形容為惡女，就感厭惡。在這樣的世界中，惡形惡相有甚麼用處？惡就可以反擊嗎？這未免太天真，太無聊。惡不過是愚昧吧。為甚麼人們分不開惡和憤怒？是憤啊！是激憤之感。沒有憤就活不下去。而你的憤，不能只是聲嘶力竭，這樣下去會死掉啊，還必得偽裝成遊戲和調笑。人們都理解為搞怪，那也沒有辦法。嘲笑堂皇的虛偽，也連同無聊的笑聲也一起嘲笑，連同自己也一起嘲笑，這是無可避免的。只此一途。自己不願自命善人，清醒者，就只能以病者自居。在聽你的歌，我感到了激憤的生命之音，是咬緊牙關地迎向沒方向的每一天。但是，脆弱的身心也彷彿要給震碎了。這樣心力交瘁，會不會有一天真的要倒下來？保重啊。

信寫到這樣，感到有點荒誕。這些話是說給誰聽的呢？我真的說對了嗎？真的理解了嗎？還是不過是自說自話？就算我記得而且能唱出你的曲詞的每一個音，那代表我明白了你嗎？到頭來只是我一廂情願的誤解？我可以相信，在那種種的扮演底下，真的有那麼的一個會面紅，會咳嗽，會暈眩，但也會盼望著得到生存的能量，和一邊調侃一邊拚命抱緊片刻即逝的幸福感的女孩嗎？蘋果，能相信你嗎？能認同嗎？能為這個而生嗎？

天氣預報每天失算遭致謊言的深淵
興奮悸動或嘆息都將消失無蹤

不想邀請

虛偽的泥土香和向日葵

那馬上迎面飄香的繪畫和偽裝的太陽

不管委身於你是危險或安全

都已經無法停止

不惜飛蛾撲火

不管灌注你的是雨或命運

都無法忍受

一定用這雙手守護

讓我待在你身邊

〈暗夜的雨〉

談話：

其實你不講也沒所謂，不用因為我這樣說了幾句，你就覺得要拿些甚麼出來跟我交換。我最憎人家講甚麼交心。個心怎麼去交？交交聲好骨痺。

我沒這樣想。我其實一直都想講，不過不知道怎麼講吧。

不用勉強，真的，我自己爆出來是我自己的事，你不用不好意思。

你為甚麼講到我好自私的樣子？

我沒有。

你讓我覺得自己好不坦白。

我已經說過沒有。你想講就講啦。我在聽。

我真的好想講好久，好想知道，究竟我的人生還缺少甚麼？我一直覺得自己沒有資格問這個問題，尤其是在你面前，我沒有資格埋怨甚麼。

千祈不要這樣想，誰敢說自己有資格對全世界抱怨？講到資格是不是太無聊？為甚麼你老是要顧慮到這些不必要的東西？你這個人真是！

　　好，那我們就不要再爭論這個問題啦。講回我自己，其實我從來都不敢做危險的事情，除了中學有一段時間有點不聽話，例如在校服裙裡面穿P.E.褲，但是想回來其實也不算甚麼。其他方面都好乖，上完學就放學，放學就補習，回家就溫書，放假去看看電影，拍拖都好斯文，最多親一下嘴。你講的東西我都沒試過，連想都沒想過。我到了大學，跟現在的男朋友拍拖，即是那天在卡拉OK的其中一個男孩，才第一次跟男孩發生關係。那是在他租住的村屋裡。那個晚上沒有甚麼預期，在房子裡面弄了餐晚飯，食完飯坐在梳化上面聽歌，抱下親下，不知怎麼樣就發生了。其實也不算順利，有點笨笨的，可能是我太緊張，他無法進來，到後來他就在我外面解決。但是我都覺得算是跟他做了。那種感覺好奇怪，不知怎麼說，不是不開心，之後每天都在想著，後來再發生，慢慢就開始順利。但是，我老是覺得，就算他順利深入到我裡面，也好似還有甚麼沒有向他打開，好似其實還沒有真正深入到核心。我知道這個是心理方面的問題，未必跟身體接觸的情況有關，但是，第一次那種沒辦法進入而要在外面解決的形象，就好似一種象徵那樣概括了我們的關係。你一定會說根本就沒關係，但是我沒辦法拋開這種感覺。

　　或者你試下跟不同的男孩做下會有答案。

　　哈，理論上可以這樣講。

　　我知道你不是這樣的人。

　　我沒有道德判斷的意思。

　　還要講嗎？

　　我覺得，不單是關於我跟他的問題，還是關於我自己裡面的問題。

你跟他做愛的時候，是不是有一種自己站在旁邊看著的感覺？

你怎麼知道？我看到的是我的中一同學小宜，躺在更衣室地上，給人夾硬張開雙腿，用羽毛球拍柄插她下面的景象。

你當時在做甚麼？

我站在牆邊。

好似那天在卡拉OK一樣？

嗯。

有沒有告訴他？你男朋友。

告訴甚麼？

以前更衣室那件事。

沒有。

甲州街道上因為交通阻塞劇化而目睹日本的清晨

徘徊於今天要求覺醒的嚴重矛盾之中

就在不久前

不管在年少上堆積多少看似圓形雲團的笑容都不會改變

每每嘗到寂寞滋味　我總是企盼你的回應

在你的眼眸眨眼示意時我初次聆聽生命之音

如果連天鵝絨的大海都只對沒辦法的事情沉默的話

我該怎麼辦

受到擺布就狀態而言　美麗嗎

不　美麗花朵都會遭到枯萎醜化的嘲笑

無論何時

〈依存症〉

筆記：

起始音樂：勾出電結他單音，微顫，輕靜，像緩緩甦醒的黎明時分。在MTV中以三味線模擬，身穿黑色傳統喪禮和服，在以富士山為背景的草坪上。開段：迷茫之音，像徹夜未眠，有點沙啞，柔弱。重唱段：漸趨激憤，強力吼叫，像突然湧出來的火山熔岩。末尾：長達三分鐘的結他合奏，狂掃，配合重鼓音和鋼琴，像要席捲城市的熱風。MTV在音樂迸發前的鼓擊的稍頓中，引爆身後躺於草坪上的從中切割剩下一半的Benz。火焰，搶救人員衝前。演出完成。

談話：

做個好似圓形雲團的笑容來看看。

甚麼？

是〈依存症〉的歌詞，做啦。

為甚麼要我做？

你個面圓啲。

——。

哈，好似。盞鬼呀你！

你呢？

我做不到，我年少的時候不笑。

咁變態！

我是每每嘗到寂寞滋味呀。

所以總是企盼你的回應？

在你的眼眸示意時我初次聆聽生命之音。

那如果連天鵝絨的大海都只對沒有辦法的事情沉默的話，你怎

麼辦？

　　那就要問一下死狗皮的天空啦，或者它會給你一個灰色的願望。

　　我的願望是出一本自己的書。

　　出書咁易？

　　有個人應承幫我。

　　邊個咁好死？類似長腿叔叔那種人？

　　你呢？

　　開演唱會。

　　在紅館？

　　發夢啦你！在這裡，我們的體育館。

我們的體育館

作曲：劉穎途　　作詞：許少榮

不再等傷痛變淡了　請廢墟不要再睡了
令庸俗不堪都市變調　在漆黑中閃耀
來用我結他　高聲的嘶叫到底　燃亮破曉

將碎片一塊塊拼貼　於瓦礫堆放肆地唱
任由罪與罰幫我決定　做石膏的心情
誰亦會震驚　親手起歌舞伎町　華麗布景

這舞台的中央　有我們不朽歌聲　沒有心請你別要入場
玻璃唱爆不減力度　即使唱到聲帶亦被炸傷　高聲唱
自我的一首歌　妥協嗎怎都不可　就這麼演唱未變立場
欠觀眾亦要唱　何妨孤身演唱　不欣賞　我照樣

拿著結他箱　高呼心底那理想　誰話妄想

請廢墟親眼作見證　手挽手跟你喊著唱
就憑著歌聲超脫世俗　容許我繼續高漲
彈著爆裂結他　不希罕觀眾送花　誰沒拍掌

以我們的青春　以我們不朽歌聲　令廢墟早晚定必清醒
要反抗舊建制　化作音樂現場　想不想

創作最好的歌　妥協嗎怎都不可　就這樣演唱未變立場
欠觀眾亦要唱　何妨孤身演唱　不欣賞　我照樣

偉大的費南多

曲：不是蘋果　　詞：黑騎士／不是蘋果　　聲：貝貝

可憐的費南多
在周末約會自己
和自己去飲咖啡
在咖啡館跟自己開詩歌討論大會
出席者包括列卡度、亞爾拔圖和艾華路
費南多卻臨時缺席了
一不小心就把自己遺留在河畔的木椅子上

我有時候問你
我是不是真的認識你
如果戀愛只是名字
我算不算愛你
如果我約會你　　　你會不會來
如果我給你寫信　　　你會不會撕掉
只要聽見紙張裂開的聲音
就會知道這一切也是真的
我的愛　　　也是真的
縱使是拒絕　　　也至少是真的

偉大的費南多
在周末約會自己

你為甚麼連最愛你的人的這個資格
也不允許給我？
我在黑大衣下藏著手槍
魔術子彈穿過出席者隱形的身體
河畔的木椅子上迸出缺席者的血柱

偉大的費南多

〈關於persona的論文練習〉

　　Persona原本是拉丁語詞，意指在古典劇場中演員所戴的面具；後來演變出dramatis personae這個名詞，意指一齣戲劇中人物的名單；最終演變成英語中的person，意指特定的個人。在新近的文學批評中，persona通常指第一身敘事者，無論這敘事者是敘事詩或小說中的「我」，或抒情詩中讀者所聽到的說話者的聲音。

M. H. Abrams, A Glossary of Literary Terms

　　我創造了自己各種不同的性格。我持續地創造它們。每一個夢想，一旦形成就立即被另一個來代替我做夢的人來體現。為了創造，我毀滅了自己。我將內心的生活外化得這樣多，以致在內心中，現在我也只能外化地存在。我是生活的舞台，有各種各樣的演員登台而過，演出著不同的劇目。

Bernando Soares／Fernando Pessoa, *The Book of Disquietude*

　　《不安之書》的敘事者貝爾納多·索亞雷斯，是這本書「真正」的作者費南多·佩索阿（Fernando Pessoa）的其中一個筆名。佩索阿是二十世紀葡萄牙詩人，生於1888年，死於1935年。生前並未得到重視，死後作品才被重新發現和整理，並且被譽為葡萄牙最偉大的

詩人之一。佩索阿遺留下大量零亂手稿，至今還在整理中，過程中的一大困難，是確定每篇作品的「作者」。考據結果顯示，佩索阿一生曾使用七十二個名字進行創作，他把這些名字稱為 heteronyms，並不單純是筆名，而是有不同個性和生活背景的人物，其中主要的角色，如 Alberto Caeiro、Ricardo Reis、Alvaro de Campos、Bernando Soares，和包括稱為 Fernando Pessoa 的這個角色，也各有代表作品，不同的文風和文學理念，和頗為詳細的生平事蹟，他們之間亦互相認識，甚至互相批評。佩索阿的創作扮演，把寫作過程中必然的自我分裂、繁衍和創造推到極致。「作者們」反覆探索生活當中感官經驗的真實性和寫作中自我的虛構性，但上述兩者之間的關係其實十分矛盾。如果寫作必然只能是一種扮演，一種假面的藝術（或者藝術本身就是一種假面活動），那麼片段的感官真實還有可能言詮嗎？還有可能通過文字去重現嗎？如果真實只存在於事物的存在本身之中，或者在個人感悟的當下之中，那麼抽象的沒有實質的語言重組還有甚麼價值？真實感官和語言表現是否因此也屬兩回迥然不同、毫不相干的事情？也可不可以說，一個是實在的經驗，另一個是虛構的代現？而兩者之間並沒有相連的橋道。

　　唔……，我想我明白你的意思。你在文中是想講 Pessoa 這個作家顯現出來的關於寫作的矛盾狀況吧。Alberto Caeiro 的詩說過，蝴蝶只不過是蝴蝶，花只不過是花，事物也沒有深層意義，它們只是存在，而覺識這些事物的方法只有通過我們的感官，那當下的感官反應至少也是真實的吧。可是 Bernando Soares 卻說真正的旅行是腦袋裡的旅行，只有從沒去過的地方，才能保住美麗幻想的可能，一旦真的去了，就給現實經驗局限了，所以他從不離開里斯本的道拉多雷斯大街，但他也因此擁有無邊的山光水色，而且能在文字中創造它。前面說的是人的自我消融，讓事物的存在滲透到自己的感官

裡去；後面的想法卻否認了現實世界的實質，把一切歸結為自我意識裡的憑空想像。也可以說，裡面有兩種主張，和兩種狀況，一種是實質的，一種是幻想的，或者是你說的實在的經驗和虛構的代現。所以你覺得困惑了，是不是？

那個晚上我們到黑騎士家聚會，原以為可以見到他的太太，但她卻有事出外了。黑騎士的家比我想像中尋常。沒有過多的裝飾，但又不過於簡陋；不見另類的風味，但又未至於庸俗。一般家居中會有的東西，他的家也有，書也算多，但又未至於令人印象深刻。結婚照片也很尋常地放在當眼的地方。唯一出乎意料的，是他原來會抽菸斗，因為平常都不見他吸香菸。我們叫了外賣做晚飯，吃完後大家幫忙收拾碗碟，我就趁機問他看了我早前交給他的一篇短論沒有。他蹙眉想了想，就說了上面的一段話。我其實對這篇東西很沒信心，我一向也不擅長論說，但因為對黑騎士介紹我看的葡萄牙詩人佩索阿感興趣，而且覺得和黑騎士的創作方向以及自己正在嘗試的寫作實習有某種關係，便膽粗粗試寫了篇文章，思考persona或「假面」的意念。

政聽到我們談到這些，就很留神。他對思辨性的東西格外有興趣，但對語言藝術上的東西，就不甚了。其實，政和詩會裡的人在本質上並不真的有很大的差別，但我知道這樣說出來他一定會生氣，因為他對那些年輕詩人有很強烈的反感。我當時心裡也想到，我沒有把那篇短文給政看，甚至沒有和他提及過，他會不會覺得有點甚麼？我為甚麼不給他看呢？是覺得他不會明白？還是不想他知道我寫了篇這樣的東西？不想在他面前展現自己的某個面貌？不想某些主題涉入我們之間？

不是蘋果在廚房作狀要洗碗，聽見黑騎士說不必了，就不客氣地拿了人家放在廚櫃裡的砵酒，問可不可以開。一般我和太太也不喝酒，一瓶酒打開總是喝不完，這枝是一時興起買的，放在那裡，

還在愁甚麼時候有人來幫我們消受呢，既然剛才談到葡萄牙文學，那就更加應景了。黑騎士說。大家在廳裡圍坐下來，倒了酒，黑騎士只斟了一小杯，不是蘋果卻倒了滿滿的，我和政也只是象徵式地呷一點。我有點心急想回到剛才的話題。

我只是在想，如果寫作不能表現真實的東西，那還為甚麼要寫？難道只不過是一場遊戲嗎？我說。

黑騎士照樣是沒有立刻回答，低頭細想了一下，才說：但怎樣才算是真實呢？是哪一種真實呢？是不是心中有一個意念，有一種感覺，直接說出來，那就是最真呢？有時候，我們通過虛構的行為，比如寫小說，或者是寫詩，為甚麼反而感到更真呢？這是寫作中很奇妙的地方。而這個虛構的過程往往就是通過一個 persona 去完成的。

政在沙發上直了直身子，我便知道是他想發言的表示，他的身體總是搶先暴露他的意圖。我認為，其實是沒有真實這回事的，一切稱為真實的東西，其實也是語言的建構，而語言是社會的產物，所以說到底也就是一個社會的或時代的意識形態的建構。我不認識你們談到的那個作家，但如果他是以很多筆名，或者扮作不同的角色來寫作的話，我最感興趣的是，這些角色之間的矛盾和衝突，又或者共謀，是如何凸顯出那個社會和時代的意識形態矛盾和衝突。

政一說到這些理論性的東西，語氣總是不能自控地強硬起來，好像急於要挑戰甚麼似的，那其實是頸膊的肌肉緊張所致吧。我偷偷斜視黑騎士的反應，但見他只是低頭在聽，眼睛盯住手中的酒杯，輕輕晃動的砵酒在杯肚子上留下了一層黏著的透明薄膜。

不是蘋果突然就加插進來，說：你們講的這個作家都幾過癮，雖然我不懂這些東西，但我覺得，寫出來的東西就必定是要扮演的，不是有意去作假，而是不由自主的，你總要給自己一個形象，一個角色，然後才能做下去，才能把東西說出來，有些東西如果一

直接去說，是會死人的，所以這根本不是一件值得去批評或者苦惱的事，至於同甚麼社會時代的東西有關係，這個我不知道，這些，需要去理會嗎？我覺得有點無謂。

政的身子比剛才更板直了，是準備還擊了吧。我正想開口打岔，黑騎士卻搶先問：要不要聽點甚麼？說罷就起身往CD架上翻看。其實在我們一走進這個房子，不是蘋果便已經率先檢閱過黑騎士的不算豐富的音樂藏品。這是我第一次來黑騎士的家。雖然之前在大學二年班上過他兼職教授的寫作課後，一直也有保持聯絡，不時請教他關於寫作的問題，但想不到後來他會請我和政來他家裡坐。為這個著實興奮過一陣子，和不是蘋果提到黑騎士這個人，她也感興趣，於是便叫她一起來了。其實，我是想借機把不是蘋果寫的歌給黑騎士看看，而且有預感他是會欣賞的。

很抱歉，家裡的音樂種類很貧乏，如果聽巴哈的話，會不會悶壞你們？黑騎士蹲在地上，把身子扭過來說。不是蘋果就應道：怎會呢，如果能夠聽Glenn Gould就很不錯。黑騎士顯然有點驚訝，試探著說：那麼聽Goldberg Variations好嗎？1955年版還是1981年版？不是蘋果就說：要聽老年版。為甚麼？還以為後生女會鍾意年輕版？我係老人精。她笑說。我望著他們，覺得對話完全是在兩人之間進行著，有點出乎意料。之後再聽Tom Waits的The Blackrider，你的筆名是從那裡來的吧，那算不算是你的主題曲？不是蘋果說。

佩索阿令我感興趣，或者令我困惑，其實是因為他令我想起黑騎士的小說。儘管兩人是那麼的不同，但我卻非常強烈地感受到那種相似的persona的存在。那是一種很有自覺意識的假面，例如佩索阿說到一個詩人其實是一個偽裝者，而他因為太擅於偽裝，以致他甚至因假裝出來的痛苦而感到痛苦。至於黑騎士也曾在一篇模擬女性敘事者的小說的序言中談到，自己的寫作其實是在模擬人物，甚至模擬小說

這種文體，而最終就是在模擬自己，因為語言中的自己和「真實」的自己之間永遠有一段無可跨越的距離，而不斷的表達便只能是不斷的扮演的嘗試。這個自我，並不是一個已經完成和完整的東西，而是一個得在言語中不斷地加以創造的角色。正如佩索阿所說，他是自己寫下的散文，用詞藻和段落使自己成形，給自己加上標點，用一連串意象使自己成為一個國王，用一連串詞語尋找韻律以便讓自己華麗奪目。這樣說，一個作家的真正自我，除了他的作品，他的語言所組成的相貌，還有沒有其他？他的作品，他的語言所組成的相貌，又是不是一個一致的，完整的，可全盤理解的，信賴的人格？如果你來到作家的跟前，非常實在的面對他，這個 person，和他作品中的persona，不就是同一個人嗎？

揚聲器傳出非常沉緩的鋼琴聲。那是〈郭德堡變奏曲〉的 Aria。大家也覺得似乎不必為剛才的話題爭論下去，雖然勾起了的疑問懸而未決。一邊聽音樂，一邊靜靜地閒聊著各種不著邊際的事情。不是蘋果問到黑騎士寫過甚麼書，他就從書櫃上抽出幾本小說。送給你吧，給你簽個名留念，要不要？不是蘋果拿著厚厚的一本小說，說：這麼長，看不下去啊，有沒有短的？政就問：好像很久沒見你出新書了，有沒有在寫甚麼？黑騎士只是笑笑，說：是啊！忙著教人寫作，自己就沒時間寫了，真沒法，總需要工作啊，寫作不能當是一種工作，所以必得做其他的工作來維持自己的寫作，但到頭來卻沒有時間寫了，就是這樣的狀況。也許應該改行寫詩吧，只要一年寫他三五七首，就可以保留會籍，滿經濟的。不是蘋果挑了一本短篇小說集，說：要這本可以嗎？貝貝說你會幫她出書，是不是？黑騎士一邊在書的扉頁上簽名，一邊說：你的名字，嗯，寫不是蘋果嗎？你提到貝貝的書，對了，情況怎樣了貝貝？寫了多少？跟以前說過的一樣，會是個短篇集吧，不用急，如果這年內完成，就可

以，我給你安排一下，正在跟一間出版公司談，他們一向出的是實用書，但也有興趣出文化的東西，我看有機會說服他們出一個新寫作人的系列。不過，情況暫時還是有保留，不能說是一定成功，所以也請你有心理準備可能要等一下。

我看看政，見他沒有特別反應，不潑冷水，但又不表興奮，就有點納悶。他沒有預計今天不是蘋果會一起來，所以一直有點怪怪的。兩人碰面的時候，我知道他已經努力地作出和解，說卡拉OK那晚的事很對不起。其實這說法很怪，因為事實是不是蘋果打了人，政只是制止事情而已，但對於曾經這樣粗暴地衝突，總覺得是不太安然吧。不是蘋果卻沒甚麼，不明所以地笑了笑，可能是看在我的分上吧。可是之後整晚，兩人之間好像也存在著相沖的磁場似的，就算不說話也感到暗湧。剛才不是蘋果對政的見解的不以為然的回應，更是重重地打擊在他最為自豪的智力表現上吧。

黑騎士把書送給不是蘋果，又繼續說：貝貝寫的東西已經很不錯，對於細微的情景描繪有很好的觸覺，但總體還是有點黏著，嗯，怎樣說呢？用我們剛才談過的說法，就是假的地方不夠假，真的地方不夠真；可能就是不夠假，即是說虛構的功夫未到家，未完全能夠進入小說的狀態，所以也不足以表現出意念和情感裡面最真實的核心吧！哈，這樣講會不會有點故弄玄虛？這種談話不會令不是蘋果小姐感到無聊吧？

我思索著他的話，半懂未懂，不是蘋果卻有點尷尬地笑著，好像覺著自己剛才有點無禮的語氣似的。這情態有點罕見，在別的情況下，不是蘋果總不會輕易承認自己的失禮，而會向對方回敬一點甚麼更厲害的言詞吧。政剛才給打了岔，好像還未平順過來，對反擊不是蘋果的輕蔑態度的機會也沒有加以把握。我覺得自己的耳朵和臉頰燙燙的，不知是受不了酒精還是給說得不好意思，於是就引開話題，指著不是蘋果，說：老師，其實今天請不是蘋果一起來，

也是想介紹一下她寫的歌，填的詞很不錯，我覺得有詩的味道。不是蘋果不是忸怩作態的女孩，徑直拿出她的歌曲本子，遞給黑騎士，說：失禮了，其實也不算是甚麼，我這樣說不是故作謙虛，只是自己真的這麼想，覺得只是順著自己的喜好寫出來的東西，並沒有經過甚麼細心的考究，不過既然是寫了，就當然是想公開出來給人欣賞的，所以也就帶來給有經驗的人指教一下。黑騎士接過本子，坐在一旁，慢慢翻看。我只看見他的背，不知他神情如何。不是蘋果又裝作不在意，呷呷酒，東張西望，其實也是緊張別人的評價吧。她在某方面和政有點像，就是內心很容易給自己的身體動態出賣，就算她表面上是比政更為機巧伶俐。不過，這也可能是自覺的，刻意讓人看見的，更高層次的蒙騙，一張幼稚的假面。過了一會，黑騎士回來，好像沒甚麼反應，但太沒反應又顯得很不尋常，只是說：為甚麼後面有一首未寫好？不是蘋果漫不經心地說：是呀，不很順利，你幫我填填看好不好？我看她其實是在發出一個小小的挑戰。黑騎士卻只是笑，招手叫不是蘋果過去，叫她把曲調唱出來。兩個人坐在飯桌前哼哼哈哈的，拿著筆斷斷續續地寫，有時不是蘋果大聲反對，有時又拍手叫好。我忽然就更加納悶了。不知怎的，覺得給冷落了。剛才談到自己的時候，只想快點改變話題，現在焦點落到她身上，又覺得有點不自在。其實，我大可以走過去加入他們的行列，但不知是甚麼阻止了我這樣做。和政坐在一起，又沒話說，突然就顯得很失措。沉緩的 Aria 再響起，然後音樂就停了。

歌詞終於填好了，黑騎士過來坐下，好像是剛剛下完一局棋一樣，樣子有點疲累。不是蘋果模仿彈結他的姿勢，扮了幾下結他前奏，就清唱起來。歌名叫做〈偉大的費南多〉，是呼應我們今晚的談話吧。我對這種毫不怕羞的即興表演有點不慣，被裡面某種過於自覺的東西磨蹭著，思緒就沒法集中在歌詞上。但當她唱到第二

遍，那種形象和聲音的摩擦才漸漸變得平滑，我緊縮著的肩膊也開始鬆弛下來了。歌詞開始在我的耳朵裡跳舞。那是黑騎士寫的歌詞嗎？他在扮演的，是不存在的費南多的愛人嗎？可憐的費南多，在周末約會自己……。我有時候問你，我是不是真的認識你，如果戀愛只是名字，我算不算愛你……我的愛，也是真的，縱使是拒絕，也至少是真的。是真的。可以是真的嗎？為甚麼你連最愛你的人的這個資格，也不允許給我？偉大的費南多。費南多。

歌曲唱完，氣氛又沉靜下來。黑騎士點了煙斗，臉龐鼓脹了幾下，無聲地在吸。房子內瀰漫著濃濃的櫻桃味。不是蘋果說：好香！把手中本來想點的香菸放下，閉上眼，只顧在細細呼吸那甜稠的空氣。政只顧在斟抖酒，飲了一杯又一杯，面紅紅的，雙眼像給薄膜膠住。黑騎士在煙霧裡說：你的歌寫得很好，我不去做文字上的評鑑，只是如你所說，順著自己的喜好說出來。記得我們剛才談到的假面persona嗎？〈詩與垃圾 II〉令我想起 Pessoa。你有一張很好看的假面，看來很真。頓了一下，又說：有沒有想過組樂隊？貝貝也可以填詞，不知道唱歌行不行？說完，沒有人答話，好像這是荒誕不經的夢囈，不值回應似的。過了一會，不是蘋果問：為甚麼會抽煙斗？黑騎士咬著斗咀，發音有點含糊地說：太太送給我的，間中抽一下，只是個玩意。不是蘋果伸出手，差不多是要不問自取地，說：借來吸下可不可以？黑騎士銜著菸斗沒放，只是嘴角歪斜地笑了笑，沒有理會她這個明顯地挑逗性的動作。不是蘋果瞬即縮回手，拿打火機點了自己的香菸，短促地吸了一口，夾在兩指間拔出來，皺著眉，別過臉，向無人的地方呼一聲地噴出煙霧。好像在苦惱著，這樣好沒風格。又或者，是在展示著自己那張好看而且看來很真的假面。

其實這篇論文也頗失敗吧，因為我最終也搞不清楚問題的答案。

搞不清楚，為甚麼會因為佩索阿而想到黑騎士老師。也許我只是因為其他的原因，而牽強地比附著你和佩索阿吧。也許是因為我自己也在嘗試寫作，也在思考為甚麼寫和怎樣寫的問題，所以才突然產生了困惑吧。又或許，是因為在自己寫作的粗淺經驗裡，發現自己無法把一些卡在喉頭的重要東西說出來，一些我理解為真實的東西說出來，所以才感到無助吧。我只是想問，為甚麼需要假面？為甚麼假面反而能說出真相？或者真相必定隱藏在假面之下？如果假面下面沒有真相呢？如果除了假面，就甚麼也沒有呢？如果假面就是真相本身呢？我一直是思想這麼簡單的一個人，追求真而害怕假，但為甚麼我卻依然會這樣地為你的文字，和為你介紹給我的這個和我毫不相關的葡萄牙詩人而著迷？為甚麼我會在你的假面裡看到真？是真嗎？是確切無誤的嗎？

黑騎士評語：

　　貝貝，其實你是富有創造力的，只要看看這篇結合論說和敘事的文章就知道。雖然你未必能在理念上很精密地搞通寫作這事情，但這其實並不重要。至少，現在的我開始覺得這並不重要。縱使有困惑的事也不必過分擔憂，因為沒有困惑就沒有寫作了，而困惑是沒有一天可以完全解除的。我自己就沒有停止困惑過，縱使我曾經是如何言之鑿鑿地聲稱自己理解了甚麼，主張著甚麼。到頭來，我也不過是在尋找中的人。至於你問的問題，我該如何回答呢？我可以用我的假面回答你嗎？請原諒。

倒下的方法

曲／詞／聲：不是蘋果

花了十九年研究倒下的姿勢
假裝絆到電線或者雙腿發麻
被碰撞或者突然休克
往後翻倒或者迎面仆跌

舉著槍枝的塑膠士兵
雙腳在空中亂撐的機械人
墮樓姿勢的豆袋小熊
腦袋埋在褲襠中的唐喬凡尼扯線木偶
地板上一一倒下

你不要來扶我
不要來察看我額頭的傷勢
不要來搖動我含著泥沙的嘴巴
如果你不準備吻我倒下的軀體

花了十九年練習倒下的姿勢
抱著結他卻絕不放開手
不去保護臉龐或胸口
感覺重力加速頭骨在地板上粉碎

最後還要確保　雙腳向後高高揚起
才算完成了
一個完美的倒下的姿勢

倒下的方法

蘋果日記

10/4/1994

　　條友真係想死。連老秋個班人都敢惹。

　　今日走堂，同阿華去打機，在機鋪碰到老秋同佢班友。我叫阿華走，唔好玩，他卻不動，還和老秋班人有講有笑。後來就說一起去某人屋企開檯。我說不去，知道老秋班人有好嘢，上次阿Cat都俾佢地搞過，甩唔到身。但阿華說冇問題。不知誰有車，一上車，阿華就話call機響，有事，遲些來找我們，自己走開了。我心知不妙，但給夾在後座中間，出不來。心裡很驚，口裡就裝作鎮定，強笑著同班友應對下。後來我說想落吧，拖延時間，班友竟然也肯，就去了一間偏僻的。裡面好似冇客。他們揀了個暗角，就開始隊酒，有人拿了些丸仔，叫我試下。我笑說今日胃痛，留翻佢地自己，唔好唯料。老秋啪了，好快就開始high，郁手郁腳。我推開他，想走，一起身，就給推倒在地上，給幾個人按住，扯高我條校服裙，老秋就開始除褲。酒吧的人都唔理，可能係佢地自己人。後來不知怎的，老秋就突然砰彭一聲跌在桌子上。看見老秋給一個人扭著頸，其他人就不敢動。他們好像識得那人，叫他高哥。只聽見他說，想唔想死？很奇，他們都不出聲，後來他放開老秋，讓他搖搖擺擺同其他人走了。那人自己坐下來，繼續飲啤酒，自言自語說，有槍就打爆你個頭！你老母！我爬起身，整翻好條裙，不知該說些甚麼，又不敢走出酒吧，怕那班人還在出面。那人望了我一

眼，說了句莫名其妙的話：你話點解要繼續做人？連佢都fair低自己咯！我想問他，邊個係佢？但又驚這人也是黐線。

後來我就躲在後面，望著他不停地喝酒。喝了大半天，突然站起來，拉開牛仔褲拉鏈。我嚇一跳，以為他要幹甚麼，但他只是向椅子撒了一泡尿，很長很長的尿，那東西不脹不軟的在噴射著。有水花濺到我的小腿上，我縮了一下，他好像這才發現我在那裡，毫無惡意地點了點頭，竟然還說了聲不好意思，繼續那漫長排泄。弄完了，把那東西收藏起來，拉好褲子，甚麼都沒再說就走了。酒保這才開罵，拿地拖過來洗抹。那人叫高榮，酒保說，條友今日喪咗，找死，唔好惹佢。

2/5/1994

去CD鋪找Kurt Cobain的碟，不知哪裡找，問那店員，他說，Nirvana嘛，最近很多人買，你想買哪隻碟？淨係買一隻？咁就聽Nevermind啦。鍾意先買埋其他。點解宜家先嚟聽？知道Kurt Cobain自殺死咗？我就唔係好好rock，不過都有聽下。我叫奧古，得閒有咩碟想聽？搵我，我都幾熟。使唔使打開嚟試聽下？可以可以，我話得就得，老細唔喺度，我開俾你聽。

這個人好得意。二十歲男仔。瘦瘦的。好好人。我就買了Nevermind。

3/5/1994

Nevermind。我不明白。不懂他在唱甚麼？初時覺得一點都不好聽。那麼嘈。大叫大喊。

I don't understand!

但我還是聽著聽著，一次又一次，想著高榮，和他在酒吧裡撒尿的樣子。這個Kurt甚麼死了跟他有甚麼關係？不明白。想知道。

我mind。好mind。

8/7/1994

不會再信阿華這個人。他來求我,說欠老秋他們錢。那找我做甚麼?關我乜叉事?這樣的人,唔值得。後來他就要脅我,說有我的相,那次在他那裡飲醉咗搞嘢的時候拍的,睇晒全相。死仔居然大我。我話,有相你就拿出來周圍貼,我唔怕益街坊!我估他是老作,但事後自己都有點心虛,想記起有沒有這回事。

聽說九美她們幫黑春賣丸仔,俾差佬周咗,重自己攬晒上身。今日蕭蕭打電話叫我去K,說Jackie他們都在,好耐沒一齊出嚟wet。我邊度都唔想去,想喺屋企聽CD。好煩!乜人都唔想見!通通去死啦!

阿婆見我最近唔去街,話我好乖。哈。

如果俾人影咗相就真係唔掂。

3/9/1994

第一日開學。好冇癮,悶到抽筋。個阿Sir,懶嚴肅,話我地入咗D班唔使灰心,雖然人地認為這是垃圾班,但係佢唔會放棄我地咁話喎。

放學見阿華在學校門口等我,連忙回頭,走後門出去。

去了CD鋪找奧古。鋪裡面在播日本歌。他說,介紹你買這個吧,Luna Sea,正嘢。我猶疑不決,他就問,你唔係鍾意rock?咩?我說,我其實冇錢買碟,好貴。

19/12/1994

一口氣買了Luna Sea的三張碟,Image, Eden, Mother。雖然奧古給我錄了,但還是忍不住買了。那天我在酒吧和高榮說,在聽

Luna Sea，他竟然停下來望望我，還問我喜歡哪首歌。我說，
Rosier。他歪著嘴笑了笑，不知是甚麼意思。他沒喝酒都算是個正
常人，會笑，又不會隨地屙尿。

24/12/1994

鮮豔帶刺無法擁抱　鮮豔帶刺用情太深

我已收起易碎的心

頓然如新生般

找出答案或繼續迷失　無法得知

我該如何踏出

這一切盡聽老天安排無法擺平我的茫然

置身這個沒有星星沒有邊際的城市

存在只為遠離寂寞和殘酷的真相

我不斷追求希望　我擇善固執選擇要走的路

不管好或壞都要去闖　我擇善固執

〈Rosier〉

　　我把最喜歡的歌詞抄在信中，放進高榮的郵箱。估唔到自己會
做這種白痴事情，好似純情少女咁搞笑。他今晚不會回家嗎？會不
會去找甚麼女人？他這種人會有很多女人吧。我真係超級白痴。我
在他家附近的路上走，元朗這個爛鬼地方，好遠，好陌生，好荒
蕪，好邪，好像地球的邊緣。再過一點，不知會是甚麼地方？是懸
崖嗎？會掉下去嗎？

　　今晚誰都找不到我。我不要見任何人。只想著高榮和女人一起。

31/12/1994

　　高榮沒有回音。我一定是把自己弄得很難看。當作沒見過這個

人，可以嗎？

12/1/1995

今天放學，看見高榮在學校路口。他說要帶我去一個地方。我拉起校服裙，就坐到他的電單車後面。我知道同學都在望著我，就有點沾沾自喜。開車前，他說，估唔到咁老重要？學校門口等女仔，真係千年道行一朝喪。我還來不及笑，他就命令我戴上頭盔和抱緊他的腰。

要看的原來是他的band房。他從來不肯讓我知道他打band的事。他的隊友阿灰、Frankie、肥Ken也在。那些新奇的東西，美麗的結他和鼓，比鑽石更燦爛的金屬！那實在太耀眼了！連同他們都是那麼耀眼！精采的阿灰，有Sugizo的眼神，迷人的長髮。我以為自己去了天堂。雖然那原本是很簡陋的studio，一點也不豪華，設備也很有限，但，一切都閃爍著，是那麼美！

然後，高榮和他們一起彈了〈Rosier〉，很有風格，不完全模仿Luna Sea，好像有相同的感覺，但又不一樣。後來又唱了他們自己寫的歌，我知道我其實不懂，但我的心感覺到，那是有水準的東西，因為我深深地受震動。我知道這不可能是假的。是不會錯的。

唱完之後，我就和高榮說，可以教我嗎？我想學。我學過鋼琴，樂譜我識睇。

他們相望笑著。Frankie說，阿高，呢個女仔有作為。

26/1/1995

中期考試很差，鍾Sir說要請家長來學校談談。我說我冇家長，淨係有個阿婆，唔多識講廣東話嘅。他考慮了一下。說遲些來做家訪。好煩。訪乜Q嘢？

7/2/1995

今日開始到高榮studio學結他。不算難，但手指頭很痛。我說要學電結他，但高榮要我先學木結他。他把他的一支舊結他借給我。感到上面有他的指紋，摸著弦線，好像摸到他的手指尖。

1/3/1995

那天差點忘了晚上鍾Sir來家訪。趕回來已經七點半，見他站在門外等，阿婆卻不知去了哪裡。平常也在家的。請鍾Sir進來坐，開電視給他看，給他可樂，但沒有話和他說。他說想參觀一下我的房間。我心想，這間屋一眼就睇晒。剛走進板間的勉強叫做睡房的地方，突然就從背後被大力一推，跌倒在床上。很重很重的壓下來。掩著我的嘴。壓低聲音在我耳邊說，已經喜歡了我很久，從開學第一天就被我吸引了，每天都享受著見到我，晚上都睡不著，我逃學的日子都過得很慘，很擔心我，驚我學壞，很想照顧我，對我好，讓我得到最好的，好好讀書，不要群壞人，要好好保護我，很愛我，要發狂了，從未試過這樣愛一個人，未試過這樣想為一個人犧牲，甚至名譽都可以不要，不怕別人說他不道德，喜歡自己的學生，一個未成年的女孩子，將來要我過好的生活，給我一個溫暖的家，不用住這樣破舊的房子，不用為生活擔憂，做自己喜歡的事，不用再怕孤單一人，不用再有被遺棄的感覺，知道世界上有人真心愛你，為你做一切的事，啊，你的臉，一直都好想吻你，你是那麼的完美，但又那麼的天真，所以不知道自己的價值，不知道自己是多美麗，而不慎地糟蹋了自己，啊，多迷人的臉……。我掙扎著，踢他，捶打他的頭，但也沒用。為甚麼每一次都沒用？反擊都注定沒用？如果這個人真的愛我呢？白痴！誰會真的愛我呢？哪裡會有這樣的東西呢？去死啦！我奮盡全身的力量把他推開，衝出房子，在走廊上一直跑，卻不懂得呼救，只懂得不停地狂奔，電梯也

不搭，從樓梯衝下去，衝到街上，在迷糊不清的暗夜路燈下亂闖。高榮。你在哪？高榮。來救我。

不知地上有甚麼，腳一絆，就倒下來，手腳都跌損了。

高榮。

30/3/1995

高榮說我學得很快，有潛質。我很開心。

始終沒有把鍾 Sir 的事告訴他。雖然很想，但，我不要他睇小我，不要他的同情。我要的不是這些。

鍾 Sir 沒再做甚麼，我在學校也不和他說話，看見他就怒瞪著他，他看來有點心虛。我看他不敢怎樣。最近好像轉移目標，堂上常常問小惠問題。

12/4/1995

阿華每天都在樓下等我，好煩。給了他五百元。全副身家都給他了。叫他以後不要再找我。他也沒提相片的事，早知是流嘢。

28/4/1995

小媚退學了，說去跟阿 Cat 搵食。一班人還去唱 K 慶祝。唱通宵，有個叫阿輝的男仔送我，說是在酒吧做校酒的。都幾好傾。俾佢送我，但冇諗咁快同佢 do 嘢。雖然個樣幾唔錯。

6/6/1995

考試好悶，暫時沒有去學結他，高榮要我溫書。唉。

1/7/1995

暑假快開始了，高榮卻要去日本兩個月，不知有甚麼音樂方面

的工作。結他暫時跟阿灰學。也好。但，想到整個美好的夏天也見不到高榮，就很沮喪。

24/7/1995

去了奧古鋪頭做暑期工，天天都可以聽歌，很不錯。奧古這個人很厲害，懂很多東西，還業餘在古典樂團吹色士風。和他談起音樂他就起勁，說個不停。這個人真好，不過，我知道是那種他不會喜歡上我，我也不會喜歡上他的關係。這樣反而很好，很舒服。

4/8/1995

奧古說，這個鋼琴家好勁，一定要聽。Glenn Gould，彈巴哈最犀利。我告訴奧古我懂彈鋼琴，考到五級，巴哈的小曲都彈過，他竟然唔信。

6/8/1995

到studio學結他，阿灰未到，就在他們的電子Keyboard上玩玩，試了一會，彈過的曲子竟然都記得，都回來了。肥Ken回來，聽到我彈琴，很驚訝，說，不如我也教你Keyboard，不用一味跟他們學結他。我也想學。我甚麼都想學。好久沒有這種感覺了。好像在另一個世界，自己變了另一個人。

不知高榮的工作怎樣？好想彈鋼琴給他聽。

最近和阿輝去過幾次街，又去過他工作的酒吧看他校酒。他知我鍾意Luna Sea，也去買CD來聽，好像人家努力補課。也不知自己是開心不是。禮拜六就答應和他去長洲，在渡假屋和他睡了。他人也算溫柔，好節制，做一次就夠，但是有吃奶癖，搞到我個胸好痛。

29/8/1995

阿華死了。在機鋪裡俾人斬。不知是不是和老秋他們有關。

我傷心嗎？

2/9/1995

成績雖差，但還是原校升上中四，可見低處未算低，總有人比你更不濟。不想念書了，但阿婆會不開心。

15/9/1995

高榮回來了。我是去到studio才知道。看見他抱著結他在彈。樣子好像不開心。看見我也沒有笑。我問他日本的工作怎樣，他只是聳聳肩，說OK啦。很敷衍。想不到等了兩個月就得到這樣的招呼。我沒心機練習，他也看出了。但他又沒說甚麼，只是一聲不響自己走了。我坐在一旁，死忍住不哭出來，好蠢。阿灰看在眼裡，後來就告訴我，高榮去日本不單是工作，他一直有個喜歡的女孩在那邊，不過在一起的機會很渺茫，今次去，相信是最後的努力了，不過，結果也不行。我很震驚，不知道高榮的內心在發生這麼多事，但也更傷心，因為這些事也和我無關，是我無權過問的東西。是個怎樣的女孩？我問。阿灰說，是一個樂隊的成員，Le noir的結他手和主音，聽過未？高榮以前在日本留學過，識這個女孩時她才十五歲，後來女孩組樂隊，高榮常常過去幫手，最近樂隊好像越來越紅，女孩和高榮的障礙就越大了，唉，這沒法，做我們這行，唔紅又話冇人賞識，紅咗生活就大變，身不由己。我聽著，心裡就更發狠想學好結他和唱歌。我都是十五歲。

2/10/1995

在苦練〈Wish〉。願望啊。

14/10/1995

在街上碰見阿Cat，跟一個長臉男人在一起，著件低胸吊帶衫，個奶差唔多跌晒出嚟。做到好熱情，又話我唔係friend，咁耐都唔搵佢地班姊妹。見我揹著結他，又說，玩音樂呀？咁high呀！好型喎！溝到啲咩好仔？搵日出嚟聚下啦！我推說有事，急急走了。

3/11/1995

昨天放學，不知道原來阿Cat同老秋啲靚在學校路口等我，見我出來就跟蹤我，一直去到高榮studio樓下。等我練完結他出來，就上來裝作剛巧碰見，說有嘢搵我幫手。我知有好嘢，想走，他們就左右挾住，想拉我上車。好在高榮他們下樓，見狀就上去喝止，還揪了個條靚一拳，說，叫你大佬有嘢嚟搵我，唔好搞啲細路女。之後高榮怕我有事，一直陪我，和我吃日式火碢，吃完出來已經十點幾。於是又說去兜風，開車去赤柱。坐在沙灘上抽菸。海風很涼。秋天了。我有點冷，高榮就把外套披在我身上。想來好像很尋常，甚至老土的情景，但心裡還是覺得甜。如果一直在沙灘坐下去就好了。我大著膽問他日本女孩的事。他也不驚訝，大概是知道阿灰已經告訴我，慢慢地吐露了一點，怎樣相識，為甚麼喜歡她之類。我再問，她是甚麼樣子的，是不是很美麗，他只是苦笑。我於是又說，我苦練了支歌，想唱給你聽，可惜宜家冇結他。甚麼歌？Wish。噢，你可以清唱。好啊。嘆息刻畫時間，漫漫長夜途中，每每想起，便反覆夢見你，擁抱孤獨，儘管希求永遠，卻不斷感受到剎那，藍色的心情，鑲在時間裡，連回答都沒有。

我覺得很累。我說。我也是。他說。想睡嗎？他點點頭。我就把頭挨在他的肩上，閉上眼。我感覺到，他也閉上眼了。藍色的心情，鑲在時間裡，連回答也沒有。

5/11/1995

　　高榮的studio給人搗亂，打爛了好些材器，損失慘重。是我累他的。是我不好。我見他沉默著，看著破爛的結他和鼓，心很痛，但又不敢和他說話。後來，我說，我去找那些人算帳。他一把拉住我，說，蠢人！你以為他們是誰？溶咗你呀！你留在這裡給我收拾東西，我知怎樣做的了。說罷，就自己去了。我想跟著他，但阿灰卻止住我，說，聽話啦。

　　在studio收拾了整晚，碎片都清理了，也點算了損失。大家都通宵沒睡，雖然很累，但還是在等。差不多清晨，高榮就回來了，說，大家不用擔心，事情擺平了。我問，發生甚麼事？他只是說，我以前都有啲底細，講到惡人，老秋未夠班。然後他突然湊近，向我說，記住，以後唔好再惹個啲人，知唔知道？我以前都係咁，做過啲蠢事，後來鍾意咗音樂，先至努力走出嚟，好唔容易，記住，音樂可以俾你力量，去追求好嘅嘢，遠離啲壞嘅嘢，知唔知？我點點頭，突然又忍不住笑，說，你好似個老師咁！他故作氣憤，拍了我的頭頂一下，說，正經啲好唔好？

6/12/1995

　　最近天天放學後都和高榮他們去看器材，重新把studio整頓起來。因為沒錢，都是買二手的。我本來不想念書了，但高榮堅持要我念完中五。

　　阿輝昨晚問我，是不是有另外喜歡的人。他是在酒吧內很嘈吵的情況下說的。他其實是個老實人，居然會怕羞，不敢在單獨面對面之下講出來。我們睡過幾次，但又不像正式拍拖的樣子，他一定以為我在耍他。我說，我一直也有喜歡的人了，對不起，原本以為你和我只是玩玩。他很自制，沒有叫罵或甚麼，只是說，你這樣算不算欺騙？

1/2/1996

鍾Sir給警察拉了，告他性侵犯女生，有兩個今年中三的受害人，相信以前也不少。上晒報紙頭條。報紙形容得很露骨，那兩個女孩一定更慘，以後怎生活下去？高榮問我那不是你學校的老師，我點點頭，始終沒提到自己那次的事。忽然感到恥辱。不單是受那人侵犯的恥辱，更加是沒有反抗他，對付他，告發他，懲罰他的恥辱。我只求自己沒事，卻沒有想過要做甚麼來防止他繼續傷害其他人，甚至眼睜睜看著他繼續這種惡行，那我是不能逃避責任的啊！但事到如今，還可以做甚麼？我還可以站出來嗎？我怎可以讓那兩個女孩子承受一切的屈辱？這樣做不是更可恥的行為嗎？高榮見我心不在焉，就問我怎麼了。我咬緊牙關，始終沒有告訴他。我不可以。

20/4/1996

阿婆，你去了。對不起啊，我連電話也沒打回來。你夜裡是在等我嗎？會想到第二天就不會再見嗎？

是我不好。我甚麼都不懂說了。

7/5/1996

事情過得這樣快。阿婆好像剛剛才去了。現在喪禮一切都辦完了。好像不曾發生過一樣。好像只要我睡下來，第二天早上又會見到阿婆給我煮的白粥早餐一樣。但房子現在是那樣的空洞。為甚麼，我好像從來沒有察覺過阿婆的存在，好像她不是我人生的一部分，每天出去，在外面，也沒有想起她，好像她和我不相干，但當她不在了，永遠不在了，我才懂得自己錯過了甚麼？

喪禮她也來了。和那人一起。有一刻我還以為是爸爸。她只是撫著我的頭髮，我決意低著頭，怎樣也不肯望她，也不讓她望我。

一夜間消失的人，她，爸爸，阿婆。為甚麼都是這樣？都是這麼無情地棄我而去？不，對於阿婆，無情的是我，我和他們一樣，我是個無情的人，我不配去愛。

我拒絕見高榮。

我不配去愛。

我是個廢物。

31/12/1996

好久沒寫日記。Luna Sea解散了。終於和高榮一起了。

是因為失落我們才在一起嗎？

那天我們一起唱著Wish，他是受不住那種孤單感，所以需要找一個人擁抱嗎？那個人必定是我嗎？還是我只不過剛巧在他身邊，所以他就抱住了我？

總之，我住到他的家裡，能夠每晚抱著他睡，幻想以後就這樣生活在一起。趁幻想還可以的時候。

但我知道他心裡其實有東西已經死了。隨著之前的Kurt Cobain，隨著Luna Sea，隨著那個女孩，隨著更多我不知道的過去的事情。

我像抱著一棵根部已腐爛的樹木，竭盡心力令它起死回生，但我能做到嗎？

到頭來，他會不會像其他人一樣，在一夜間消失？

一想到這裡就很恐怖，有時在半夜哭醒，死命抱著他的身子，但他不知道，他睡得很死。他太累了。

19/3/1997

高榮老是要我考會考，我早說過我要像他們一樣，我已經努力學習，而且進步很快，有一天我會有足夠的水準和他們一起演奏。

但對我玩音樂，他好像變得不那麼積極了。有時他會說，他這樣其實是在害我，他給我太大的期望，太大的幻象了。你看，我和阿灰、肥Ken、Frankie，邊個靠搞band搵到飯食？個個都要打雜維生，自己作的東西只能娛樂自己，最多間中出下地下show，大家開心下，想有前途難過登天。我反駁說，你唔記得你嗰次同我講呀，你話音樂可以俾你力量，去追求好嘅嘢，遠離啲壞嘅嘢！我冇諗過有乜前途，總之係做自己鍾意嘅事！追求自己認為係好嘅嘢！高榮嘆了口氣，說，你重細梗係可以咁講，到你好似我咁重唔知自己做乜，就太遲啦。我不想聽他說這些泄氣話，這完全不像高榮。我想，這其實還是因為那個日本女孩，他不願接受人家因事業成功而遠離他的事實。我知道他放唔低這件事。而我是怎樣也沒法取代她的。

10/5/1997

終於考完會考了。我知道考得一塌糊塗，但已經完成了。從此我要做自己的事了，不要高榮再來指導我了。

30/6/1997

去了「地底回歸打擊會」，有好多地下樂隊，最開心是現場睇到「化石」的演出。化石結他手石松也上過高榮studio，粗粗實實的身材，並不是肌肉型，但很穩健，很沉著，和高榮的高瘦和飄忽不同。那次我同高榮彈了首歌，石松還猛說不錯。想不到他現場更厲害，可以說是全場焦點，反而高榮他們表現有點渙散，令人擔心。會後去了附近酒吧飲嘢，同行有好些初見面的人，那個叫智美的女孩，散散的長髮，看來比我大一兩歲，穿件背心，手臂圓圓，原來是打鼓的。還有阿明，劉寶，卡卡，都很年輕。阿灰說我和他們可以夾下，大家年紀差不多，應該玩得埋。大家都好興奮，即刻

約好一齊上 studio。酒吧電視機在播倒數，有人唱起化石的〈爛銅時代〉，其他人就加入，掩過了電視節目聲音。高榮拿著啤酒樽，靜靜站起來，在人群的縫隙中鑽出去，消失在漆黑的門口。外面下很大雨吧。我起來，擠到門口去，想跟上他，卻給一把聲音叫住了。那是有點熟悉的混在酒吧背景噪音中的聲音。回頭一看，是阿輝。他原來轉到這間酒吧工作。我頓了一下。回頭高榮已經不見了。

回到家裡，已經是凌晨五點。高榮卻不在。現在是 7 月 1 日了吧。7 月 1 日和 6 月 30 日有甚麼不同？有人在一夜間走了。有人在一夜間來了。但我只想知道高榮去了哪裡。我有一刻害怕，他已經走了，消失了。

很大雨，窗子給搞打得很吵鬧，房間內卻很寂寥，像給一種無形卻很強力的東西罩住，而且要迫破門窗進來了。我抓住筆在寫，好像這能抵抗甚麼。至少這可以讓時間過去得更快。

高榮，就算你脆弱，就算你失敗，我也不會離開你，請你也不要嫌棄我。你回來吧。我不能一個人在這屋子裡啊。它倒下來的時候，我不能沒有你在身旁啊。

1/9/1997

找到時裝店 sales 的工作。自己的生活開始了。不能依靠高榮。

和智美、阿明、卡卡、劉寶談好，一起組織樂隊，名字叫做 Rejuv，來自英文字 rejuvenation，回歸青春。大家都很滿意。定時去高榮 studio 練習。

27/10/1997

Rejuv 進度不錯，已經可以夾出第一首自己作的歌，是阿明的作品，卡卡主唱，下次輪到做我的歌。阿灰幫我們很大忙，指點了

我們很多不懂的地方，肥Ken也提了意見。很多謝他們。練歌時很少見高榮。說是在忙一個Live的演出，幫歌星Bonnie搞音樂。

18/11/1997

那天和阿輝去吃了餐飯，高榮知道卻很不高興，說我唔聽話唔小心識人，又說了阿輝很多壞話，說酒吧的人都知道。我說阿輝是好人，他不聽，半夜出去沒有回來。

高榮。你知道我在想甚麼嗎？為甚麼總是當我甚麼都不懂？

18/12/1997

Luna Sea復合了。雖然大家都不信解散是真的，但知道重組的消息，都好像失而復得。我和高榮卻默默然的。我想歡呼大叫，但還是靜了下來不說話。過了很久，高榮突然說，你咁青春，年紀咁細，唔應該跟住我，應該同可以一齊叫同跳嘅人一齊。我說，唔好咁啦，你都係二十九咋嘛，唔好好似好蒼老咁啦。他只是抽菸，沒有理我。

23/1/1998

Rejuv夾了我的歌，歌名叫〈名字的玫瑰〉。效果不錯，智美的鼓可再加強，結他和bass也太滑溜。我想要的是更實在的感覺。阿灰說已很好，慢慢執，急不來。我想高榮聽聽，錄了個demo。

2/2/1998

高榮遲遲也未聽我的demo。帶放在床頭，沒動過。前晚他回來，粒聲唔出，忽然把我推倒在床上，說很想很想，我就由他。我何嘗不想呢，高榮。我想一世都同你做愛。但你突然的狂熱是為甚麼？你喝了酒，但沒有醉，你有其他的原因，你連這個都要掩飾，

要裝作飲醉。但我還是由他來。也回應他。但動作都帶著悲哀的節奏。我想起我的歌，名字的玫瑰，想告訴他，名字是玫瑰，而我心中的玫瑰，是高榮。Rose。Rosier。但我不能告訴他。我絕不會告訴他，就像我的過去，我每一次的跌倒，我也不會告訴他。我不是不想告訴他。我多麼的想啊！我多次有這樣的衝動，把我短短的人生的一切破爛都讓他看清楚，但我不能，我不能要他因為這些而留下。如果他為了真正愛我而留下，我就會向他展示我的傷口，毫無保留地，最赤裸地，把我的一切都打開給他。但這絕不能成為讓他同情的手段。絕不。我默不作聲。而高榮在行動著，在我身體內，但卻對我內裡的真相一無所知。他射進來了，很暖的，竟然令我想起第一次在酒吧見他，他那東西在撒尿的樣子。我說，高榮，如果想屙尿，就屙係我裡面啦。我忍不住哭了。他竟也在哭了，第一次在我面前哭了，像個小孩子。但各自為了不同的理由，互相也不知悉。

13/4/1998

　　高榮走了。我已經預知。在一夜間消失。把房子留下，房子裡的東西也通通留下，包括我在內。我們是在四年前的這個時候認識的吧。那時 Kurt Cobain 剛剛吞槍自盡。那時高榮問我，你話點解要繼續做人？連佢都 fair 低自己咯！但高榮沒有 fair 低自己。我想他沒有。他只是走了。如果他有槍的話，可能他會走得利落些。

　　想不到這本日記寫了四年。四年足夠我變成一個完全不同的人，但事實上也可能沒有甚麼分別。

　　是時候停止了吧。

　　還有甚麼值得寫下來？

補記：

15/6/1998

　　今天在MOV碰見奧古，他在鋪裡主管日本歌曲部，好久沒見，他還是老樣子。他說他跟了個日本師傅學吹尺八，一種竹筒做的古代樂器，還即刻拿出來給我看。我告訴他我在夾band。他聽了就說，那你應該會喜歡這個。

　　那是隻新出的single，一個叫做椎名林檎的日本女孩子，短頭髮，穿水手裝，抱著電結他，眼睜睜，歌名叫做〈幸福論〉。

　　今天，我找到了椎名林檎。蘋果。

名字的玫瑰

作曲：劉穎途　　作詞：許少榮

夜雨又帶動　從前像個夢
酒吧裡相逢　前來維護我
那創痛　息間都告終
校舍亦哄動　來呆望我吧
頭盔穿上飛車去吧　世界從未怕塌下

抱著我身軀好嗎　可不可以
多麼想你　誰讓我這生覓到了意義　你可知
吻著我嘴邊好嗎　可不可以
讓我把你記下　而就算這歌造句太幼稚
這間屋　這故事

掃著掃著　和弦像對話
指板那指紋　還能磨滅嗎
你送我這一支結他
為你難過吧　無權利過問
回憶跟你沙灘靠近　一首歌代替慰問

似望見煙圈飄過　驅車飛過
剛好相擁過　在這廢墟為你我唱和　這悲歌
聽著我高歌好嗎　可不可以

讓這一切記下　來日在某天在某處偶遇
再想起　這故事

地鐵拒絕

曲／詞／聲：不是蘋果

清晨戴上搖滾耳機踏上地鐵荃灣線
幸運地在眼前空出座位像地獄之門打開
一坐上了就絕不放棄

冷鋒吹襲別處有意外撞機
這個城市被評選為最自由的經濟
天真得令人angry確有道理
同一個車廂內有十六對時款黑長靴和十七對腳跟穿洞的絲襪

一坐上了就絕不放棄
一坐上了就千萬不可放棄

阿嬸誇張地展示痠痛的腰
小學男生老人精似地唉聲嘆氣
禿頭男子對座位上的人投以真誠的憎恨
年輕女文員悄悄閃爍著獵豹般的眼珠

一坐上了就絕不放棄
一坐上了就到僵死也不放棄

望著旁邊的你就想哭

因為不想玩下一輪的遊戲
就算知道自己一定會贏
和你悲涼地占著最後的兩張凳子
一坐上了就絕不放棄

深夜空洞的尾班車中我一個人戴著耳機
孤單坐到比終站更遠的地方

地鐵拒絕

　　那天政史無前例地缺了韋教授的課去陪貝貝吃午飯。這是個突如其來的決定，連他自己也不知為甚麼。總之就是在走進課室之前，碰見同學詠詩，聽她說剛才在校巴上看見貝貝一個人在斜路上走，他心裡浮現了貝貝的身影，忽然就有股打電話給她的衝動。那是一種奇怪的，隔了一層距離才感受到的東西，是要在回想，或者是在旁邊不被知悉地觀看，才產生的親密感，好像忽然因為陌生化，而重新思索到兩個本來互不相識的人為甚麼會發展到今日的關係，而一想到這種難以解釋的微妙狀況，就會不期然想把對方拉近到眼前。

　　「為甚麼這麼好？」見面的時候，貝貝問。

　　「沒甚麼，突然想見你，好像很久沒有和你吃午飯了。」

　　「是啊，一年班初拍拖的時候還天天一起食早餐呢！」

　　政搔搔腦袋，笑笑道：「找天再一起食早餐吧。」

　　「走韋教授的堂不怕嗎？」

　　「一次半次沒所謂，反正學期才剛剛開始。你今天穿這件恤衫很好看。」

　　貝貝望望自己身上的紅藍小格子恤衫，裡面襯了件小背心，和普通女學生沒有分別。

　　「上次去黑騎士家也是這件。」

　　「是嗎？」政有點尷尬，說：「夜晚和日間好像很不同。」說罷，伸手捏捏她的衣角。「你這個人，買一大堆背心，但總是穿在恤衫裡面。」

「不穿在裡面，難道穿在外面嗎？我肩膊不好看，不能只穿背心。」

這時候貝貝的手提響起。政一聽就知道那是不是蘋果，不知怎的，心裡就一沉。掛線後，貝貝說：「不是蘋果說今日去見工，是間高級皮具店，人家說她的頭髮太金，要染黑才請她，她不肯，就拉倒，說好氣頂喎，想唱K發泄下，今晚。」停了一下，見政沒甚麼反應，再說：「你去不去？」

「人家也沒叫我去。」

「沒所謂啊，她不會不想你去，其實都預了你啦。」

「跟她沒話說。」

「那隨便你啦。」

吃完飯，政送貝貝去上課，到了教學樓門口，貝貝再問了一次：「你今晚真的不來？」政還是聳聳肩，搖搖頭。

可是晚上貝貝坐火車出市區的時候，卻收到政的電話，問她們會在哪裡唱，他可以過來一下。

政進來卡拉OK房的時候，不是蘋果正在唱新星阿Moon的〈愛情教室〉。

> 天資不錯　但是很懶惰
> 科科不合格　不留心上課
> 皆因還未找到夢中的老師來感動我
> 個性好動　愛做白日夢
> 普通男孩我都不放在眼中
> 有誰明白孤單的心情比心痛更痛

政有點愕然，奇怪不是蘋果也會唱這樣的歌，而且唱得那樣投入。他靜靜地坐下，看著站在電視機前的不是蘋果。他實在看不透

這個人。也許，這是因為她不是他有經驗的類型，是完全陌生的，用他熟悉的知識無法正確解讀的一種女孩。她穿了條看來是紫色的長裙，夏天還未過去但卻已經著了對淺色靴子，在靴筒和裙襬之間露出一小截小腿肚，雖然燈光昏暗，卻好像很白，是一種無論光線環境如何也始終如一的白。也可能是因為那截白，才知覺到靴子應該是米色的吧。她上身只穿了吊帶背心，但卻辨別不出顏色，只覺不深不淺，臂和肩也白，但總比不上那截小腿肚。政突然想起第一次在卡拉OK見她，把她按在地上，她死命蹬著的赤裸的雙腿的那種白。當時好像無暇注意到，現在卻竟然從記憶的角落裡伸展出來，差不多占據了整個畫面。以靴子和裙裾之間的小小空隙裡的一截小腿肚來作暗示，那肌膚的白色開始擴張，拉長成整條小腿和大腿，甚至之外更多的部位。政刻意注視著桌面玻璃小食盆裡的花生和炸蝦條，及時把那怪怪的思緒打碎。

不是蘋果顯然是在模仿著阿Moon的台風和聲線，熱情，青春，歡快，小鬼頭但又不邪惡，誘惑但又不失純真。但看來是不是誇張了點？政對這種諧謔式的假裝感到有點噁心，比那歌星表現幼稚的原版唱法更難以忍受。然後不是蘋果突然改變了唱腔，用尖銳的怪叫聲把重唱部分喊出來：

　　心已動　　想放縱

　　天作弄　　想吹風

　　請來給我補補課

　　從黑板講解到咖啡座

　　從書本教授到你居所

　　請給我上上愛情講座

　　不用我天天望窗外在發傻

　　我保證攞滿分一題不會錯

如果我再不聽話就體罰我

　　她還要用故作嬌媚的聲音重複一遍：「如果我再不聽話就體罰我啦！唔該你！」然後她和貝貝就大聲拍掌和爆笑，政覺得貝貝的笑好像有點牽強，但他自己竟然也在不期然間咧著嘴角。

　　時間以三四分鐘的單位很快便過去，大家只是唱，和笑，沒有空間談話，後來政隨便地說了句：「可惜卡拉OK沒有『化石』的歌。」

　　「化石？你聽化石的嗎？」不是蘋果的眼睛突然閃亮起來，政覺得，這是真正的閃亮，而不是唱歌發泄時那種做出來的高昂，是在黑暗中也會放射出來的光。他突然又看到她的另一個面貌，或者面貌的另一個角度。這另一個她完全洗淨了剛才給他的那種噁心，而顯露出他認為比較真確的東西。

　　「我很少聽歌，但就是喜歡化石，我們很多同學也喜歡，歌詞很有意思。」

　　「對呀！」說罷就唱起來：「微塵　細胞　分解　壓力　沉積物」

　　政竟然很自然地應接下去：「自我　心情　肉體　言語　澱粉質」

　　然後兩人就合唱起來：「清理我們吧　社會底層的沉積物　把思想埋藏在黑暗的石屎地裡　欲望向光之所在發芽　狠狠一腳踩死　狠狠一腳踩死」

　　「Woo!正！居然有人識化石，你知道嗎，化石隊員裡我最鍾意石松。」

　　「石松？我也是，好勁，大部分歌都是他作曲同填詞。我最鍾意這首〈沉積物〉。」

　　「還有〈大陸沉〉、〈地底城〉、〈考古〉、〈白堊紀〉、〈三葉

蟲〉，全都是整體的concept，一流！話時話，這個石松，我認識他。」

「真的嗎？我們一直想請他們來大學表演。」

「我是說，一點點，是會打招呼那種，他是我以前男朋友的friend。不過我不敢保證能請得動他們。」

「你幫我試試問一聲吧。」政說。下一首選播的歌早已出來，貝貝就問：「這首誰來唱？」

唱完K大家就去吃飯，在旺角吃廉價迴轉壽司。不是蘋果說這是「輪迴壽司」，大家笑了一頓，吃的時候就盡扯些廢話，不是蘋果指著輸送帶上的一碟玉子壽司說：「這碟輪迴了十世也沒人要。」政於是一手搶過面前的一碟吞拿魚壽司說：「這碟就倒霉了，要墮入地獄做惡鬼！」說罷就一口把壽司吞掉。「想不到你這個人真無聊！」不是蘋果說，感覺上是第一句直接和政說的話。政只是傻笑，望望貝貝，她就捏了他的臉皮一下，說：「他平時不是這樣的，是個嚴肅鬼。」不是蘋果捧著肚子，嘆道：「喂，夠未，我已經輪迴咗十幾次，頂唔順喇。」

吃完壽司，不是蘋果說還約了朋友，不一起坐火車回去了，政於是提醒她代為聯絡化石，又把他的電話和電郵抄給她。

之後政和貝貝又去了吃糖水，然後才回大學。來到大學火車站，政又說：「你明早沒有課吧，不如不要回宿舍，今晚去我那裡。」結果貝貝就去了政在大學後面租住的村屋。

一進房間，政就拿起音響上擱著的化石CD，是那種低成本製作的地下樂隊歌集。不一會，房間裡就響起剛才他和不是蘋果唱過的那首〈沉積物〉。室內的空氣好像固體般在不動聲色中下降。有些東西令兩人難以動彈。他們各坐在床的一邊，好像在聽歌，又好像在等它完結，但它總是不完。政心裡盤算了一下，就過去把CD關掉，那種傖促的動作好像在怪責自己似的。在寂靜中，政向貝貝

走回來，跪在她跟前，望了她半晌，然後開始吻她的嘴。政感到，她也順著嘴唇的觸覺回應了。他判斷，她的脖子應該開始燙熱起來了，胸口的起伏也加速了。吻完嘴唇，他就移向她的臉龐，然後是耳垂，然後是頸側，雙手自然慢慢撩開她的恤衫衣領，把衣襟打開，輕輕從肩膊上褪下來。在褪下的恤衫與裡面的背心之間露出的一截臂膀令政想起那截小腿肚，雖然沒有那麼白，但卻同樣是那種中間狀態的暗示著可能性的形象。貝貝的眼珠望了天花板上的電燈一下，但要關燈就會破壞了節奏吧。政的呼氣彷彿在說：由它吧，燈有甚麼關係？但貝貝的眼神開始閃爍了，雖然身體還是柔順地沒有移動。政的鼻子埋在貝貝的小背心上，手降落到更低的位置，快要從腰部的空隙探進去。他感到貝貝的雙手撫著他的髮，有點震顫，好像遲疑不決，然後就漸漸地停止了。腦門一陣涼。她放開手了。政也停下來，抬頭問她：「怎麼了？不舒服？」

「沒甚麼，沒事。」貝貝疲弱地笑了笑，望向音響那邊，說：「我也不知道原來你聽化石。」

「就是為了這個？為了我聽化石？」

「不，聽化石沒有不好，很好聽。」

「那，是為了甚麼？」政站起來，坐在貝貝旁邊。

貝貝低頭看著自己的雙手，說：「我最近在想，其實我們有多了解，有多喜歡對方？」

「為甚麼無端端胡思亂想？我們不是一直好好的嗎？」

「我也不知道。照計是沒有理由這樣想的。可能是我自己來到一個界線，覺得不安，所以才會不那麼肯定吧。」

「甚麼界線？畢業？」

「不知道。是很模糊的。是一個時間的東西。我沒法說出來。但它是在這裡的。」她摸著自己的喉嚨，說。

政不太明白，但又沒有努力去想。拿了件自己的外套，給她穿

上，讓她在床上躺下來，關了燈，自己就躺在她旁邊，一隻手摟著她。在黑暗中，他說：「別擔心，沒事的，很快就會過去。」

貝貝很快便睡著了，政卻一直凝視著天花板，雙眼習慣黑暗之後，室內的一切都變得明晰了，甚至連牆壁上剝落油漆的地方也能辨別。他心裡卻有一團很模糊的東西在攪動，很久也沒有沉澱的跡象。更奇怪的是，剛才的不順利竟沒有帶給他太大的失望。初時他覺得這顯示了自己對貝貝的體諒，但越想又越覺得這種沒所謂並不是真的沒所謂。雖然沒有半點惱她，但又覺得有一種孤單感。這種孤單感並不全然是因為被她拒絕，這在她拒絕親熱之前已經存在，已經浮游在空氣中。不是蘋果的小腿肚又不期然地在他的思緒裡冒現，那種白，在若隱若現的縫隙中。他的手臂有點麻了，下面卻還在勃起之中。是一直在勃起，還是再次勃起呢？他搞不清楚了。小心地從熟睡的貝貝身後抽出手來，悄悄下床，走進廁所裡，輕輕關上門，把褲子脫到膝頭上，扭開一點水喉，讓水在洗手盆裡發出微微的撞擊聲。很快就解決了，把洗手盆沖乾淨，順便洗了手。出來的時候，看看床那邊，貝貝看來真的睡得很沉。

政沒有立即回到床上。走到書櫃後的電腦前面，拿起錢包，掏出裡面寫了不是蘋果的聯絡的紙片。手指上還殘留著混合著精液和杏子浴露的味道。開啟電腦，機件運行的聲音在暗夜裡特別響亮，好像是政身體內有東西在翻動似的。他又回頭望了床上的貝貝一眼。接上網路，心裡正搜索著字句，卻收到新郵件。寄件者名稱是notringo，題目是「午夜輪迴」。打開一看，真的是不是蘋果。上面寫著：「等待那一天　花生成石　等待那一天　頑石生花。」政知道，那是化石的歌詞。下面還有一句話：「那次在卡拉OK你壓著我的手臂，害我手腕痛了很久，你記得那時候正在播甚麼歌嗎？不知怎的我竟然記得很清楚。不是蘋果」

政無意識地摸了摸自己的手腕，在記憶中搜索那一晚的情景。

除了那伸展著的白色光亮，他好像還記得，那個女孩的身體，很柔，內裡卻有鋼鐵的骨。那掙扎著的身體。和那首歌。

他的手指在鍵盤上無目的地摸來摸去，突然就果決地敲打了一通，也沒顧慮到按鍵發出的聲音。他想說，有些東西，自從那一晚就打開了一個缺口，只是他一直沒有承認。不過，他不知道這是甚麼，也不肯定那是不是一種追補的解釋。總之，這是他當下需要為自己的困惑提出來的理由。有了理由，無論是怎樣的理由，他就覺得安心點了。好像只要有理由就不會是不正當的事。他又懷疑這和貝貝所不知道的甚麼有關。自從他和這個不認識的女孩身體緊貼地掙扎，自從貝貝說要去看這個陌生的女孩，和跟她成為朋友，一些東西就開始發生。他決定要看過究竟。要去找出這個甚麼。

直至第二天早上，不是蘋果也沒有回覆。政打她的電話，但卻打不通。他不知道她的地址，也不知道她會到哪裡去。他午間又約了貝貝吃飯，心裡卻想著不是蘋果可能會打給她。可是結果也沒有。沉寂的一天過去，晚上也沒有電郵。他整晚開著電子郵箱，但除了不相干的郵件，沒有不是蘋果的信。到了深夜，收到一個郵件，卻是貝貝的，內容說：「睡覺了沒有？因為深夜在打功課，很悶，想找你，但又怕吵醒你，所以給你寫信，不過，也許明天見面時，你也未必會讀到吧！真傻呢！還有，不是蘋果告訴我，已經找到工作，在 Music Box CD 店做售貨，沙田那間，很近，叫我們有空去找她吃飯。」

政去到沙田 Music Box 的時候，是早上十一時許，店子剛剛開門，顧客幾乎沒有，所以政很顯眼。他環顧了一下，不見不是蘋果，於是就問店員有沒有一個新來的女同事。那人是個瘦瘦的二十六七歲男子，不待政問完，就說：「你找不是蘋果？她在裡面點貨，很快會出來。你是她朋友？我叫奧古，和她識了很多年，算係好 friend 下。」他們剛一握了手，不是蘋果就出來店面。一看見

政，就露出看來很真的不可思議的表情。

「喂，貝貝呢？來吃飯沒那麼早啊，剛剛才開工，還未lunch time呢！」

「我一個人，剛巧出來書店買書，順便過來看看。你收到我的email沒有？」

「別再提啦，那晚send完mail給你，我的電腦就down了。部爛鐵好鬼cheap，是朋友用舊了讓給我的，又慢又成日當機。也沒時間修，又沒錢，不知甚麼時候才能弄好。喂，我第一日返工，不可以整天在談，要工作喇。」

「那，你甚麼時候放工，我來找你。」

不是蘋果頓了一下，不可能沒意會到他的意思，好像想轉身，又好像思索著搪塞的說話，嘴唇輕輕動了動，不改變聲調地說：「今晚七點半。」

政看著她走開的背影。穿了公司制服的她好像變小了，瘦瘦的，晃晃的，也看不見那截白色小腿肚。穿的是條毫無形狀可言的棕色長褲。政竟然為她這身裝束感到哀愁。這連他自己也不明白。他第一次知道，他不明白的事原來很多很多。

技術

曲／詞／聲：不是蘋果

殊不容易隱藏眼珠無用的顏色
殊不容易淹蓋耳膜多餘的震動
眼白翻起黑色的耳筒沒入
車程在巧妙的安排下開始

我甚麼也不做好
我甚麼也不感興趣
我甚麼也不去搗毀
我有的是過人的技術

你要看我就給你看
眼球的上下左右
我喜歡才給你打開深處的門口
在技術中心的漩渦
乖乖地說佩服吧
我會給你一個有眼無珠的笑

你話好嗎喂好嗎
小姐俾錢過嚟呢邊
你究竟係咩意思
真係唔該你喇

唔知你幾時得閒

嘿……嘿嘿……

我甚麼也不做好

我甚麼也無所謂

我甚麼也不會接受

我有的是無人能及的技術

技術

1）To produce sound from the tuning fork, hold it by the stem and tap one of the prongs against something hard. This will set up a vibration, which can be heard clearly when the bass of the stem is then placed on a solid surface, e.g. a guitar body.

2）Place a finger on the 6th string at the 5th fret. Now play the open A (5th string). If the guitar is to be in tune, then these two notes must have the same pitch (i.e. sound the same). If they do not sound the same, the 5th string must be adjusted to match the note produced on the 6th string. Thus the 5th string is tuned in relation to the 6th string.

3）Tune the open 4th string to the note on the 5th fret of the 5th string, using the method outlined above.

4）Tune all other strings using the same procedure, remembering that the open B string (2nd) is tuned to the 4th fret (check diagram) while all other strings are tuned to the 5th fret.

Tuning may take you many months to master, and you should practice it constantly. The guidance of a teacher will be an invaluable aid in the early stages of guitar tuning.

Jason Waldron, *Classical Guitar Method*

　　終於人齊了，我來介紹一下，這是阿灰，我的半個師傅，不要謙啦，是師傅，全個都是，不是半個，好不好？這個地方是阿灰和

朋友夾份租的，我們來玩半價，是不是？沒折頭？不是這樣吧？其實是不用錢的啦！阿灰師傅個人好好的！對不？嗯，好的。繼續。這是貝貝，在大學讀，你是讀中文系的嗎？中文系，未來大作家，就快出書，是不是？個人小說集，好厲害！這個是智美，我們的鼓后，不是講屁股，雖然你個股都好正！妒忌死人！哈！講笑！還有奧古，我同貝貝提過啦，是老友啦，吹色士風跟，那叫甚麼？尺八，對，尺八，好似日本鬼片那種音樂。嗚～嗚～嗚……，那種。學了幾年？有三年喇？好勁。還有，這是政，都是大學生，讀甚麼的？你讀甚麼文化？我其實不知是甚麼東東。是，貝貝的，嗯，男朋友。你玩甚麼樂器？哈，哈，他玩古箏？不，琵琶？哈哈，不，他甚麼都不玩，好嚴肅是不是？碩士的確是不同。好，好，政是來做觀眾的，扮 fans，要叫口號啊，記住，有帶 banner 沒有？好啦，介紹完。其實好難得，居然有機會一起玩，雖然陣容不是很完整，沒關係，隨便玩下。沒 keyboard 不要緊，我們有 bass，阿灰幫我們彈，有鼓，有吹 sax 的，貝貝可以彈結他，叫做和下音，掃下chord，很容易，不用怕，我們的歌其實好簡單，幼兒班水準的東西，主力我自己彈，兩枝結他好聲啲。

不是蘋果講完開場白，就派發曲譜。其實上面只有歌詞和簡譜，而且好像還未完成的樣子。貝貝看不明白，就問：這就可以彈？不是蘋果笑笑，說：一會你就知，一起度度下就會出來。說罷就轉向大家：我先唱一次大家聽聽，這首歌叫做〈技術〉，結構都幾簡單，melody 其實不強，主要是在編排方面看看如何做些變化，突出要點，好，我來了。

不是蘋果用結他伴奏，唱了一遍曲詞。大家都很用心聽。智美雙手一邊在大腿上輕輕拍打著，推敲著節奏。阿灰縮在椅子裡，咬著紙包檸檬茶的飲管，看來好像在發呆。貝貝卻忙於留意著不是蘋果彈結他的手法，生怕模仿不來。政低著頭坐在貝貝後面，蹙著眉

盯著曲譜，有時抬頭，越過貝貝肩膀剛剛可以看到不是蘋果的上半身。

　　唱罷，讓大家消化了一會，不是蘋果就問：覺得怎樣？大家有甚麼意見？貝貝聳聳肩，怕羞地笑了笑。智美首先發言：看你唱的方法，是有點不自然的，有點怪怪的，但前後很均勻，沒有很大起伏，你是想這樣的吧？節奏上有點平板，但音質上卻不沉悶，帶點微微的，尖銳感，是不是？不是蘋果輕輕地點著頭，思索著智美的話。沉寂了半晌，阿灰好像從白日夢中醒來，說：其實，可以刻意做得technical一點，即是突出技術的特點，instrument不要太含混，太嘈雜，不要黏在一起分不開來，可剛剛讓每一種樂器都有自己的性質的展示，但也不可以太花巧，是恰到好處的technical display，結果就好像很純粹的技術上的，不太帶有強烈感情的演奏。不是蘋果直起身子來，說：對，就是這個，我一直在想的就是這樣的效果，師傅真是師傅，即刻就給你說穿了！不過，vocal方面我不想太機械化，太techno的感覺，反而，我想有一點點兒，怎樣說呢？輕挑……，不，不可以是輕挑，是帶點剛才智美說的尖銳感，是嘲笑性質的，挑釁的，雖然不能說是個性化，但也不是樂器方面的那種無個性。阿灰也連連點頭：Exactly是這樣！這首歌的特點就是在於如何用技術作為個人情感的防護，或者掩飾，甚至是反擊，是不是？不是蘋果低頭無聲地撥著弦線，笑說：甚麼都給阿灰師傅你看穿了……，中後的一段有點rap感覺可以吧。不要rap，因為你原意並不是為了rap而寫的嘛，頗有節奏感的念白就可以。阿灰說。不是蘋果又有點拿不定主意，說：那奧古的sax有沒有用？阿灰吮著飲管，說：我覺得sax太柔滑了，不太夾，奧古不如吹尺八，在念白的地方，吹那種送氣的聲音，當是sound effect來用，而不是一個演奏的樂器，你認為如何？就像這樣子。說罷就用飲管吹出送氣的聲音。奧古聳聳肩，說：沒所謂，你們話事，我怎

樣都可。智美又補充說：那段可以重複多一次，漸進急促，送氣聲就好像是喘氣一樣。不是蘋果於是總結說：就這樣吧，貝貝你明白嗎？其實不太難吧？總之，你在第三節重唱那裡才加入，照chord彈，四拍四，一會我給你示範一次，很簡單，重唱段也和我一起合唱，唱法不要緊，那裡不用那種怪腔，實一點也無所謂，來個變化。好了，不如先來試試開頭，鼓和bass，四個bar vocal就入，阿灰師傅唔該試一段來帶我們。阿灰吸盡最後一口檸檬茶，呼嚕嚕的，紙包裝吸得卜卜作響，然後說：唔好叫我師傅，再叫我就罷彈！不是蘋果在結他上掃了一下，說：好的，好的，由阿灰大師來帶吧！阿灰朝她做了個鬼臉，bass的前奏隨即響起來了。

　　以全音符作的數小節的旋律叫做：定旋律（又稱指定歌調，或題歌）。對於這樣的定旋律，依照指定的節奏作出一個或更多的旋律便是嚴格對位法所要學習與練習的。這練習要遵守一定的規則。這類練習的規則是故意作成非常嚴格的。因為根據過去的經驗，愈是在嚴格的規則中訓練出來的人，愈能獲得熟練的作曲形式。原則上必須記住下列事項：

1）所有旋律要作得平易，而且具有歌唱性線條。
2）由數個旋律的重疊而產生的和聲，必須要好聽，換句話說，必須使練習曲富於音樂性。
3）粗率的態度是最大的錯誤，要以細心探求的態度去作。
4）在五線譜上為視覺而作的對位法是無意義的，那只是紙上談兵。各聲部要寫得易唱是必要的，但這還不夠，還要考慮各聲部旋律連結是否富於音樂感。

　　不注意以上幾項的人是沒有希望進步的。對位法的學習就是要從這種學院式的修練而獲得寫音樂的技術。

查理‧郭克朗，《對位法》

「想唔到咁夜茶餐廳重咁多人！」政很大聲在貝貝耳邊說，不知是因為四周很嘈吵，還是耳膜習慣了練習室內巨大的音量。不是蘋果在另一邊大動作地招手，一張圓桌空出來了，剛夠他們六個人。不是蘋果問那伙計十點後還有甚麼吃，他說要甚麼有甚麼，大家就叫了粉麵之類和飲品。智美拿筷子在杯碗上乒乒乓乓地敲，其他人就哼起剛才練的歌。阿灰點了菸，噴了一口，說：「喂，重細咩！好似啲靚仔咁！俾阿媽鬧架！」智美故作驚怕地縮回手，說：「阿媽唔敢喇！灰哥對人人都好溫柔，就係對我惡。」見阿灰沒答話，又說：「灰哥今晚有乜節目？」阿灰說：「關你乜事？」智美伸手過對面拿阿灰的菸包，說：「今晚冇人陪，好悶。」不是蘋果就補充說：「呢個人最近又俾人飛咗，日日搵人安慰佢。」阿灰搖搖頭，說：「唔係我話你丫傻妹，你真係要帶眼識人呀，都唔係第一次架啦！我都話咗個條友信唔過，你硬係要鍾個頭埋去，蝕晒底都唔知乜事呀！」智美忽然沒作聲，低頭把玩著菸支和打火機，卻沒有點上。不是蘋果見狀就拍著智美的手臂，說：「阿灰唔好咁話佢啦，智美其實係對人太真，完全冇防範心，所以好容易信人，係咪？我就唔同，我有張睇落好真嘅假面！」阿灰望著不是蘋果，歪著嘴笑了笑，政向她瞥了一眼，不是蘋果就轉了話題：「其實智美頭先打得好好，咁耐冇見，我覺得你啲鼓有進步，重有同劉寶佢地玩嗎？」智美沒精打采地說：「冇喇，你知道佢地架啦，自從個陣時唔 likey 你，就連我都唔多理，後來我都冇乜搵佢地喇。」阿灰插口說：「我一早都講過，好似你咁，一做嘢就話晒事咁嘅樣，唔容易同人相處。」「我今日都冇啦！」不是蘋果爭辯說。「你喺我呢個老嘢面前梗係啦。不過，我唔係話你錯，你都唔係有意。我嘅意思係，你主觀好強，有啲嘢唔肯就人，但係有時又冇離正經，人地會唔知你幾時講真幾時講假。你認真嘅時候，人地當你玩玩下，你玩嘅時候，人地又以為你嚟真嘅，咁會好傷。」這時輪到不是蘋果沉

默了。

在桌子另一邊，奧古正在向貝貝和政講述他學尺八的緣由：「係三年前喇，其實係要講番四年前，有一次好奇心驅使下去聽嗰個尺八演奏會，呢種演奏會好少有，我原本都唔係太認識尺八係乜嘢，知道就知道嘅，但係未正式現場聽過，嗰晚咁啱去大會堂，見到有個男人企喺門口，話買多咗飛，問我要唔要，我見佢咁慘，咪幫下佢，反正都想試下，點知一試就甩唔到身，真係，冇誇大，直情係想甩都甩唔到身，好似有的咩上咗身咁，直情係著晒迷，演奏會一完咗，就即刻忍唔住走入後台搵嗰個師傅，求佢教我。嗰個日本師傅其實已經好有名，唔容易隨便教人，你知啲日本人好講究呢啲嘢，佢冇即刻應承我，我都知道好難迫人。後來自己就猛咁買啲尺八嘅碟嚟聽，又買咗枝尺八嚟自己吹，咁梗係唔識吹啦，初頭真係連一粒聲都吹唔出架，唔係講笑。點知一年後嗰個日本師傅又再過嚟演出，我又去搵佢，重帶埋枝尺八。佢見我咁有誠意，就應承咗我，但係佢一年唔多時間喺呢度，所以除咗自己教我，主要係叫佢喺度嘅日本人徒弟教我，不過，我都算係佢門下。我宜家儲緊錢，希望可以去日本跟佢。」

「真係難得！你點可以有咁嘅毅力？你點可以只係見咗一次聽咗一次，就知道自己鍾情嘅嘢？你唔會覺得只不過係三分鐘熱度嘅咩？要持續一種熱情，其實唔易。」貝貝雖然聽不是蘋果說過奧古的故事，但還是感到不可思議。

奧古只是側著頭，說：「我都唔知點講，都冇諗過話堅持啲乜，總之，有啲嘢係唔使解釋嘅，老土啲講就係一見鍾情，我信有呢樣嘢。」

不是蘋果轉過頭來，插嘴說：「奧古你對尺八就一見鍾情，對女仔就百見無情，咁耐都冇見你拍拖。」

奧古尷尬地笑著說：「係囉，係囉，所以話係有就有，係冇就

冇。」

「真係可以咁樣一往無前？一直無懷疑咁做落去？」貝貝說。

「真係會咁突然？一鍾意咗就甩唔到身？自己都冇辦法控制？」政也說。

粉麵來了，擾攘了一陣，貝貝叫的雲吞麵寫錯單，來了魚蛋粉，想換，但又肚餓，又怕麻煩，就照樣吃了。不是蘋果說：「你呢個人，明明係想食雲吞麵架嘛！拿，我碟雲吞撈麵俾咗你好唔好？」貝貝卻說：「咁你夠係想食雲吞撈麵啦，做乜要俾我？」不是蘋果說：「我唔係好緊架咋，我食乜都冇所謂。」政突然就說：「我再叫一碗雲吞麵俾你。」貝貝有點心煩地說：「唔使啦，咁小事，唔好搞啦，魚蛋粉咪幾好食！」

那邊智美正在談著她打工的事，好像興致又回來似的：「宜家做promote唔係淨係講有咩優惠架喇，乜都唔使講，淨係氹個客簽個名，你話，淨係登記者，唔使俾錢，一個月免費試用，唔使講有乜著數，淨係派啲靚女，見後生男人就纏住佢，苦苦哀求咁，話公司要一晚簽滿幾多quota，如果唔夠，今晚就白做，好慘，你當係幫下我啦好唔好？咁講架，真係拉住你隻手，係咁㥥你架！好少男仔唔心軟！」阿灰吸吮著河粉，口裡含糊地說：「真係咁搞？乜宜家的手法咁毒！」不是蘋果指著智美，說：「呢，佢咪做緊呢啲嘢囉！下次唔好喺街度撞到佢，如果唔係真係唔好彩！」智美撥開不是蘋果的手，說：「你估我想嘅咩！啲女仔個個都用呢啲手段，自己唔係咁就聽食白果啦！你估好玩咩？我雖然都想識男仔，但係，都唔係咁cheap，鍾意隨便㥥啲陌生人，有時遇著的衰人，都有俾人占便宜。」阿灰放下碗筷，突然鄭重地說：「智美，轉過份工啦，唔好做啲咁無聊嘅嘢！」智美沒有回答，低頭在吃麵，咬了很久麵條也沒斷，在筷子間拉拉扯扯的。智美剛食完一口，抬起頭來，阿灰又拿起筷子低頭在吃著。不是蘋果也沒說話，看著他們兩

個，看見智美抿著嘴，眼濕濕的，但阿灰只是低著頭。

不是蘋果索性別過臉。在另一邊，奧古又在侃侃談著他的尺八傳奇：「我每晚至少練習三個鐘，有時隔籬鄰舍都會投訴，你知啦，有啲人覺得尺八啲聲好恐怖，好陰冷個種，我自己鍾意就唔覺。我屋企養咗隻狗，每次我一吹尺八，就會一齊喺度叫，好似哀鳴咁個種叫法，嗚嗚聲咁。開頭我覺得好搞笑，後來就覺得幾討厭，你知啦，隻狗咁搞破壞晒啲氣氛，但係宜家又覺得其實好特別，可以話尺八嘅天然之音連動物都感染到，佢係個知音嚓架！我有諗過同隻狗合奏，或者帶埋隻狗去日本學師，不過唔知師傅接唔接受到。」聽奧古這樣說，貝貝和政也笑得合不攏嘴，不是蘋果就把狗和尺八的故事轉告智美和阿灰。兩人也忍不住大笑，不是蘋果就扮狗叫，尖聲地模仿狗音尺八。大家於是就笑得更加不可收拾了。「有時真係覺得，狗好過人，同人講乜乜物物，可能都會冇同感，冇溝通，反而狗有種直覺，好真誠。」奧古總結說。不是蘋果卻說：「我同你相反，我最憎狗，見一隻殺一隻，尤其是啲懶可愛嘅小小狗。」奧古露出驚恐的樣子：「咁變態！冇聽你講過嘅？」

吃到後來，不是蘋果拿起啤酒杯來，說：「今日玩得好開心，首歌夾得好好，好耐冇咁玩過，特別係多謝阿灰，我唔叫你師傅喇，幫咗我地好多，下次都唔知大家幾時得閒，可以再一齊玩。貝貝結他彈得唔錯，其實好有潛質，不過你嘅志願係寫嘢，我就祝你嘅第一本書早日出世。奧古就祝你可以去到日本，同埋隻狗一齊去。哈，哈！智美，祝你，搵到鍾意嘅人，或者，鍾意嘅人都一樣咁鍾意你啦。我自己呢，就祝自己，唔，咩好呢？都唔知喇，是但啦。噢，重有政，祝你，咩好呀，⋯⋯」她望望政和貝貝兩人，就把杯中的啤酒乾了。政拿啤酒回敬不是蘋果：「你唔祝自己重組自己嘅樂隊？呢個係你嘅願望嘛！祝你重組 Rejuv 吧！」不是蘋果拿空杯和他碰了碰，說：「祝我，講真嘅時候講真，講假嘅時候講假

啦！係咪咁講呀灰哥？」阿灰不明所以地笑了一下。貝貝悄悄拿可樂呷了一口，無聲的，或者，沒有人聽到。

　　雙腿交替的上下踢動時，手臂同時在動作與歸位之間交替的划動。當一隻手臂從你的正前方伸出時，另一隻手臂也正完成撥水動作，到達你的大腿側。當前面的那隻手臂進入水裡，準備抓水時，你就以緩慢、有節制的方式把氣吐進水裡。游自由式的時候，臉是浸在水裡的，所以，想要在恰當的時機吸氣，就得掌控時間和動作節奏。當你完成一個完整的手臂動作時，身體會滾動到一側，你把那隻歸位的肩膀抬高，臉稍微向上轉到腋下，預備吸氣。做這個動作時，只需要露出半張臉到水面外。練習把嘴巴（而不是整個頭）稍微抬高吸氣。等歸位的手臂伸到比較遠的地方，再讓臉回到水裡，這時，歸位的那隻手才入水；一旦你的臉回到水裡，就把空氣由鼻子和口呼出去。

Sharron Davies, *Learn Swimming in a Weekend*

　　那已經是10月尾了，是天氣已經不太適合游泳，或是不太適合嬉水式的游泳的季節了。這個時候，如果跳到游泳池中而不立即拚命地游，就會很快給秋風吹得渾身發抖了。是個很怪的季節，日間陽光普照的時候還可以穿背心短裙，多走幾步也會滿頭大汗，但空氣中就是不經不覺地浮動著隱形的涼意，在出其不意的時候突然襲來，比如站在建築物的陰影中，或者，在游泳池裡。游完泳出來，秋日的陽光和秋風合謀，蒸掉髮膚上的水分，留下一種泳池氯氣的味道，成了習慣，就會借代成秋日的特有味道。這種味道，一般也不會和人分享，只有自己品嘗，所以也往往是一種孤寂的味道。游泳於貝貝來說可算是個最持久的運動。在中學時期結束，排球和跑步也一一放棄之後，游泳就成了貝貝唯一自願的運動。夏天

常常游泳自不待言，深秋甚至冬天也不會完全荒廢。中學時候貝貝就常常掛一身銅黑皮膚，大學之後，多少受了女孩子美白文化的影響，就不太敢在烈日下游泳，不是黃昏後才游就是去室內泳池。只有在游池泳裡，貝貝才不害怕面對自己的身體，不會為自己較矮小的身材而自慚，不會為展露自己的肌膚而害羞。平時不敢穿背心的貝貝，穿上泳衣時卻毫不尷尬，而且往往能在嫻熟的泳姿裡流露一種連她自己也不自覺的自信。所以那秋日皮膚的氣味也是一種自信的味道，好像有金屬的強韌感。

　　不過，這種味道並沒有和政分享。那是因為貝貝和政太少肌膚之親嗎？還是因為政的嗅覺太遲鈍？還是因為貝貝刻意向政隱藏自己這方面的小小祕密？貝貝自己也無法解釋。是甚麼促使她接受和政以及不是蘋果三個人一起去游泳的事實，她也不清楚。總之在這個初秋黃昏，三個人有點不合情理地同時浸泡在還沒有暖水提供的泳池裡。貝貝一下水就先自行游了十個直池。貝貝也不是不知道不是蘋果的游術不佳，但她並沒有先停下來陪她嬉戲一會，或者指點她如何改善姿勢之類。貝貝以一種競賽的姿態一開始就認真地游起來。或者可以說，是一種逃亡的姿態。好像要游得遠遠的，離甚麼遠遠的一樣。她明明知道，政看見不是蘋果不太懂水性的笨拙樣子，必定會留在池邊的地方，教導她諸如呼吸、划手、踢腿之類的動作。政也曾經這樣地指導過自己吧。貝貝想。雖然她當時其實已經游得不錯，但她還是讓政去指導她，裝作聽了他的意見去游自己早就懂得的泳式。她奇怪，那時她為甚麼會不說出來？為甚麼不明白表示，她其實無須任何教授了？為甚麼她總是那樣虛心？或者，裝作虛心？她每次游近池邊，就會首先在池底水中看見不是蘋果白而修直的腿。是那雙腿啊。她第一次在卡拉OK中看見的掙扎著的腿，第一個印象裡已經是和政糾纏在一起的腿。但在水中看去好像有甚麼不同了。那種白好像化開了，好像模糊了，晃動和變形了，

無力了。她多次想游近看清楚，但那腿總是在浮動，而且旁邊總是有另一雙腿。那是誰？為甚麼好像很陌生？貝貝停下來休息，一點也不累，但還是盡量深呼吸著，好像想把體內積鬱的東西使勁吐出來。天色越來越暗了，泳池畔的燈光都亮起，在水面投下幻變不實的光斑。除下隱形眼鏡的貝貝，要靠近視泳鏡才稍稍看清四周的景物，和那兩個人影。她扯下泳鏡。那兩個人影就更糊作一團，差不多要融合成一個。奇怪的是，除下泳鏡，貝貝竟有一種自己的身體變得隱形了的假象，令她更敢於直視那兩個影子，縱使其實她除了曖昧的輪廓之外幾乎甚麼也看不見。她把頭枕在池畔，斜斜向那邊望去。兩個變化不定的身體令她產生很多想像，例如想像政彎身抱住了不是蘋果吻她，而她也回應他的吻，把自己的身體緊緊貼著他，她發出異樣光芒的雙腿纏繞著他。她突然又更奇怪，為甚麼自己可以這樣冷靜地目睹著這些，心裡一點也不憤怒，而只有泛起深深的孤獨，或者被遺落的感覺？是她在容許這樣的事發生，還是這樣的事令她束手無策，所以她就以一貫逆來順受的作風聽其自由發展？也許，是她個性裡的旁觀者因子，教她以站在一旁來洗脫自己的責任？風吹過來，手臂都起雞皮了，趁還未徹骨冰涼之前要保持活動了。貝貝離開了那肉色異象，奮力向另一面游去。風掠過她的肩背，水撫摸遍她全身。她慢慢地暖起來了。

回到更衣室裡，貝貝和不是蘋果各自沖身。當貝貝從沖身間包著毛巾走出來，終於還是無法再避開正在擦乾身體的不是蘋果。她知道自己萬萬不能看到這個景象，萬萬不能看到不是蘋果的肉體，因為她知道一旦看到了，就會沒法停止自己的幻想，沒法停止在腦海中看見不是蘋果和政摟在一起的裸體。印象這種東西一留下了就永遠無法擦去，如果她看到不是蘋果的以這樣纖瘦的女孩來說算是豐盈的乳房，她就沒法不在心象裡把政的雙手甚至嘴唇放上去。想到這裡她的心就突然抽痛了。她突然明白整件事了。她想找些閒話

和不是蘋果聊聊。那絕不是因為害羞。就算要她自己在不是蘋果面前赤裸，她也不會害羞。她怕的是，現在她們兩個都赤身裸體了，沒有一絲遮掩了，卻反而是她們之間最沒法坦誠的時刻，反而是要互相隱藏的時刻，反而是要找話題來障蔽真相的時刻。是不是蘋果打開沉默的。她說：為甚麼避開我？為甚麼在泳池一直躲得遠遠的？貝貝不肯承認，只是說：沒有啊！只是想自己多游一點吧。貝貝，別這樣吧！為甚麼不理我？我沒有不理你，政在教你游泳嘛，用不著我。你知道嘛，池水很冷，我一直在淺水那裡，發冷，但還是勉強練下去，我看著你，游得那麼自如，好像是自己天生的能力，不費力氣的，自由自在地游，很羨慕，我以前很憎厭游水，真的，覺得不好玩，而且，很害怕那種掉在水中沒有依傍的感覺，很害怕，小時候爸爸帶我去游水，我怕，就一直拉著爸爸不放手，覺得有爸爸就不用怕，之後去游水也不過是為了那種感覺，那種可以抓著爸爸不放的感覺，結果就永遠學不懂，後來沒有了爸爸，就更加不要來泳池了，但你說要來，我就想再試試，看到你游，我就更想像你一樣，真的啊，貝貝，我真的羨慕你，一直也是，羨慕你的一切，你擁有的一切，你懂得的一切。貝貝聽到這裡，卻突然變得冷酷起來，說：還有政？你也想擁有他吧。不是蘋果呆了一下，好像想笑，但笑不出來，雙手拉緊身上的毛巾，身體慢慢地就開始抖顫，嘴唇也變成青紫色，困難地迸出微弱的呼吸。好冷！貝貝見狀，卻沒有動，看著不是蘋果蜷縮在木長凳上，肢體扭曲，胸口像給甚麼重重壓著，想叫出來但又給卡住。毛巾一角滑開，露出了下體，和一雙瘦長的白腿，和在卡拉OK裡一樣赤條條的腿，但卻沒有了那種光芒，而變成了暗啞無血的，像易碎的凍蟹腳一樣的白色。貝貝背貼著牆邊，竟然不敢動，只是眼巴巴地瞪著不是蘋果陰淋淋的私處，好像看見黑黑的經血在淌滴著。她的手腳不聽使喚，像中了咒的人一樣，化作了鹽石柱。如果不是蘋果現在就要窒息而

死，她也會像這樣垂著手站在旁邊目睹著一切吧？不是蘋果連小宜的哭號聲也發不出來，更衣室裡的其他人也沒有察覺異狀，要任由不是蘋果死去，不是那麼困難的事吧。她在透徹入骨的發抖痛苦中，依然倔強地堅拒望向貝貝，拒絕向她發出求救，究竟是在寬容她還是在譴責她呢？可以聽到牙關格格碰撞的聲音了，像一種令人毛骨悚然的敲擊樂。那不是作假的，她真的有病。咒語突然解除了，貝貝趨前，解了自己的毛巾，重重的包裹住不是蘋果的身體，但因為毛巾都是濕的，所以反而更冷。於是她索性把毛巾都扯掉，把整瓶潤膚油倒在不是蘋果身上，塗滿了，然後使勁地擦她的皮膚，好像要擦出火來似的。貝貝觸摸著不是蘋果真實的身軀，那在她的印象中那麼地熾熱和光芒的身軀，現在卻變得那麼的脆弱無力，像塊薄脆的冰。那是多麼的可恥。她無法自制地變成了政，她的手變成了政的手，把不是蘋果的整個身體也搓捏遍了。這想法是那麼的可恥。她甚至想像著把手指插進她的陰道裡，去探知那裡面是不是冰冷的，還是燃燒著可恥的黏濕的火，感受著政是如何地把陰莖插進那團黏濕的火中一樣。然後她就發現原來燃燒著黏濕的火的是自己。她扮演了小宜的強暴者，也扮演了被強暴的小宜。終於。她在想像中把這兩個雙重的角色也同時扮演出來了。

兩個人都累倒了。貝貝的雙臂很痠，挨著木椅背上，身上冒著汗。不是蘋果渾身通紅，皮膚上布滿橫橫斜斜的擦痕，面色脹緋緋的，呼吸卻回復平順了。在接觸到真正的共同羞恥感的邊沿，兩個身體又分開了。到頭來兩個身體還是兩個身體。你我還是隔絕的兩個人，互相看不到對方的真相，體會不到對方的感受。貝貝，我是個壞人，我本質是壞的，是遺傳，總是做很多傷害人和傷害自己的事。別這樣說。是真的，政的事也是這樣。別說吧，就算是，他也有分，連我也有分，是一起也有責任的，不是因為你一個。貝貝，你太好了，好得令人難受，好得可厭。你完全錯了，我一點也不

好，我是個可恥的人，你知不知道我剛才在想甚麼？貝貝，你身上有種香氣。香氣？這不是香氣，是池水的氣味。不，不是，是海水。不，其實是秋天。是孤寂。是慚愧。的氣味。

她們出來的時候，兩人彷若無事，不是蘋果神色疲倦，政以為是她游泳累了，也不知道更衣室內發生過的事情。這會是在她倆之間的祕密吧。連同那種肌膚的氣味。連同當中的不悅，和分享了不悅的共同感。就算最終沒法驅除這不悅之感。就算共同感只是剎那即逝。

最早的時候我們談過「觀看」的問題，認為在下筆寫之前，決定如何去看事物是十分重要的。我們必定是從某些角度去看事情。關於一件事情，從我的角度看和從你的角度看，結果也常常有差距。我們寫東西的時候，一般也會直覺地從自己的角度，而且是自己最習慣的角度來寫。可是太習慣的時候，可能會缺乏新意，好像自己寫來寫去的東西也差不多，想來想去也想不出新的構思。這時候，嘗試轉換一下角度，可能會有令人驚喜的發現。轉換角度的好處，就是令人對事物重新感到陌生，感到新鮮。因為陌生，所以非想出新的表現方式不可，因為新鮮，所以想像力的資源還依然非常充分。從前我學過一陣子攝影，起先看的很多教材，都是談那些固定的構圖和鏡頭運用的規條，好像大家照著規條去拍那些千篇一律的日落美景或者柔焦鏡頭下的人像，就算是好照片了。後來讀到一本很不一般的攝影集，作者卻叫初學者拿著相機，在家中趴在地上，從那種不尋常的角度去拍自己的家！這裡面是大有道理的。家豈不就是自己最熟悉，但也因此感覺最遲鈍，想像力最薄弱的題材？當你以為自己的家普通得不得了，實在沒有甚麼值得觀察，就趴下去看看吧！也許你會有完全不同的觀感！「角度」本身當然也有很多種理解和層次，不過我們暫且不用太理論化，只要概括地理解它便夠了——那就是，你寫作時，無論你寫

的是哪一種文體，所採取的究竟是怎樣的觀點。比如說，你是從一個學生的觀點去寫？還是從老師的觀點去寫？是從一個少女的眼睛去看？還是從一個中年男子的眼睛去看？是用一個女兒的聲音去講？還是用一個父親的聲音去講？這些觀點都會產生出不同的寫法。

董啟章，《貝貝的文字冒險》

　　要觀看一間日本料理壽司檯前的一對男女的對話，可以採取的角度不算很多，但也不乏變化。比如說，從他們身後遠處的廣角度望去，雖然只可以看見兩人細小的背影，但從他們的衣飾和背部抽動的幅度，至少也可以提供某方面的判斷根據。例如男的穿的是極不顯眼的長袖衛衣和牛仔褲，但剪了個整齊的短髮，連髮根也清洗得乾乾淨淨，可見是個一絲不苟的人。他的衣著不像上班一族那樣正式，但又不像是低下階層勞工般粗俗，所以極有可能是個大學生。如果能透視到他腳下的背包中真的放著甚麼後殖民主義的論著的話，他的身分就更加無可置疑了。可是，我們卻無法從男方的身分來推斷女方的，因為她在紅格子小恤衫裡面穿了件深綠色長袖T恤，雖是坐著也能從挑戰極限地下垂的褲頭和重金屬腰帶辨出下身穿的是流行的低腰牛仔褲，在露出大半的臀部可以看見純黑色的內褲和一線隙闊的若隱若現的純白肌膚，在身體稍稍前傾時還會浮現出股溝上端的凹陷陰影，金黑相間的頭髮在腦後紮成小馬尾，在兩邊夾滿了鮮豔的髮夾，是個非常入時的樣子，和男方的素實截然不同。當然我們不能因為大學生不會作過於新潮打扮的前設來推斷女方並非男方的同學，因為這樣的裝容在大學生之中就算未算普及也不能說絕無僅有。不過從她抽菸的側臉看來，又的確有一種非學院的粗鄙感。請原諒我用粗鄙這個詞。它在這裡並無貶義，只是旨在說明一種較通俗，較無拘謹的姿態。至於背部抽動的幅度，這個著眼點對當前這對男女來說並不太有參考價值，因為在他們坐著的大

約一個小時內，除了低頭吃東西之外，幾乎沒有作大幅度的移動。不過至少也可由此知道，他們大部分時間是沉默的，或者是在僵持著，等待著，試探著，並沒有前仰後合地發笑的情況。當然，背部的廣角度也可以令我們看到，這是間頗小規模的日本料理，格調中等，牆上掛著的食品名目小木牌寫著的是真的日文，或者對不懂日文的顧客來說很像真的日文。店裡客人疏落，有很快就要關門大吉的跡象，但看來應該是老闆娘的女子卻罔顧近在眉睫的危機，沒有苦苦去構思更市儈的經營策略，反而還無微不至地照顧著客人瑣碎而不會帶來經濟效益的需要，可見這間日本料理就算食物水準不夠正宗，卻也模仿了日本飲食業的優良傳統。不過，這些對了解我們的一對客人沒有任何幫助。

另一個角度當然就是壽司櫃檯後面壽司師傅的角度。相信大家也會認為這是更有利的角度，因為從這裡可以正面觀察這對男女的樣貌和神情，甚至可以把他們說話的內容偷聽得一清二楚，就像電影中的近鏡一樣把現場的情景活現眼前。可惜，請原諒我現在無法把這方面的畫面向各位轉播了，原因可能是壽司師傅基於專業操守拒絕把客人的談話內容披露，或者在客人談話的關鍵時刻壽司師傅剛巧去了接電話，而其他時間的談話實在乏善足陳，又或者壽司師傅自己也因為剛剛失戀而心神恍惚，對別人的私事興趣缺缺，諸如此類。既然無法採取公認是最有利的角度，我們唯有激進地占據那位男子面前桌子上的木盤子裡的一件三文魚生壽司的角度吧。雖然三文魚生已經是一塊死物（縱使它是新鮮美味的死物，而就算是它生前也不可能擁有人類的意識和觀察能力），但在文學敘事技術上，是沒有不可能代入的角度的，所以一塊死的鮮三文魚片絕對可以扮演透視故事情景的中介角色。在這方面，小說世界的確比現實人生完美和幸福，因為在現實裡是絕對無法做到代入三文魚片去看別人的私隱這種事情啊。如果我們不是那兩個人，就無法經歷那頓

晚飯，如果我們是三文魚，就早已經給切片，等待被品嘗的命運。與文學相比，可用於應付現實生活的技術十分有限，或者技術的應用範疇十分有限，不過人還是對如何生活掌握得很拙劣。

回到三文魚片的角度，我們可以看到的是男子的手捏著筷子，在壽司之間徘徊著，不知是猶疑還是心不在焉，筷子尖幾次在三文魚壽司上空掠過，結果卻都是落在其他壽司身上。在這過程中，兩人很少說話，就算有，也只是些無關痛癢的閒談。到了最後，盤子裡只剩下三文魚壽司和玉子壽司，筷子多次來回兜圈，也未能作出抉擇，這即是說，已經來到關鍵性時刻了。男子果然就在這時候開口說話：聽過有人話，人生就好似一盤雜錦壽司，裡面總有好吃的和不好吃的，如果你先選好吃的，後來也難免要吃那不好吃的，也有人先吃難的，然後才吃心頭好，但怎樣也好，事情有壞的一面，也總會有好的一面，一切只看你選擇怎樣的角度，你說對不對？從三文魚片的位置看出去，在那圓形圍牆似的木盤邊沿上面，正好可以看到女子的臉部，和她那正在吃麵的神情。不知是由於她正在吃的麵太辣，還是受到男子的發言困擾，她的眉頭微微皺著，鼻翼也輕輕搐動著。過不久，她就回應說：我看人生不一定是這樣，人生如雜錦壽司的人其實已經十分幸福，沒有權利再抱怨甚麼好吃不好吃，你看看有些人的人生，是一碗地獄拉麵，無論是先吃麵還是先吃料，還是先喝湯，都是一樣勁辣，一點也不輕鬆，沒有選擇可言，根本沒有分別。男的不作聲，筷子還沒有選定對象，後來他說：我也不過想你往好的一面想，你的人生，也不盡是難吃的東西吧，也不一定要過那種生活，你自己也有權去選擇不同的東西嘛。女子放下筷子，說：你根本不明白，你的生活都是那麼的井井有條，真是像一盒壽司，清潔、乾淨、美觀，但我不同，地獄拉麵是不可以跟雜錦壽司相提並論的啊，你明白嗎？是兩種完全不同的事情啊！男子打斷她說：那麼我就請你吃壽司囉！你索性不吃地獄

拉麵，那就成了嘛！女子堅持說：你都不明白這個比喻的意思，不是揀地獄拉麵還是壽司的問題，而是人生本質上是地獄拉麵還是壽司啊！我也不是說是地獄拉麵我就不要吃了啊！我不是一直在吃嗎？而且也不怕吃下去，明明知道是地獄，也得死頂下去，我是打算這樣子的啊！不要把我看成宿命或者低頭好不好？就算我知道不會有好結果的事，至少我不會逃避，我想認清它，而不是跑掉，如果這真是地獄，要跑也跑不掉……我來問你，如果我請你吃地獄拉麵，你吃不吃？不，不該這樣說，讓我再講一次，情形是，如果你來到一間日本料理，坐下來，看了餐牌，有齊照片那種，看得好清楚，結果你叫了雜錦壽司，因為你一向也習慣吃雜錦壽司，而且也覺得很合口味，怎料送上來的竟然是地獄拉麵，而你是從來也不吃辣的，你會怎樣？會拒絕吃嗎？會向伙計投訴然後要求換回雜錦壽司？還是，會照樣吃下去？女子說完，點了香菸，慢慢地吸了一口，不知嘴角是笑還是屬於吸菸的自然動作。男子沒答話，最後夾了三文魚壽司，一口吞下了。我們的視點，也隨之而墮入黑暗深淵了。

　　至於檯底的角度和天花板的角度，雖然也可能提供視覺上有趣的細節，或者飽足某些偷窺狂的眼福，但相信也不會再為這場談話加添甚麼更有意義的揭示，所以不必多費筆墨了。如果我們竭盡所能，轉換了不同的角度和敘事手段，甚至用上了兩個關於人生的比喻，結果也未能探挖出事情的核心，那可能是因為，現實容許的事情雖然比文學少，但卻遠遠比文學難於名狀。人生畢竟不是雜錦壽司，也不是地獄拉麵。

《體育時期》創作訪談記錄（Part 1）

日期：2013 年 3 月 5 日

時間：中午 12 時

地點：新域劇場排練室

訪問者：譚孔文

被訪者：董啟章

部分錄音內容曾於《體育時期 2.0》演出中播出

譚：為甚麼稱呼自己做「黑」？

董：黑是來自黑騎士這個名字，而黑騎士是來自 Tom Waits 給導演 Robert Wilson 所寫的音樂劇 *The Black Rider*。*The Black Rider* 就是黑騎士。我看這個演出的時候，黑騎士的形象是一個壞人，邪惡又有點法力，但又很滑稽、怪誕的一個人。當時他穿著一套黑色燕尾禮服，但腳上卻穿著一對紅色高跟鞋，走路的時候一拐一拐的，唱歌和說話的時候陰陽怪氣的。不知為甚麼這個形象很符合我心目中一個作家、一個寫小說的人的形象。

譚：為甚麼陰陽怪氣會似你呢？

董：其實不是似我，黑騎士並不是我，而是我在小說中創造的一個作家、小說家的形象。他在小說中的形象好像很正經很好人，但他其實是不是有更複雜的面呢？是不是有陰暗面呢？是不是有甚麼不為人知的事情呢？我希望把他寫得有這個多面性。但後來又想，可能不是很多人知道黑騎士的名字的源由，很可能

會聯想到《星球大戰》的黑武士，所以有時我會把他簡化叫做「黑」。我覺得黑這個顏色和感覺，令我聯想到宇宙裡的黑暗物質，dark matter。你是見不到它的，但它卻占宇宙能量的一大部分，而且在發生著很大的力量。

譚：就好像黑洞一樣。

董：對了，是我們肉眼或者儀器觀測不到的，但它的能量卻很巨大。我想通過黑去表現一種陰陽正反的存在。

譚：那我們這樣引申下去吧。你把小說中的作者稱為黑，而這個黑寫作的時候會運用「假面」，其實甚麼是「假面」？

董：假面其實沒有一個絕對的解釋。一般人會說「假面具」，代表虛偽或甚麼的。我不排除這個層次，但肯定不只是這樣。我理解假面有好幾個源頭，首先我想到的是希臘戲劇，也即是西方戲劇的源頭，是戴面具演出的。其實不只希臘，很多民族的古老表演形式，也是戴面具的。這是很有意思的，也即是在演出的時候，演員不是自己，而是在扮演一些角色。只有通過面具，才能進行角色扮演。後來 persona 這個詞，成為戲劇術語裡「角色」的意思。

另一個源頭就是一位我很感興趣的葡萄牙詩人 Fernando Pessoa。他寫詩的方式很奇怪，他不單用自己的名字去寫，也會創造出許多其他的詩人，在他們的名下寫出文風不同的作品。在他的理解下這些也是不同的角色。他就是用角色來寫詩，化身為許多假面，形成整個文壇的模樣。這些都令我感到刺激，或者不只是有趣這麼簡單，而是覺得，是不是創作的本質就是這樣呢？不單是戲劇，寫作也一樣，就是我們一旦去寫，不只是小說，寫詩寫其他東西，我們也不是自己。我們往往要戴上面具，扮演角色，我們才能創作。

譚：所以你便對寫作的時候運用假面或者代入產生興趣？

董：對的，不只是興趣，簡直就是一個信念。我覺得本質就是這
　　樣。不可能不是這樣。

測謊機

曲／詞／聲：不是蘋果

把蘋果連皮放進去然後攪動
小心你的手指和你稀薄的尊嚴
無眠的夜晚最適宜聆聽磨刀轉動的聲音
把染了咖啡漬的白恤衫塞進去然後攪動
還要不要連同長髮和掉落的睫毛
遲起的早上不如遺忘漩渦中心濕濡的嘆息

熱愛的機器最熟悉我的氣味
隨時委身也不覺得自己太像跟隨尺八哀鳴的狗
受夠了隔壁生疏笨拙的色士風
幸好有說明書細讀直到天亮

從煙圈扭曲的形態可以看到真心嗎
家裡的溫度計降到最低點

把信用卡插進去記住要抽出來
屏幕出現今天的運程
生值器指出尚有九十七元餘額多謝你
啟動來電轉接功能輸入自己出生年月日
你的聲波深深植入我的記憶
永遠遇到對方通話中

如果割破指頭流出蘋果汁
穿上白恤衫躺下準備受刑
閘口不通請到補票處
我在哪裡？喂？我就快到旺角站了

從菸頭的餘臭中可以聞出真相嗎？
護士把咬斷的探熱針從我口中拔出

有輕微發燒
你總是這樣說
毫不知悉真心像水銀灌注我的血管

測謊機

　　那天下午在大學水池畔，我突然領略到，把事實說出來的困難。我是說事實，而不是複雜的解釋，前因後果，意義之類。只是事實。好像一化成言語，就不是事實，而只是說法之一種。於是我嘗試在言詞中找尋事實的界限，想知道，把言語簡化到怎樣的程度，就可以觸摸到事實的邊沿。於是我就嘗試把當天的事，由始至終地用這種程度的言語，在腦海中敘述一次。我問自己，可以說一種事實的話語嗎？我怎樣才測知它就是事實的話語？

　　還是從頭開始說吧。

　　早上和政一起吃早餐。是很久也沒有試過的事了。他記得那天我提起過。昨晚深夜打電話來約我。我聽到的時候沒有驚訝，只是有點怕。是不是有甚麼要和我說。過不久就收到不是蘋果的電郵，把她的新歌傳過來了。自從那天一起游泳，個多星期沒見面了。好像有些東西沒法立即恢復過來。通過幾次電話，也不過匆匆的。我問她早前提過的歌寫出來沒有，她也支吾以對。到昨天，才傳過來了。我讀著，雖未聽到曲調，但又彷彿已經聽到了。那是在掙扎著的歌聲吧。但跟誰，跟甚麼在掙扎呢？那是說出事實的歌詞嗎？還是拒絕事實的歌詞？想到再深究下去可能會挖出她內心的甚麼，就有點不敢看下去。

　　回到事實上去。

　　這個早上很暖，一點不像秋天。這個秋天真不像樣。我有預感它會一直暖下去，好像一個偽造的夏天一樣。噢，這也是一個說法。來到飯堂外面，冷清的門口旁邊牆上，是鬧哄哄的大字報。好

像在自說自話。其中一張用拙劣的字跡大字標題地喊出：

「大學理念何在？榮譽學位豈可為大獨裁者塗姿抹粉？」

那是最近關於大學方面把今年畢業禮的榮譽博士學位頒贈給某國前首長的風波。那位先生在位期間用假民主的手段實行家長式統治，但卻把國家的經濟搞得很好。這算是事實吧。校方似乎是想表揚他那種管理才能。這卻是說法。我發現大字報標題裡的「姿」字寫錯了，忍不住笑了笑，就沒有看下去。

飯堂裡人很疏落。可以想像早餐吃起來也會是放冷了的那種味道。開學後一段日子，大家的早起上課意欲大概也開始走下坡了吧。我自己買了個早餐。煎雙蛋是意料中的僵凍。麵包也硬硬的。牛油怎樣塗也不融化，一大塊的凝固在扯碎的麵包片上。連奶茶也缺乏溫度。我拿出不是蘋果的歌詞，想輕聲念出來，但字句來到嘴唇就像給甚麼膠住。這也是說法？但明明是膠住了。

政沒有遲到，是我自己早到了。他也買了相同的早餐，一點也不覺異樣地吃起來。他望著我的裝束。我這才知覺，我穿的也是那件白色背心和格子恤衫，和相同的牛仔褲。我沒有怎麼說話。在等他說。但他一直沒說。我們像乾硬的麵包塗上凝固的牛油一樣，不是味兒。不能不這樣說。沒法子。於是我就把不是蘋果的歌詞給他看，問他看過沒有。他說沒看過。很快就看完遞回給我。我以為他眼神裡閃爍著甚麼。只是以為。然後他說：

「老實說，我覺得她的詞太隱晦，很容易做成誤解。她說的『真心』是甚麼意思？」

這是當天第一次思索到說法的問題。怎樣才算是太隱晦，甚麼叫做誤解，如何才能肯定真正的意思。我記起，他從前也這樣評論過我寫的東西。那我和他之間有甚麼誤解？他和不是蘋果之間又有甚麼誤解？我在等待著他說出來。但他真的好像沒有甚麼要和我說。吃完早餐，看看錶，就說要上課了，是韋教授的課。也許，他

是臨時打消了和我說甚麼的念頭？是那些曲詞令他改變主意嗎？我真想問他，叫他心裡有甚麼就直接說出來吧，不用擔心我承受不來。我早已準備好和他說：

「無論你真正的意願是甚麼，我也可以理解的，請你說出來吧！」

但他沒有說。我也沒有說。而且，我敢說我真的理解嗎？大家在飯堂外說了再見。我好像沒吃過早餐一樣，肚子空空的。沿著斜路往下走，來到下一個校巴站，剛好有一輛上行的校巴停下來。不知是甚麼驅使，總之事實就是我突然上了車。車上有同學和我打招呼，問我去哪裡。我想去哪裡？其實自己也不知道。口裡就自然地應說去上課。同學又問上甚麼課，口裡就說上文化研究，韋教授的，在本部大樓。那同學說她也修過他的課，還大讚了甚麼甚麼的，又問教到哪裡沒有之類。我一一虛應。校巴隨即來到本部，我就順勢下車。朝韋教授上課的地方走去。來到課室門口，同學們接續走進去，我也跟著進去了。我當時只是想著剛才錯失了機會沒有和政說的話，或者他沒有和我說的話。也許，我只是想見政一面。或者叫他出來，立即說清楚。或者，約他課後再說。又或者，只是見他一面。可以有很多說法。

課室裡已經有四五十人，看來出席率不錯。我站在後面，一時間找不到政的蹤影。突然有人在背後叫我，回頭一看，卻是韋教授。他樣子很驚喜，知道我來找政，也環顧了一下。政是這個科目的助教，雖沒有規定必須來旁聽，但他很少缺課。韋教授叫我不妨坐下等一下，有興趣也可聽聽。我反正無事，就留下來。其實我心不在焉，也不太知道課程的發展。今天講關於本地考古工作的文化含義，提到三年前回歸前後的一些考古發現。韋教授侃侃而談地說：

「藉著在這個邊沿地區的地底掘到的青銅時期器物，把這

個城市的歷史上溯到六千年前，說成是整個大中原文化不可分割的一部分，其實並不是個考古學這個學科內部的客觀結論，而是必然帶有當時政治論述的暗示性，是配合著時勢而產生的一種意識形態滲透，也因此讓我們理解到，貌似科學和客觀的研究，其實也難免成為權力中心的合謀。」

句子必然很長。好像說法越長越像事實。只要說得很長，就開始忘記不明白的地方，並且開始覺得完全明白了，甚而變成無可置疑的事實了。所以就算我不太明白他的論點，他的語氣和措辭也很有力地印在我的思緒中。但不是措辭越簡化，越接近事實嗎？我更搞不清楚和政之間懸而未決的關鍵說話是甚麼了。

直到下課，政也沒有出現。韋教授在臂下夾著書本，說政也許有別的事，問我要不要打他手提。我說不用了。我其實是不想打不通，也不想知道他去了哪裡。不想真的碰到事實。我只想把說法當做事實，躲在語言的捉迷藏中。韋教授以為我沒事，就叫我一起去吃飯。我也無所謂，就跟他去了教職員餐廳。上了他的車，聽他在說著政如何如何的，都是讚他的話。都好像不涼不熱的風掠過耳邊。他的車裡面有一種香氣劑，但卻好像某些燃燒品的味道。竟然令我想起不是蘋果的一首歌詞。也突然記起旁邊這個人在卡拉OK給不是蘋果打過一拳。他大概不知道我心裡面的這些，在飯桌上繼續著他永不衰竭的話題。教學。研究。喜歡吃生蠔。哪間扒房格調最高。跟某政黨的頭頭商議合作。之類。明明都是事實，聽來卻像很多說法。很奇怪。又詳細談到他剛在報上發表的一篇文章，批評了校方在榮譽學位事件上的失當，並且因而得罪了大學的某些高層。不過，管他呢！他把杯裡的茶一飲而盡。灌烈酒似地豪氣。突然又停下來，望著我說：

「老實說，你留給我很深刻的印象，那一晚，你那種不同於其他人的氣質。」

我有點不知所措，開始跟不上他的思路。這也算事實嗎？可以相信嗎？沒有吃甚麼就覺得很飽脹了。和早餐相反。

踏出餐廳門口，韋教授說送我，剛巧看見黑騎士從對面的教學樓走出來。我匆匆託辭告別，向黑騎士追上去。他今天也兼課，我怎麼沒早點記起？為甚麼不去聽他的課而去聽韋教授的？為甚麼不和黑騎士吃飯而和韋教授。黑騎士一直低頭走著，我不想跑過去或者高聲喊他那麼誇張，但快步又趕不上，追他後面好一會。我在他身後叫了他幾次，他才聽到，回過頭來，見是我，有點愕然。他說下午有事做，正在離去，我就陪他走路下山。問他做甚麼，他又語焉不詳。天色很好，我提議走山路，穿過山澗那邊下去。樹上有長尾的大藍鳥在呀呀啼叫。樣子很美。不知叫甚麼名字。他說可能是喜鵲一類的。過了溪澗，他問我最近有沒有寫新的東西。地點和說話我也記得很清楚。我不好意思地搖搖頭。他又提起不是蘋果，我就把她的新作給他看。他接過看了一眼，就退給我，說，他也收到了，不是蘋果和他通過電郵，把歌詞傳給他看了。這點我倒不知道。雖然只是很普通的事實，但心裡卻像哪裡捱了一記碰撞似的。我記得那天黑騎士說過不是蘋果有一張好看而且看來很真的假面。黑騎士見我沉默著，就說：

「你也很喜歡她的詞，而且感受到裡面的甚麼，對不對？你和她其實有共同的地方。我不是說你和她相似，你們基本上是截然不同的兩類人，我也不敢說你們能互相了解，但是，縱使是這樣，你們之間還是存在著共同感的。你認為是不是這樣？」

我表面上不置可否。也許我自己早就覺察到這事實，但卻找不到具體表達出來的說法。經黑騎士說出來，好像更確鑿無疑。就像給人一眼看出自己患的病。來到火車站，臨分別前，他提起出書的事。和出版社商談不太順利，那家公司好像有變卦，未必可以照原

定計畫進行：

「不過，我保證，無論怎樣，你的書也一定會出來，這是我答應過你的。」

他和我揮揮手，走進入閘口，進去之後又回頭。我記著他這句話和之前那句話。在心裡秤量著，是這件事重要，還是另一件事重要。沿路往回走，來到池畔路，就向水池方向走去。

來到池畔，沒有人，坐在長木凳上。山上有雲。樹上傳來鵯鳥的清脆鳴叫。遠處球場上有上體育課的同學的吆喝。我想起政說過的話。脫下格子恤衫。只穿著白背心。讓陽光肆意觸摸手臂和肩膊的皮膚。如果他看到了會怎樣？會取笑我嗎？還是會快樂一點？會對我改觀嗎？我也有氣質嗎？也可以是個有吸引力的女孩子嗎？我們曾經也常常坐在這裡，說著在這種情景下情人會說的話。不過我沒有只穿背心。政今天究竟去了哪裡？要不要打電話給他？還是打給不是蘋果？如果找不到他，或者找不到她，那該如何是好？我看看手提的顯示屏，然後按鍵把它關了。我也不要有人找到我。再拿出不是蘋果的歌詞，試著想像怎樣唱，彷彿就響起背景音樂。唸出來。這次唸得很清晰，草地和池面好像有回響，很好聽。這就是事實的聲音嗎？我問自己，為甚麼還會在這裡享受著不是蘋果寫的東西。真奇怪。我怎可以接受這樣的處境？在這裡細味她的心跡，而不去當面質問她。她的歌詞是說了真心話嗎？還是掩飾了真正想說的東西？是誰毫不知悉誰呢？突然想抽菸。雖然我不懂，但覺得在這種情景中應該要抽抽菸才像樣。也想看看煙圈的形態可不可以看到真相。我可以說我是在努力地嘗試體會她的感受？甚至是體諒她？這對我有甚麼意義？有甚麼益處？她又有沒有體諒我，想過我的感受？但我能怪她嗎？我有對她坦誠地講過我自己的想法嗎？我不是一直在迴避著，掩飾著嗎？在裝作不著緊，裝作若無其事，甚至暗暗地促使事情的發生嗎？我是想借她來了結我自己無法了結的

事情嗎？因為我自己沒有勇氣，拿不定主意，不願意承認自己並不真的愛政，但又不想做出抉擇，不想負上行動的責任，所以一直希望她來代我打出決定性的一擊嗎？那麼我就可以安然地扮演受害者，犧牲者，回復無拘無束的自我吧。但這難免也有點孤獨啊。我又想起中學家政課的事。想起那個怯懦的自己。弄斷了衣車針而不敢承認的自己。任由別人承擔錯誤的自己。和陰暗中那頭受傷的獸。到頭來，最卑劣的也是自己。就是這個時刻。我忽然領略到。說出事實的困難。甚至不可能。說出來的。都變成了說法。事實是說不出來的。但我們還是要去說啊！要寫。要唱。要講。除此之外。沒有辦法了。那個界線。事實與說法之間的界線。是不存在的。無論是用很冗長的句子。還是很扼要的句子。結果可以是真實。也可以是謊言。那和句子無關。和說法無關。需要的只不過是勇氣。和意願。

　　我掏出手提，開著了，拿在手中，好像在秤著它的重量，又好像隨時要把它拋擲到池水中去。然後我打了電話給不是蘋果。她在上班，電話轉駁到CD店。是奧古接電話的。她來聽的時候，我說：

　　「你可以聽聽我說真話嗎？」

　　見到不是蘋果，是她下班後。那是晚上十時了。她還未吃飯，我們就買了漢堡包和可樂。離開新城市廣場，穿過沙田大會堂外面的公園，來到後面的城門河畔。揀了張可以望到河和橋的石凳。漢堡包的氣味在清新的空氣中顯得特別人工化。11月的晚上像日間一樣熱。我跟午間在水池畔一樣，脫下恤衫。風就往腋下鑽。其實沒有風。是微汗蒸發時隱隱的涼意做成的假象吧。不是蘋果看著我的肩膀，和我的胸口。是察覺到我的舉動跟平日不同吧。不過，她首先和我說的，是Luna Sea真的要解散了。是昨天宣布的。她還買了他們明晚在會展中心的演唱會的票。她好像很落寞的樣子。我不是

Luna Sea的歌迷。記憶中從來沒有真的算是迷上了哪個歌手，有較喜歡的也只是稱得上喜歡而已。很難想像她的心情。原本想說的話於是突然又卡住了。沉默了好一會，還是她先說話，問我有沒有看。我知道她是指新歌，就點點頭。她喝了口可樂，清了清喉嚨，就望著遠遠的河的對岸，清唱了一遍。歌聲的回響好像在測試著腳下河水的深度。又好像是河水在測試著歌聲的質量。我看著在唱歌的她。她今天穿了件白色無袖連衣裙，只戴了一雙簡單的小銀耳環。樣子竟是那麼樸實無華。又好像是一種哀悼的容色。在對岸高樓的燈光背景中，她好像一張薄紙裁出來的白色剪影。彷彿會給風吹走。她唱完，回過頭來，說：

「其實是我要說真話才對，貝貝，我知道，和他一起的代價是，我會加倍討厭自己，因為我無法不看清楚自己虛假的程度。雖然，我一直在努力地延遲這個地步。」

這樣的說法沒有新意，因為是我已經知道的東西，但她說出來的直接程度還是前所未有的。不管是事實還是說法，這是真話沒錯。真話是另一回事。我知道這是件艱難的事，但我還是不得不問下去。因為既然終於也不再迴避了，就要徹底地去到事情的核心。於是我問她今天早上政是不是來找她。她很坦白地點點頭。還說政向她表白了：

「他跟我說，他對我是真的，他又說，雖然很對貝貝不起，但他知道自己在做甚麼，知道自己要做正確的選擇，不能糾纏下去。他就是這樣說的。他真是個蠢材。我和他說，沒有正確不正確的選擇，如果覺得對貝貝不起，就不要這樣做，我是沒所謂的。」

但是，我說，沒所謂又為甚麼要接受他？她說她未認識過像政這樣背景和性格的男孩子。她從前的圈子裡沒有這樣的人。但也許她只是好奇也說不定。好奇想知道這種學究型的像稀有動物或者受

保護動物的男孩子會是怎樣的一個情人。事實上，她對政的話沒有感覺，也不相信那是真的，或者那可以永遠也是真的。可是，這不是說她沒有喜歡他的地方，沒有被他吸引而躍躍欲試的反應。那是連她自己也弄不清楚的東西，所以她要去搞清楚，知道事情是她自己要的，而不是拋在她手上，無可奈何地去接受的。她知道在我面前這樣說很無恥，簡直不是人說得出來的話，但她可以說的就是這程度的話了：

「我不知道這算不算是你要求的真話。我一直沒有刻意去隱瞞甚麼，只是，當事情在發生，誰都不能完全看清楚真相吧。也許，根本就沒有所謂真相，也沒有所謂的真話可說。我們總是在各自的角度，在不同的時間，看到不同的景象，沒有人能全盤都看見。那麼，把這些零零碎碎的圖片拼湊在一起，就叫做真相嗎？」

我給她搞亂了，我以為真話很簡單，好像是，今天早上政是不是來找她，政是不是喜歡上她，你們說過甚麼，去過哪裡，做過甚麼，等等。這些可以歸為事實的東西，好像一張清單一樣，只要清楚列出來，一一確認，那就真相大白了。但結果我得到的是一個說法，關於零碎圖片的說法。我突然不知怎樣把對話延續下去，我不能，也絕無意欲責罵不是蘋果，把一切總結為她用心計搶走了我的男朋友。如果真的是這樣簡單，事情就好辦了。可是，很奇怪，我心裡完全沒有這樣想，但這不代表我心裡一點不舒暢也沒有，相反，我給一種不知是甚麼卡住了，讓我不能若無其事地對政放手，雖然我心裡是已經決定了這樣做。那，那是甚麼呢？是甚麼令我和不是蘋果之間不能就此解決問題呢？是她那種拒絕承認真誠存在的倔強，和我尋求真誠決定的妄想產生了衝突，令我不能接受這個我早就預期了的結局嗎？我知道，我是帶著強迫她說出甚麼的意圖這樣地說：

「如果你想通過行動去弄清楚的話，你不用理我，本著你的真誠，即管去做你喜歡的事吧！我這方面你不用顧慮，我不會惱恨你的，真的！」

不是蘋果沒有作聲，自己走到堤道一旁抽菸。火光一閃就熄滅了。她的臉亮了一下，就沒入黑暗中。遠遠望去，可以看見煙霧在黑夜中散開，稀滅。一身白裙的她也好像煙霧一樣，隨時會消散於無形。我嗅到薄薄的，從她的鼻息裡飄來的菸味，偷偷地盡情把它吸進體內。如果我們都像煙霧般消散，至少也會有一刻可以融成一體吧。她在石欄上弄熄菸頭，走回來，說：

「我從未遇過一個人，能像你這樣迫我，迫我去想甚麼真誠的問題。我原本可以很簡單的，但你卻弄到我很煩！弄到我連向你道歉也講不出來。你這個人真的很煩！你知不知道？你讓我靜一下，暫時不要再談這個好不好？」

她一臉困惱地搖著頭，掏出香菸想點上，夾在手指間揮動了幾下，突然就喪氣地垂手，在旁邊坐下來。我知道，今天不適合再待下去了。該是回去的時候了吧。追求事實是多餘的舉動。尋找說法也只會徒勞無功。我咬著唇沒說話，望著黑暗的空中，徒勞地搜尋她剛才噴出來的煙霧的蹤跡。她轉過頭來，伸手捏捏我的手臂。她指尖的乾燥摩擦到我肌膚的乾燥。那是真正的秋天。真是有點涼了。我問她冷不冷。她搖頭，雙手卻抱著臂。我穿上恤衫。和她貼得很近。走著。彷彿甚麼也沒有發生過。穿過公園樹影的時候，我問她：

「Luna Sea真的要解散？」

她說：

「我想這次是真的了。」

我們一起坐火車。我在大學站下車，見已經沒有校巴，就走路回宿舍。走到半路，有輛車子駛過來，停在旁邊，一看才發現是韋

教授。他從車窗伸出頭來，說：

「剛剛從辦公室出來，經過這裡，看見你在路上走，真巧！其實，今日見你好像不開心，之後一直在想著你，擔心你有事。上來，我送你！」

我呆在路旁，覺得在無人的山路上僵持很不妥當，就上了他的車。在車裡又聞到那種燃燒品味道的香氣劑。心裡想，如果現在點火，可能會爆炸吧。

四月的化石

曲：不是蘋果　　詞：貝貝／不是蘋果　　聲：貝貝

四月是最殘酷的季節
說法未免詩意得過分
記憶留給我的是舌頭上的菸灰味

荒原上唯一的菊花
掉落的殘餘的太陽
砂礫地比較適合插上十字架
布滿歪歪斜斜的朽木
最多是梅雨天熬出啞白色的菌菇

一段日子的檔案統統刪除
曾經預算的書本還原為空白記憶體
從此拒絕無相干的眼睛無關係吧
虛偽的讀者　我的同代　我的兄弟
我以痛苦來滋養一塊石頭

讓我再撫摸你的臉
緊緊地擁抱在一起
荒原上吹起歪風
邪惡的使者準備掠奪記憶
親愛的　到死也要抱住它

墓地上唯一的菊花

四月是最溫柔的季節
令人難受的諷刺
我大力吐口水把菸灰的餘臭吐掉

花生成石未免太淒涼
頑石生花也不必去說吧
讓我們掩埋那陰魂不散的四月
到博物館看無害的化石

四月的化石

回到家裡，已經是晚上十點。

其實貝貝是可以早一點回來的，但她不想面對家裡的境況。

從沒想過情況會這麼壞。

還以為，只不過是將會搬家，而且是搬往更新更大的房子。

貝貝的家原本在港島上環。雖然只是五百多尺的兩房單位，但對她和父母弟弟四人來說，生活空間算是頗充裕的了。

自從貝貝小五住到這裡，就一直沒有離開過。樓下的士多、茶餐廳、文具店，都密不可分地編進她的生活經驗裡。

所以，當貝貝知道父親打算賣了這所房子，轉買另一間大四百尺的新居的時候，她並沒有表現得特別熱衷。不過，她像這個城市裡的任何一個普通居民一樣，也沒有懷疑過細屋搬大屋等於生活質素提升的邏輯。

她只是沒有想過，一個普通的美好追求會帶來無法收拾的後果。

貝貝六點下課就離開大學。

她知道這晚學生會請了化石來作小型演出。

那是政一手安排的，不是蘋果當然也幫了忙。聽說政和一些同學想用化石的演出來介入校內最近榮譽學位的風波。化石寫過不少質疑權威的歌曲，正好把演唱會辦成對校方的舉措的一場批判。

貝貝已經兩星期沒見過政了。

她從不反對他做的事，但心理上就是沒有認同感。況且，現在他們的關係處於一種不明朗狀態，她就更加不想牽涉到他的事裡去。她也不知道，事情背後是不是有韋教授的意思。

自從那次去課室找政而旁聽了韋教授的課，之後又和他吃了飯，晚上又在路上碰見，韋教授就好像不時在她的身邊出現。也收過他的電郵，她也盡量禮貌地作了簡短的回覆。

　　其實貝貝是想去看化石的，因為不是蘋果。

　　她知道不是蘋果會去，但到時政也會在，她不想出現三人坐在一起的荒謬處境。況且，母親叫她今晚回家，說有要事和她談，所以更不會在學校逗留了。

　　剛一上火車，就接到不是蘋果的電話。

　　不是蘋果沒想過貝貝會不去看化石。她還特地帶了一件東西給貝貝。貝貝問那是甚麼，不是蘋果卻沒有說出來。於是就約了在沙田火車站月台見。

　　不消五分鐘，貝貝就來到沙田。月台的人群散去後，發現不是蘋果原來已經坐在椅子上等她。

　　她今天穿了件紫色樽領無袖上衣，紅藍格子蘇格蘭裙，黑色長靴，化妝很粉豔。

　　貝貝想，如果自己是男孩子，也會立刻喜歡上她吧。

　　不是蘋果把手上的一包東西交給她，叫她有空看看。又再問了一次，她是不是真的不去看化石。貝貝搖搖頭，她就露出很失望的神色，但也沒有說甚麼，揮揮手就走了，格子裙的襬尖一晃一晃。

　　貝貝捏著手中那包東西，卻沒有立即打開，只是用手指摸索著。無意間一抬頭，看見不是蘋果站在對面月台。對面的火車來了。不是蘋果上了車，走到貝貝這邊的車門前，雙手按著玻璃，眼睛定定看著她，好像有話要向她說。貝貝就拿手中的東西向她揚了揚，笑了笑。

　　列車載著不是蘋果遠去了。可以想像，她在玻璃前一直回望。

　　貝貝覺得非常怪誕。她是在目送不是蘋果去見政啊，但她心裡記掛的卻是不是蘋果的格子裙，和那遲疑的晃動。她小心打開那包

東西，原來是一個本子。拿出來翻開，發現是日記。她連忙闔上本子，心開始亂跳，胡亂地在月台踱著步。

望向對面月台，彷彿不是蘋果還站在剛才的位置。

貝貝沒有立即回家。她去了幾間唱片店，把可以找到的椎名林檎CD也買了。

這令她覺得接近不是蘋果。

有時看看錶，猜想化石的演唱會開始了沒有，不是蘋果有沒有和政坐在一起。草草吃了點東西，回到家裡已經是十點。

爸爸、媽媽和弟弟都在廳裡坐著。

媽媽早已告訴她搬家的事出現困難，好像是錢不夠。新單位是兩年前樓市最熾熱的時候買的樓花，後來樓價一直下跌，原本預算舊房子可以賣到的價錢也大不如前了。到今年年底新居落成入伙，他們就要付出很大的差額，如果沒法在限期前籌足金錢，爸爸就要宣布破產，物業也會被銀行沒收拍賣。就算可以勉強應付過去，將來供款和還錢給親友，將會是父母親兩人也無可能承擔的了。而且，還有小弟在念中五。爸爸原來提早退休的計畫也被迫取消了。

貝貝於是就明白，明年她畢業後，將要負起的責任。

數目對她來說很抽象。她怎樣計也計不通她要有多少的收入，和有幾多年的承擔。

爸爸整晚一直坐著沒說話。

後來媽媽私下和貝貝說，爸爸其實十分歉疚，覺得一切都是自己不好，初時還堅持要自己獨力承擔一切，不要太太和兒女憂心。女兒長大，應該讓她自由地追求自己的人生方向了吧，那也是父母一直教養他們姐弟倆的態度吧。

貝貝並沒有憤怒或抱怨。

對於要分擔家庭困難，她絕對不會遲疑。她只是不明白，完全不明白這個世界的邏輯。如果是因為嗜賭，或者花天酒地，或者生

意失敗，而變得一窮二白，那還可以理解。但現在不過是做了個普通的決定，就無法挽回了，也沒有人可以幫你了，甚至沒有人會同情你。如果這個社會還有同情心的話，那都只是留給老弱傷殘的，不是給無病呻吟有苦自招的有產階級的。

本來還是好好的，一家人快快樂樂，過簡單滿足的生活，為甚麼會突然變了樣子？為甚麼好像甚麼事也沒有做，也沒有犯過甚麼過錯，突然就欠下一筆一生也難以償還的重債？

她一時間也無法想像畢業後會是怎樣的生涯。也許，表面上並不會覺察出來吧，不會需要怎樣不擇手段去賺錢吧。分別可能就是，對於自己的將來，不可能再考慮自己想做甚麼，而是以還債為前提了。那會是個很大的分別嗎？

貝貝不知道。也不知道自己會失去甚麼。這問題對她來說太大了。百萬以上的數目對她來說真的太大了。

爸爸和媽媽回到睡房後，還可以在隔壁聽到他們的私語。媽媽好像還在飲泣，是極力壓抑的飲泣聲。貝貝回到和弟弟共住的睡房。弟弟先上床睡了，明天還要上學。他明年還要會考呢。弟弟一定要上大學啊。貝貝心想。那也將會是她的責任了。

她想起最近那些因不堪負債而跳樓自殺的新聞，雖然覺得不可能在她家裡發生，父親一直又是個溫和穩定的人，但心裡還是覺得恐怖，好像生活已經不能以常理預測。

她坐在書桌前，腦袋空空的，突然覺得一切都來到盡頭了。

夢想中的生活已經來到盡頭了。

桌上的小書架放滿了黑騎士寫的書。十二本。貝貝全都買齊了，而且放在最當眼的地方。她曾經多麼的渴望自己也可以像他這樣出自己的書，放滿讀者的書架。那些書給她幻想，也給她勇氣，給她一個圖像，覺得可以預見，人生可以這樣過，做自己喜歡做的事，簡簡單單地生活下去。

她抽出其中一本，那是黑騎士最新的書，是一本給年輕人寫的書，是一本教寫作的書，或者應該說是激勵年輕人寫作的書，也是關於一個學習寫作的女孩子的奇幻歷險故事。貝貝曾經從書中得到多麼大的快樂和盼望，而且決心要實踐這盼望，努力寫出自己的第一本作品。

　　可是，還未開始，這盼望就要來到盡頭了。

　　那將會是離她越來越遠的事了。

　　那本書所謂的奇幻寫作歷險，也許不過是自欺欺人的東西。如果黑騎士早知道這是無望的事情，為甚麼不說出來？為甚麼還為她和其他人製造這種幻象，把一個不存在的世界描寫得那樣值得追求？他能回答這問題嗎？他自己不也正在陷入這樣的困擾中嗎？

　　她很清楚知道，就算黑騎士給她安排出她的第一本書，那也幾乎可以肯定是會虧本的了。投稿也不是辦法。有幾篇投到文學雜誌上的東西還一直壓著未有刊出，開辦的刊物很快又結束，可以投的地方也寥寥可數。有些喜歡寫東西的同學已經打算畢業後念研究院，那就可以掛名念書，延長學生的生涯，或者將來在學院裡謀教職，在空隙裡盡量維持著寫下去。但現在貝貝要繼續念書也是不可能的事了。

　　把剛買的CD倒出來，放進CD機裡，插上耳筒，然後打開電腦，一邊整理稿件一邊聽椎名的歌聲。

　　那是在不是蘋果家裡反覆聽過的歌聲。

　　現在聽著，彷彿就去到她的家，躺在她的沙發床上，和她吃著雪糕，拉扯著無聊話題。還有那次在她家裡通宵聽椎名，不是蘋果把每一首歌的感想都說過，好像裡面唱的就是她的心底話一樣。

　　現在聽著，彷彿就聽到不是蘋果的傾訴，她的快樂與憂愁。

　　她的夢想，不也和自己一樣，越來越渺茫嗎？想做一個像椎名一樣的歌手。這個城市容許嗎？在這個城市，還可以成就甚麼嗎？

除了供樓還債，購買永遠買不完和丟不完的東西，這個城市的人還有餘裕做甚麼？有自己喜歡的事嗎？外面的夜是怎麼樣的呢？午夜的城市是怎麼個樣子的呢？房間的窗子很小，外面是另外的房子，因為夜深，黑漆漆一片。

雖然是那麼小的房子，但她在這裡成長得那麼快樂，那麼的無憂無慮，可以挑剔的事，實在想不起來。

可是她想起少年時代開始的自己，為甚麼總是罩在一種失落，一種欠缺，一種不知是對誰和對甚麼的歉疚感，一種青鬱的顏色裡呢？為甚麼總是有那麼的一個聲音，一個目光，在譴責她，在催迫她為自己那所謂的幸福生活而羞愧？而現在，家裡突然落入這樣的窘境，又算不算是對她沒資格擁有的幸福的加倍償還？

當自己來到這個地步，這個時代即將結束了，無論願意不願意，也將要過完全不同的人生了，感到的又是甚麼？在這個界線，會想到自己做過甚麼，在做甚麼，將來打算做甚麼吧。自己在做甚麼呢？

CD上播著一首不是蘋果很喜歡的歌。貝貝去翻歌詞。

那是〈依存症〉，裡面有這樣的譯文：不管在年少的臉上堆積多少看似圓形雲團的笑容都不會改變／每每嘗到孤獨的滋味／我總是企盼你的回應／在你的眼眸眨眼示意時我初次聆聽生命之音／如果連天鵝絨的大海都只對沒辦法的事情沉默的話／我該怎麼辦。

這就是青鬱的顏色的歌詞嗎？

她把打算出書的稿件檔案作了最後的整理，一切都已經齊備了吧。本來還打算多寫一兩篇，但現在決定不寫了。就這樣作定稿了。她把檔案附在電郵裡，傳給黑騎士，順便寫了幾句話給黑騎士，告訴了他家裡發生的事。

傳了出去，才後悔起來。為甚麼告訴他這些事呢？為甚麼要和別人說呢？是想得到別人的同情嗎？這真的值得那麼悲慘嗎？與習

慣更悲慘事情的地方相比，在這個城市裡才會發生的這種事不是很可笑嗎？為這個就喊苦，不令人慚愧嗎？

總之，書的事已經告一段落了。

不要再去想它了。所有事情都應該告一段落了。明天起來，要開始找畢業後的工作了吧。政府工或者大商業機構之類的，許多同學早已經面試了。貝貝之前還是優哉悠哉的，現在才起步，會不會已經太遲？

已經是半夜三時半了。

買到的CD也全部聽過一遍了。上格床的弟弟睡得很熟。化石的演唱會該已結束多時。不知不是蘋果有沒有和政一起？那會是他們也共同享受的一場演出吧。

記起那次在卡拉OK中兩人第一次提到化石時的興奮神情。那是不久前的事情吧。現在卻一切也不同了。有些事實現了，有些事破滅了。

這事情也應該告一段落了吧。

桌子上放著那本貝貝整晚也不敢碰的日記。

她好像想忘記它，裝作不知道它就在那裡，不知道有這件東西。但它明明是在那裡。

日記是那種中學生喜歡買的封面有粉彩色風景圖畫的本子，裡面的紙頁有四種顏色，頁面上有淡淡的風景圖像襯底，頁下方有不同的關於人生的金句。本子的硬皮封面已經彎曲，角位破損，紙頁的邊沿也有點發黃。那是很多年前買下的本子了。

終究還是要看的。

開始的年份是1994年。不是蘋果該是十四歲吧。結束的年份是1998年。不是蘋果十八歲。期間記錄沒有定期，疏密不一。可以看見前後字跡的轉變。貝貝從第一篇開始看。1994年4月10日。

看完日記，是早上五時半。

1998年4月13日之後就沒有了。後面有一段同年6月15日的補記，但那是另一回事了。

貝貝原以為，會直接讀到關於最近的事的日記。那會是不是蘋果說出她的真話的方法吧。

但沒有。

不過，讀完不是蘋果從前的日記，貝貝卻好像明白了甚麼。她知道，那天讀到不是蘋果的〈測謊機〉，自己是徹底地誤解了她的意思。不知悉真心的，不是指政。

她知道，不是蘋果一直在寫的，是誰。她一直沒法拋開的，是甚麼的一段過去，而這又是她一直拒絕去承認的，甚至在日記裡，也從來也沒有承認過，好像一旦承認，就是要求同情，而一要求同情，就會失去殘破的自己僅餘的一切。她知道，政也不能進入這個生命的破口裡去。

那個位置，早已經就給一個人占住了，而且可能會永遠占據下去。

不知怎的。日記令她想起椎名的〈石膏〉。她看著歌詞，在CD上選播了這一首。

> 你總是馬上想照相
> 但不論何時我就討厭那一點
> 因為一旦照了相　那我就變老了不是嗎
>
> 你總是馬上說出絕對的甚麼的
> 但不論何時我就是討厭那一點
> 因為一旦感情冷卻了　那些不就都變成了謊言嗎
>
> don't you think? I wanna be with you

就在這裡待著

永遠地

明天的事誰也不知道

所以請緊緊地擁抱我吧darling

四月又來臨了

這讓我回憶起同一天的事

貝貝一邊聽，一邊重看第一篇日記，一邊哭。

她終於聽到了真話。蘋果的真話。不是蘋果的真話。自己的真話。

縱使那可能只是真話的斷片，零碎的圖片，可能無法組成真實的全象，但是，碎片本身，不就是我們必須看到的真相，我們唯一擁有的真相嗎？

那樣的四月。

那叫人嘶喊出來的四月。

床上的弟弟被她的哭聲吵醒了，以為她是為了家裡的事，迷迷糊糊地問了一聲姐姐怎麼了，她就立即止住，說沒事，叫他繼續睡。然後她從抽屜拿出自己寫過的習作本子，找到裡面的一首詩。那是從前的一首沒有完成的詩，關於菊花和石，和荒原。那時候怎樣也沒法把那種感覺寫出來，很做作，後來就放棄了。現在她終於來到那境地了。終於可以寫出來了。

她寫得很快，不消一會就把詩改完，或者其實是重新再寫一次，然後給它一個題目，叫做〈四月的化石〉。把詩抄在一張信紙上，收在信封裡。

打開衣櫃，揀了條牛仔裙，換了件碎花無袖恤衫。在鏡子前照照，擦了擦臉頰和眼角。

她不想再等了。

家人還未起床。她帶了日記本和信，悄悄開門出去。

街上很靜，車子經過的聲音特別響亮。天那種藍是寂寥的藍。空氣裡漾著乾冰的燥冷。她的衣衫是過於單薄了。地鐵站剛開閘，她坐上了第一班列車。車上的人都若有所思地沉默著，只有門閘開關的聲音粗暴地打斷搖擺的短夢。到九龍塘轉火車，一直回到大學，才七點。

她想過要不要先打電話給政。但發現自己忘了帶手提。那就不必了。她想。

她只是不想再等。不想再多拖延一時半刻。

穿過大學校園，來到後山的小村。政租住的房子在村口不遠。單位在地面，門閘也關上，窗子敞開小小的縫隙，但裡面一片黑暗。那是個缺乏陽光的房子。

她遲疑著要不要按門鈴，聽到裡面有人走動的聲音，就輕輕在鐵閘上敲了幾下。過了一會，門就被小心翼翼地打開了。在黑暗裡露出政的看來很疲倦的臉，和他赤裸著的上半身。他似乎來不及感到驚訝，眼神茫茫然的。

貝貝說：她在裡面嗎？

政回頭看了一下，好像自己也不敢確定似的，然後才點點頭。

貝貝再說：能進來一下嗎？不用怕，我不會吵，只是想放下一件東西給她。

政像中了咒一樣，照她的話開了門給她，自己讓開在一旁。

裡面沒開燈，充溢著人在裡面睡了一整晚的氣息。適應了裡面的光線，就可以看到，不是蘋果在床上熟睡著。她側著身，臉朝裡面，被子蓋了她半身，露出了差不多整個背部。凸出的肩胛骨和脊骨的弧度都隱約可見。四周雖然很暗，卻好像有一種螢光，像第一次在卡拉OK裡的那種肌膚的螢光。床下立著那雙黑色長筒靴，靴

柄向側旁塌垂，椅背上披掛著紅藍格子蘇格蘭裙，襬尖剛剛觸到地板。

貝貝站在那裡凝視著，像窺看到曾經睡在相同的位置的自己。

她早該已在心象裡目睹過這樣的場面。

這時她居然很平靜，甚至在享受著那裸背上肌膚的光芒。

好像，那就是她一直想看到的東西。

她把日記本子和信掏出，輕輕放在鋪了紅藍格子蘇格蘭裙的椅子上。她幾乎可以聽見不是蘋果的呼吸聲，隨著背上微妙地變化著的光影起伏。

她跪在椅子旁邊很久。離床很近。一伸手就可以觸摸到那背的距離。

然後她起來，向門口走去，經過政的時候，向他很快地望了一眼，低聲說了句：我們的事，就這樣，算是了結了吧。政還未從懵懂裡清醒過來，只曉得點頭應她。她疲弱地笑了一下，就踏出門外去。

外面很光。光得刺眼。淚腺周圍緊束了一下。

貝貝從村口一直走出去，有村裡人家的狗隻在吠叫。吠了幾下，就轉變成嗚嗚的哀鳴。

假面的青春

作曲：劉穎途　　作詞：許少榮

拍照吃喝低聲笑　尖聲驚呼加小叫
點起火但沒有菸　偷偷冷掉

說了最怕議論文　也怕愛上了別人
穿梭擠逼鬧市中　想隱了身

仲夏的蟬鳴　茫然的年齡
如何喚～醒　故事誰願聽

請起身　聽一聽　即使聲音太弱
深呼吸　走一圈　哪怕在廢墟
你愛這叫聲　確信有這叫聲
呀～～～～～～～～～
呀～～～～～～～～～
藍天中　蟬聲中
聽見　就不痛

還有是你吧　無數劇痛下
跌倒幾多次　你都撐起了　迎面搏擊從無害怕它

請起身　高聲講　必須掀起哄動

你懶理　暗笑你　理智盡喪失
你以這叫聲　以這憤慨叫聲
呀～～～～～～～～
呀～～～～～～～～
人海中　人生中
一切　漸失控

還有是你吧　從也未答話
世間都瘋了　世間扭曲了　仍未作聲沉默面對　它

這晚冷雨正撇下　你也偶爾正過路
現在就踏入廢墟　跟她腳步

我已設計了劇情　配襯數百個面型
並為面具畫眼睛　加點眼影
望望假～面吧　十萬假～面下　來吧　快將開始這學期

Bad Days　衰日子

曲：不是蘋果　　詞／聲：黑騎士／不是蘋果

Bad days are bad and there's nothing
worse than that
Bad weather, bad luck, bad blood
and bad breath
Not so very bad but quite bad
and quite bad is bad enough
Damn it! My bad days!

沒有更好的卻總有更衰的
父親常常說
這個城市的整體走向
大街都向海底傾斜
連日下雨
照例是謀殺、縱火、欺詐、強姦、逮捕
沒有更新奇的新聞
早餐的麵包有隔夜報紙的味道
我始終等不到那更可怕的獸
比悶熱還要衰的平靜日子

Bad days aren't so bad and things could always be
worse than that

Bad clouds, bad winds, bad nights
and bad songs
So very bad but not quite bad
and not quite bad is bad still
Welcome, dear! My bad days!

Bad Days 衰日子

From: Blackrider

To: buibui

Date: 31/12/2000

Subject: 文字

貝貝

這個時間，你正在聽音樂會嗎？正在沉醉於你喜歡的音樂嗎？

你曾經有甚麼想和我說，但我卻沒有問下去。我也沒有把自己的事告訴你。你會覺得我是個很不近人情的人吧。請原諒。

忙是暫時告一段落了，自己的困難也告一段落了，好像一切也趕在一年的終結時終結了。日子好像過得很壞。無論是自己的事，還是周圍的事。打開報紙就憤怒。甚麼都不想知道。甚至對文學也產生懷疑了。也許不該在這時候和你說這些吧。我沒能幫你，反而總是帶給你負面的東西，真是罪過。我自己不堪的樣子，大概也已經顯露無遺了。

知道你和不是蘋果一起享受作曲的快樂，很令人安慰，也反過來帶給我一些鼓舞。把你們一起寫的歌給我看吧。說不定會帶給我力量。你們不是說過要組樂隊的嗎？對於你們，我是羨慕也來不及。你們的這個年紀，在青春的末期作最後的奮戰，姿態是多麼的動人。這將會是你們共同懷念的東西，無論你們將要經歷怎樣的轉變，這也是你們要珍惜的最後機會啊！就算我不能再說前面的路途會如何如何美麗康莊，至少，我可以肯定你們現在的時刻是不容錯過的。就算是最後，也不要放棄啊！

下學期會來旁聽嗎？見見面吧。買了甚麼東西給我？到時記住帶啊。

黑老師

----Original Message----

From: buibui

To: Blackrider

Date: 26/12/2000

Subject: 音樂

黑老師

聖誕節過去了。今年本來以為會獨自一個人過，但後來還是和不是蘋果一起。她常常說起你。最近又作了新歌。我也和她合作寫了。好像有新的東西在形成。我也不知那是甚麼，但和以往自己寫作有點不同。一段時間沒有寫，現在改變了方向，嘗試寫詞，感覺很新，好像變了另一個人一樣。有時寫得很快，尤其是在長途車上。因為我常常去不是蘋果在元朗的家，要坐較長途的車。你的理論果然沒錯。還是你太太的理論？

前些時見了幾份工作，但因為都是商業性的，我們念中文系的較不利，機會很微。也報了政府部門，陸續面試。看來還是去中學教書的成數最大。不過，還是想找薪水多點的。沒法子。無論是怎樣的工作，相信很快就可以接受吧。要不就跟不是蘋果去賣CD啦！：）過兩天還會去看一個元旦concert。音樂真好，可以令人沉醉，激奮。文字可以嗎？

我和不是蘋果買了一件東西給你，該會很適合你的。

貝貝

----Original Message----

From: buibui

To: Blackrider

Date: 18/12/2000

Subject: 靜

黑老師

最近心情比較靜，學期又結束了，可以看點書。讀到幾篇關於高行
健的文章。他說，文學和政治應該是沒有關係的，而且文學永遠高
於政治。別人總是用政治去看他，卻沒有真正了解他的文學。試過
看他的《靈山》，但不容易看下去。聽說明年年初他會來大學演講。
老師你怎樣了？

貝貝

----Original Message----

From: buibui

To: Blackrider

Date: 7/12/2000

Subject: 畢業

黑老師

今天是政的本科畢業禮，但我沒有去。那學位事件結果也好像沒有
牽起甚麼，雷聲大雨點小。

在校內竟然碰見不是蘋果。後來我們一起做了很離譜的事。但很暢
快。也不知自己為甚麼會這樣。簡直是不顧後果呢！

老師你知道我和政分開了吧。但你沒有問。你一向都不問。

如果還未想回覆，也沒緊要。晚上想找人說幾句話罷了。

希望你快點沒事。

貝貝

----Original Message----

From: Blackrider

To: buibui

Date: 24/11/2000

Subject:

貝貝

很對不起，我不知道自己對你造成這麼大的影響。有些東西我自己也在思索，還未搞清楚。可以讓大家靜一下嗎？我需要空間去處理事情。對不起，我暫時不能說。

黑老師

----Original Message----

From: buibui

To: Blackrider

Date: 23/11/2000

Subject: Re:亂

黑老師

老師說的混亂是甚麼事？可以說出來的嗎？

我不是誇張地把寫作的前景看成是灰色的。事實上是這樣啊！是你這樣告訴我的嘛。如果情況必然是這樣，為甚麼你不早點告訴我？為甚麼還鼓勵我做下去？我夢想的不是有空便寫一下那種生活啊。是像你一樣，全心全意地去做，而且只要能做到你的程度的一半，甚至更少，我已經心滿意足了。為甚麼原來連這個都不可以？對不起，我不是想怪責誰，或者把責任推到別人身上，但你給我的是那麼大的夢想。如果你現在告訴我這不過是幻象，我受得了嗎？

貝貝

----Original Message----

From: Blackrider

To: buibui

Date: 23/11/2000

Subject: 亂

貝貝

對不起，我自己的事最近有點混亂，精神疲累，一時間沒有心情回覆。

你家裡的事，我了解不多，不敢給意見。看來的確是很大的困難，希望你能勇敢面對。對於前途，也許不用想得太極端。出來工作，反正也是大部分人會面對的轉變。如果不能全心投入寫作中，也不必完全放棄。事情不是非此即彼，互不相容的。而且，就算沒有發生事故，也幾乎是不可能把寫作當成是你的事業吧。放開一些，盡量爭取空間繼續寫。當然我知道於你會是十分困難，但，也只能這樣期望啊。書的事不要說得太灰。拖延著沒結論，是我不好。待我處理好自己的事，會盡快給你安排，請你再耐心等一下。

學校的事，那個韋教授也寫了文章。（竟然不小心還是看了報紙！）聽說化石演出的事，是他的主意。但也有人說，是他出面制止化石當晚唱出諷刺校方的歌曲的，因為演出實在聚集了很多人，不能小看化石的影響力。究竟他是站在哪一面的？這個人，我看不透。他還有沒有找你？

早前我和你說過好多東西，都是胡說的，你不要受影響。

黑老師

----Original Message----

From: buibui

To: Blackrider

Date: 21/11/2000

Subject:

黑老師

事情終於解決了。不知是做對了還是錯了，總之是解決了。奇怪的是結束得那麼容易。

老師你最近怎麼了？沒事吧？

貝貝

----Original Message----

From: buibui

To: Blackrider

Date: 20/11/2000

Subject: 最後定稿

黑老師

家裡發生了點事。看來好像沒甚麼，也沒死人塌樓，但又好像很重大。爸爸在樓市最高的時候買了樓花，現在要上樓了，跌幅很大，差額也很大，幾乎填補不了。或許可以暫時借錢回來應付了，但將會很困難。（可能你最憎聽到這種事，很對不起啊，居然冒昧向你提起，但這的確是在發生著的事啊。）我畢業後，也不能再奢想甚麼自由自在的生活，要努力賺錢還債了。看來真好像沒事啊，還要搬到大屋了，別人也會恭賀吧。但，有些東西不同了。有些事也不能做了。

出書的稿件已整理好。附上給你。就用這些吧。不會再寫新的了。

想不到夢想會提前結局。這會是我第一本書，也會是最後一本吧。

而且，還有另外的事要解決。已經三點半了，看來今晚不會睡。

貝貝

----Original Message----

From: buibui

To: Blackrider

Date: 18/11/2000

Subject: 怪論

老師真多怪論。為甚麼那樣勞氣？最近你有點怪。

----Original Message----

From: Blackrider

To: buibui

Date: 17/11/2000

Subject: 新聞

貝貝

學校的事我也知道。不過最近很少看新聞，特別是看報紙。我有另一個理論，就是高中之前不要讓孩子看報紙，因為不要給他們接觸到報紙裡的各種混帳東西，免至學壞，至於高中至大學時期，卻反而要多看報紙，好讓年輕人知道這個世界的醜惡，不要太天真，學懂將來好好保護自己，到了三十歲以後，我認為就不用再看報紙了，因為醜惡的事大體上也見過了，不用再讓自己的精神繼續長期受罪。報紙上值得看的東西實在太少，何必浪費時間？我不是指某些報紙，而是指所有報紙。一看新聞，看到那些人怎樣做新聞，那些慣用的手法，那些千篇一律的觀念，一提到這個城市的經濟如何如何，樓市幾時復甦，政府甚麼大計，官員犯甚麼錯，政黨又乜又物，申辦甚麼亞運，乜鬼一定得一定得，就令人發火。

都不知為何說了這些。對不起。我在發謬論而已，不用理我。

黑老師

----Original Message----

From: buibui

To: Blackrider

Date: 14/11/2000

Subject: 悶

黑老師

這幾天心很煩。有些事情決定不了。我一向不是個會做決定的人，都是等事情發生在自己身上。自小父母就給我安排一切，我也欣然接受，從沒出過問題。但我最近在想，自己該怎樣決定自己的事，自己的將來應該怎樣走？

學校裡也很煩，在爭論頒榮譽學位的事，你在新聞裡也會看到吧。政在安排一個化石的演唱會，聽說在會上會有諷刺這件事的演出或甚麼的，到時會請傳媒來採訪，聽來好像會演變成一場抗議行動。他最近對音樂很有興趣，但都是為了用在某些方面。我覺得有點不妥，但又說不出來。

這些你也知道吧。沒有新鮮東西。很悶。

貝貝

----Original Message----

From: Blackrider

To: buibui

Date: 12/11/2000

Subject: 沒甚麼

貝貝

阿辛擔心的甚麼，其實沒甚麼。總之別理這個圈子裡的言言語語。聽我一個意見。如果想快快樂樂而且心理健全地寫下去，就不要去涉足任何群體。不要理任何人，只做自己的事。我現在其實也不參

加任何活動了，不要靠任何人，任何關係，獨力做自己想做的事，直至無法做下去為止。你提到申請資助，我建議你不必了。那機構對申請人很沒禮貌，好像人家是去乞錢一樣，結果會弄到很沒尊嚴。別理它。如果沒有人出資，就由我出錢吧。這個數目我也拿得出來的。總之，像我今天說過的，別擔心。書是一定會出的。

那個姓韋的我不認識，有時看到他的文章，觀點不錯。人就不知了。

黑老師

----Original Message----

From: buibui

To: Blackrider

Date: 10/11/2000

Subject: 甚麼甚麼

黑老師

今天遇見你，真巧。你說到出書的阻滯，真的不會太麻煩你嗎？如果真的找不到出資的人，可不可以申請官方的資助？聽說有這樣的途徑。另外，甚麼時候要最後定稿？現在已有三十篇，其中二十五篇沒有發表過，全都是為了出這書而寫的。還想再加兩三篇，因為不想書太單薄。你會給我寫個序言嗎？剛才和阿辛通過電郵，想請他也寫一篇感想放在書裡，但他卻說和你寫的序放在一起不太好，別人會說甚麼甚麼。我也不太明白他的意思，那甚麼甚麼是甚麼？你認識韋教授嗎？教文化科的。是政的老師。那次在卡拉OK給不是蘋果打了一拳的，就是他。今天碰見你之前，很沒預料地和他吃了飯，晚上回來又碰見他。好像有點怪怪的。

很累，好像發生很多事，又好像甚麼也沒有發生過。

貝貝

----Original Message----

From: buibui

To: Blackrider

Date: 30/10/2000

Subject:

黑老師

有啊！我常常在火車上寫詩，好像寫得比平時快和準。可惜車程太短，所以沒有因此寫出過好作品。或者找天要坐長途車試試。

貝貝

----Original Message----

From: Blackrider

To: buibui

Date: 30/10/2000

Subject: Re:秋泳

貝貝

你一個人去游水嗎？不是在大學泳池吧？我以前也曾經常常一個人去游泳，而且連冬天也風雨不改。不過現在沒去了。力氣也大不如前。唉！我不過三十三歲吧。以前寫的很多小說，都是一邊游水一邊構思出來的。我太太有個理論，就是人在高速運動的交通工具上，思路特別靈快。我也有個理論，就是人在水中浮游，特別有利於創作性思維。你有沒有這樣的經驗？

黑老師

----Original Message----

From: buibui

To: Blackrider

Date: 29/10/2000

Subject: 秋泳

黑老師

今天去了游水。最近也很熱，像夏天一樣，但其實泳池水已經很冷。不過我以前也有游冬泳，只是進了大學就減少了。

游完水出來，本來該會是舒暢地疲倦，可以大睡一覺吧。但今天卻睡不著，頭很痛。雙臂也很痛。

貝貝

----Original Message----

From: Blackrider

To: buibui

Date: 20/10/2000

Subject: Re:高行健

貝貝

噢，還未看過呢。相信會給搶購一空吧。我近來在看前年的諾獎得主Saramago的書，差不多他的全部著作都看完了。很喜歡。他的文風非常奇特，奇特在他竟然由始至終也用著平鋪直敘的手法，沒有甚麼時空交錯之類的炫技東西，所有故事也是絕對地順時序的，而且鉅細無遺，例如寫一個人早上起床，梳洗，然後上班，然後下班，直寫下去，好像沒有剪裁的樣子，幾乎是犯了許多初哥也會犯的毛病。但他竟然用這種笨拙的方法寫出了非常好看的小說，而且當中有一種優美。他的想像也非常奇幻，有一個小說寫整個西班牙和葡萄牙半島脫離了歐洲大陸，在大西洋上向美洲漂過去！還有一個，叫做 *The Year of the Death of Ricardo Reis*。你記得嗎？Ricardo Reis是Pessoa的其中一個假面詩人啊。他的小說方法看似樸直，其實文字非常靈巧，把處境描繪得非常獨特。不過，他最感染我的，

是他那種在嘲諷的筆鋒底下對人的同情，和對生命的熱情。他的書好像大部分沒有中譯本。奇怪為甚麼中文世界對他好像一點興趣也沒有。是因為他是葡萄牙人，是所謂小語種的作家嗎？去年就有人在報章上說過，出於平均分配和政治正確，諾獎近年太多頒給小語種的作家，致使常常出現名不符實的結果，還說世界上有分量的作家都在大語種的國家，所以去年德國作家格拉斯得獎可說是回歸正道。格拉斯當然是非常實至名歸的得獎者，但這是甚麼垃圾言論？將來有空也會細心看看高行健。不過想到人們一直對他毫無興趣，多年來賣書寥寥幾本，現在又忽然跟紅頂白起來，也不能不對寫作這種行業感到悲哀。

黑老師

----Original Message----
From: buibui
To: Blackrider
Date: 20/10/2000
Subject: 高行健
黑老師
高行健得了諾貝爾文學獎呢！老師你看過他的書沒有？
貝貝

----Original Message----
From: Blackrider
To: buibui
Date: 13/10/2000
Subject: Re: 技術
貝貝

歌詞的確很好，我在想著這樣的歌詞應該以一種怎樣的旋律和編曲表現，又想著不是蘋果翻白眼的樣子。「技術」這個詞用得很好。好像不帶感情，但其實當中說的是絕不輕鬆的事情。我猜想是這樣。

真想聽聽那尺八狗的表演呢。

黑老師

----Original Message----

From: buibui

To: Blackrider

Date: 12/10/2000

Subject: 技術

黑老師

上次和你提過會和不是蘋果夾歌，今天去了她的師傅阿灰的 Band 房。還有她的朋友智美，一個長髮的女孩子，是負責打鼓的呢。還有奧古，也是她的老友。是個有趣的人，吹一種叫尺八的日本樂器，非常專心一意地去學，每天練三小時，很令人佩服！

今天的歌叫做〈技術〉，是不是蘋果作的，原本只有曲詞和簡譜，大家圍在一起討論，給意見，試試不同的編曲和效果，後來整首歌就成形了。是個很神奇的過程。可惜沒有錄音版給你聽。將來有機會再夾歌，請你一起來好嗎？你也可以一起作詞，該會很好玩。

夾完歌才知道肚餓，一起去了吃東西，弄到很晚才回來，但那歌聲還在耳朵裡響著。今晚會不捨得睡。

貝貝

附上〈技術〉的歌詞。

那個奧古說他在家裡吹尺八，他的狗會和應，嗚嗚地叫，好好笑。

----Original Message----

From: buibui

To: Blackrider

Date: 8/10/2000

Subject: 努力啊

黑老師

如果忙的話，不用急於回覆。那事也不過是胡思亂想，隨便問問，想不到會打擾你。

你是很認真和重視才會感到緊張吧！希望你的新工作順利啦！我也很想來參加你的寫作班啊！幾時會在大學開班呢？好像好一段時間沒有讀到你的新作了，其實是十分期待。也許，教學會給你新的刺激和靈感。

貝貝

下星期會和不是蘋果的音樂朋友一起夾歌。是第一次呢！很緊張！她叫我一起彈結他，我很久沒彈了，怕生疏，這幾天都在練。

----Original Message----

From: Blackrider

To: buibui

Date: 7/10/2000

Subject: Re: 習慣

貝貝

因為剛開學，忙於準備新課程的東西，而且也開始了教寫作班的新工作，所以遲了回覆。

你的問題一點也不無聊，我們總會遇到這種困惑吧，不知道究竟問題是發生在當下的個別情況中，還是普遍地發生。如果是後者，就沒有甚麼選擇可言，反正無論怎樣，無論是誰，結果也會一樣。但

如果是前者呢，那就會令人想到，會不會有其他的，更好的選擇。如果接受了後者的情況，從正面的角度看，也許會令人安然，因為不會再去懷疑甚麼。至於前者，在還未有可以比較的另外選擇出現之前，是很難清楚判斷的，也很難有理由去作出改變的。除非真是非常強烈地感到懷疑吧。

是不是越說越亂呢？老實說，這種問題，我也沒有答案啊。我也許可以就這種處境寫一個小說，但在現實生活中，卻也會束手無策吧。

近來嘗試到中學辦寫作班，希望可以當作工作去做，一方面是為了維持生活，另一方面也是自己覺得有意思的事情。不過，當然，自己的寫作就要暫時放下了。天天構想著寫作班的內容和教法，有時也睡不好，有點緊張呢。

黑老師

----Original Message----

From: buibui

To: Blackrider

Date: 29/9/2000

Subject: 習慣

黑老師

昨晚和政和不是蘋果三人去卡拉 OK，他們提起有隊叫化石的樂隊，你有沒有聽過？好像是很有意思的東西。上次在你家聽的 Glenn Gould，我也去買了他的 CD，不過沒有那張，買了另外的一張叫做 Images 的精選，裡面也有那變奏曲的頭幾節。

有個問題想冒昧問你，希望你不要介意。究竟習慣和一個人一起，是好事還是壞事？一方面是很安穩，沒有擔憂，但另一方面，又好像沒有前進的可能了，只能停在原地了。這又會令人想到，究竟是

因為習慣了，無論對象是誰結果都會是這樣，還是，會有另外的人
不是這樣的？

聽來好像是老生常談啊！老師你如果覺得無聊，可以不答這個問
題。沒緊要的。

貝貝

----Original Message----

From: Blackrider

To: buibui

Date: 24/9/2000

Subject: 這不是煙斗

貝貝

是我該感謝你們來陪我才是呢！和你們談天，很舒服。我不知道你
們友儕間的圈子是怎麼樣相處的，不過如果常常說別人的甚麼甚
麼，就太沒意思了。有時我很怕文學圈裡的人一聚在一起就講是講
非，那太無聊了。其實大家的存在也微不足道，何必自我膨脹到可
笑的程度？但你的情形不同，你是那種不會高估自己，常常省察自
己的人，是不是？有時甚至是對自己太嚴苛了。你雖年輕，經驗尚
淺，但我覺得你已經寫得不錯，是可以拿出來見人的了。當然，不
用把出書看得太重。只是發表的一種方式吧，尤其是較長的東西現
在也很難有機會刊登吧。

不是蘋果寫得的確很好，歌也很好，她不是念文學出來的，也不是
這個圈子裡出來的，但有一種屬於自己的東西，令人驚喜。叫她有
空多寫。除你之外，我很少見到這樣的感悟和能力的年輕人。我不
想說是才華，這是個令人生厭的詞。那該是一種感悟吧，是從生活
裡累積得來的，也是從作品（無論是文字還是其他）的體味中培養
出來的。不過她這個人有點浮躁，如果將來再沉潛一點會更好。

看到你們，我就覺得欠了你們一點甚麼。我想我必須給你們做一些事。

政今天沒有甚麼吧？我見他好像有點不暢快。

黑老師

我想，不是蘋果吸煙斗，一定會很迷人吧！那會是 Margritte 的名作大結合了：這不是蘋果！這不是煙斗！

----Original Message----

From: buibui

To: Blackrider

Date: 23/9/2000

Subject: 真面告白

黑老師

今天晚上的聚會很開心，謝謝你請我們來你家。可惜見不到你太太。

不是蘋果在路上還哼著和你一起寫的歌詞，說將來要公開演唱。你說我們可以組樂隊，她真是認真考慮呢！說遲些約些舊朋友出來一起夾下。我覺得她寫的東西很好，你說是不是？我寫過的詩都不像樣，遠遠不及她的歌詞，教人很慚愧呢！

老師說出書的事真的可行嗎？其實像我這樣還未畢業，出書會不會太早？我覺得自己寫的東西還未很成熟，但要寫到怎樣的程度才算是好，又不知道。有時看同學間寫的東西，覺得好的又說不出所以然，不喜歡的，別人卻又大加讚賞。於是就會懷疑，是不是自己有問題。最近和一個叫阿辛的男孩常常通電郵，他也是寫詩的，在書店打工那個呢。他說我寫得好，故事令他感動，手法也新穎。我很少看到他的詩，只看過兩三首，印象也不錯。你知道他嗎？

很累了，但還未想睡，還在回味幾個人一起坐在廳裡談天，唱歌，

甚至是間中的沉默，都好像是難得的時刻。很久沒有這種感覺了，平時和寫作的朋友聚會都總是爭論這爭論那，或者說誰誰最近如何如何，其實沒有真正的談話。

貝貝

回到家，空氣中好像還有煙斗的氣味。不是蘋果說也想買一枝，不過女孩子吸煙斗好像不像樣。

----Original Message----

From: Blackrider

To: buibui

Date: 30/8/2000

Subject: 假面詩人

貝貝

最近沒寫甚麼，看了點書。有一個葡萄牙詩人，很有趣，叫做 Fernando Pessoa，發明很多人物來寫詩，給他們出詩集，每個都有不同的背景、個性和文風。有空不妨看看，不過很不容易買到他的書。

下星期會外出，開學前才回來。到時來我家坐坐吧。也叫你的朋友一起來，特別是那個蘋果小姐，聽聽她的歌是不是真的屬害。

黑老師

----Original Message----

From: buibui

To: Blackrider

Date: 30/8/2000

Subject: 正餐

黑老師

想不到牛油很快就溶了，完全滲進麵包裡去了。

她叫做不是蘋果。喜歡聽椎名林檎，「林檎」在日語裡就是蘋果的意思。但她偏偏要叫「不是」，很古怪。

她自己懂作歌和寫詞。詞寫得非常好，比詩還優美，有空給你看看。令我很自慚呢。

也再努力了，再給你三篇新作。整個人好像很有力量似的。暑假已經差不多要完了啊！老師你最近在做甚麼？有沒有寫東西？

貝貝

----Original Message----
From: Blackrider
To: buibui
Date: 27/8/2000
Subject: Re: 果醬

當然可以，我給你安排一下。正在籌備一個出版計畫，相信可以包括進去。你只管努力寫就是。

----Original Message----
From: buibui
To: Blackrider
Date: 26/8/2000
Subject: Re: 果醬

真的可以出版嗎？夠水準嗎？

貝貝

----Original Message----
From: Blackrider

To: buibui

Date: 26/8/2000

Subject: 果醬

貝貝

我沒有到哪裡去，這個假期大概也不會走開吧。下學年幸好還有續約，真是朝不保夕的工作呢！有空來旁聽，無任歡迎！

你的小說已經看過，寫得很不錯。語言很靈活和有質感，能把細緻的情景描繪出來，而且對事情有一種難得的觸覺。這就不是技巧上的事情。你有那種敏感，是可以寫出更好的東西來的。意念當然也很有趣，把零散的短章的力量大大加強了。我看這個構思可以考慮出版。反正分散發表也不方便，是要整個放在一起看才最理想的作品。

你提到的那個女孩怎麼了？不知牛油溶掉了沒有？吃麵包除了牛油也要塗果醬啊。

黑老師

----Original Message----

From: buibui

To: Blackrider

Date: 25/8/2000

Subject: 牛油

黑老師

暑假如何度過？不知你會否外遊？自從上學期修完你的課，很久沒聯絡了。之前和你提過想寫的短篇故事，趁放假就開始努力著，已經完成了五篇。構想中是一個系列性的，以餐單上不同的菜式做主題，寫過頭盤、主菜、甜品了，也許也要寫寫飲品。每篇也盡量嘗試用不同的方法去寫，對自己也算是一種鍛鍊吧。也因此創造了很

多不同個性的人物，寫到了生活上不同的經驗。過程雖然有點辛苦（因為有時候變化的能力自覺很有限，經驗裡的材料也不足），但每當能完成一篇，就感到很滿足快樂。

前天也發生了件奇怪的事。晚上和朋友跟一位教授到卡拉OK玩，後來一個在那裡工作的女孩突然襲擊那教授，真的是打了他一拳啊，連他的眼鏡也打壞了。後來人們把那女孩制伏，沒有報警，也不知道動機。很怪。更怪的是，我整晚一直記掛著那打人的女孩，第二天竟然跑去卡拉OK找她。她已經炒魷了，我就拿了她的電話，還打給她。結果，我在清晨坐車入元朗，去到她家裡去看她呢！你說奇不奇？也不知道自己為甚麼會這樣做，很不像我自己啊。好像有全新的東西在開始了。這個女孩會是餐單上的甚麼呢？我還未知道，暫時可能是牛油吧。一塊雪得很冷的，硬硬的牛油。

附上幾篇新作，有空請給我意見。謝謝。

貝貝

老師下學年還會在大學教嗎？想再來聽你的課。

蘋果變奏

曲：不是蘋果　　詞／聲：不是蘋果／貝貝

Ceci n'est pas une pomme

大街已經被你占據
東京被你的歌聲攻陷
被譽為才華橫溢的女孩林檎
地上滾滿　　大調的蘋果

終於能擁抱心愛的人了嗎
終於能殺死討厭的空洞了嗎
自己一人的時候相信還能像少女時代一樣的面紅吧
藥瓶中盛著　　小調的蘋果

從天亮到天亮耳裡灌滿你的嘶叫
生活滿不容易但也絕不肯死去
甚至連聲音失掉也在所不惜
鏡子中倒映著　　走調的蘋果

尋找方法打碎石膏
迷戀你卻要決心和你背道而馳
在這連歌舞伎町女王也容不下的城市
沒有勝訴也沒有敗訴

連敗德也只是庸人飯後的談笑
歌唱惡之花成為遙不可及的夢
最美滿的是沖上沙灘的魚首人身怪物
虛偽的聽眾　　我的同代　　我的姊妹們
我唯有戴上馬格列特的禮帽跳舞

在杜撰的樂團中否定杜撰的模仿
可否也可以奏出震撼的音樂
在這個塗滿奶油的世界
畫框中虛浮著　　濫調的蘋果

Ceci n'est pas une pomme
Je ne suis pas une pomme
Oui, ou non…

蘋果變奏

大調：

　　我一直在想，那個朝早你原來來過，在政那裡，見到我睡在床上。起先我不覺得好慚愧，因為我一直覺得，這件是大家都默許它應該這樣發生的事。你突然間衝入嚟，而且在我不知道的時候，親眼睇見我毫無防備地睡在床上面的樣子，我覺得好嬲。我想話，你怎可以這樣，明知我跟他那晚在一齊，你都特登撞入來，好似想令我無地自容那樣去揭穿我，暴露我出來。但是你粒聲唔出就走咗。我完全懵然不知地起身，睇見那本日記就放在條裙上面。那一刻，我覺得被羞辱了，給一個我珍惜的人羞辱了。但是，我讀了你封信之後，我就反過來想，或者，當你睇住我睡在那裡的樣子，你會好深好深地受傷。為甚麼我只會首先想到自己，想到自己怎樣受害，而不會想到自己傷害了人？我突然覺得本日記裡面的東西全部都是垃圾，都是講自己怎樣受害，在期待別人同情。而我一邊向你乞討同情，一邊又傷害你。我這樣算是甚麼？後來那天在大學撞到你，我們去扑爛了那個人的車子之後，我本來想同你講清楚，但是講不出口，之後就病到現在。你知不知，那晚我一個人返屋企，我坐在床上，一路睇你寫的那首詩，一路哭。不知哭了多久。我從未看過寫得這麼重的東西，好似好大力向我撞過來一樣，撞在我的心口上面。我幾乎透不到氣，一站起身，就想暈。其實我時不時都會暈，不知是甚麼病。（為甚麼不看醫生？）唔知，是不想知道吧，反正又不會死，至少不會即刻死，過了就沒事。那天真的是暈，跌落張

床上面，好彩是跌落床，如果跌落地就大鑊。暈的時候，腦裡面有好多東西閃過，好似事情好快地重新發生一次，但是這又有甚麼用？都趕不及重新想清楚。不過就算真的是重新再發生，都是一樣懵盛盛地度過。後來就一直不是好舒服，那天從大學回來，整個人散了一樣，第二天行路都沒有力氣，有時透不到氣。（以前都是這樣？）嗯，試過，就好似那次在泳池更衣室那樣。最犀利是高榮走了那陣子，整個人好似散掉一樣。後來好點。應該跟心情有關。可不可以斟杯水給我？唔該。我以為你不會來。打電話給你之前想了好久。你應該好憎我才是。雖然那天你跟我一齊打爛那輛車子，但是你依然有權繼續憎我。（不要說這些東西啦！）你真是！你是個怪人呀你知不知道？比我還要怪呀！你的樣子表面四四正正，正正常常，其實，你好複雜，有時好得人驚，好似好溫和，甚至有點軟弱，但是又嚴厲得好恐怖，死都不肯隨隨便便地對待一件事。就算現在弄成這樣子，我都不知道為甚麼，你還要理會我這樣的衰人。（喂，不准再這樣說，要不我就走了。）好，好。唔該。喉嚨好乾。昨晚到現在都沒有食過東西。躺在這裡好似死了一樣，一直在想，我跟他為甚麼會發生這樣的事。照計是沒有可能的嘛。對唔住，你會不會不想聽這些東西？如果不想，我就不講。（沒關係，想講就講，講出來會舒服點。）……其實我欠你一個理由，我知道這樣講好多餘，但是，我在想，他有甚麼吸引我。他其實絕對不是我鍾意的類型，初時都沒有特別好感，尤其是他跟那個姓韋這麼熟，我應該好反感才是。但是，那次講到化石，在卡拉 OK 那次呢，大家好似有些甚麼觸發了。我們後來有傾談，講到最開心其實都是關於這東西。我跟他講我的夢想，這東西其實我好少跟人講，自從高榮走了之後，我就決定以後都不會再相信。我知道一個人一講到夢想就好危險，這代表他的防衛能力已經減到最低，因為他會變得好幼稚，好白痴。在那些工作時認識的朋友面前，我只是一個

超無聊的女仔，那種得閒溝下仔，又懶又爛玩那種人。我其實都沒所謂，或者我真的是個這樣的人都未定。但是好衰唔衰，給我遇到你和政。你知不知道，你們都是白痴。你們在這點上面是相同的人。你們硬是要迫自己和別人去想，究竟自己在做甚麼。你們都不願意接受一種白痴的人生，於是你們就變得加倍白痴。和你一齊，或者和政一齊，潛伏在我心裡面的白痴就統統都走出來，幾乎占據了我整個人。所以我可以好不怕醜好白痴地跟他說，我相信自己的能力，而且有一日會成為傑出的歌手，是本地樂壇從未見過的強勁歌手，把現在的那些低B友統統砌低，我話我一出來，那些又不懂音樂又不懂唱歌只是得個樣的笨蛋統統都要行埋一邊。講到好自大呢！你說是不是好白痴？但是我不怕在你們面前講，好似你們是來自一個講一種高等的外星白痴話的地方，正常人聽不懂的東西你們一點都不覺得奇怪。政都有他講的白痴話，這種話我一半聽得懂一半聽不懂，但是就算不懂都知道是白痴。對，怎麼說呢，老套點講就是覺得他這個人有追求，好不滿意這個世界裡面的東西，好想做些事去改變它。這樣想不單好不時興，而且是超級戀居，但是好奇怪，當白痴遇到白痴，竟然會產生一種類似希望的幻覺。我好怕用這麼正面的詞語，硬是覺得聽來好假，但是，這一刻我想不到其他講法。是希望。其實如果我要頹，大把理由，沒有人有我那種不斷給人拋棄的經歷，我這樣的人應該死了很久，去跳樓，或者變了人渣，或者發癲，拿刀去插人或者拿槍去學校狂掃那種人，但是音樂救了我，真的，我不似政那樣會想到音樂有甚麼改變世界的作用，我沒有想到那麼大那麼遠，我只知道這東西是我喜歡的，令我有生存的力量。政好想在大學搞音樂，好似跟政治有關，用來衝擊甚麼甚麼。我不是好同意他這樣利用音樂去做其他事，但是我隱約覺得他的目的是為了別人好。就好似化石那樣，將他們不滿意的東西表達出來，令人思考多一點，令人想做些甚麼。所以呢，我和他在這

一點上面可以認同，而且覺得好難得。（嗯，我明白，但是不只這樣吧，是不是？不會只是認同。）……我希望你不會覺得我在找藉口，講些動聽的大話來掩飾自己做的事情……。（怎會呢？想講下去就講啦。）……你講得對，還有其他東西。

小調：

　　或者，有一半是因為政，另一半，因為我自己。我給你迫到問了自己好多次，究竟自己在做甚麼？但是，我真的無辦法。你知不知道？我以前遇到的男仔都不是這樣的。沒有人會這樣對我，不，不可以說是好這麼簡單，我都不是沒有遇過細心的人，溫柔的人，而這種人我反而一直不是好鍾意，覺得好煩。所以，我不會用好來形容政。不過，有些甚麼好不同。以前的人，都是當我跟其他女仔一樣，是用來溝的，我都不想用這個字，但是實情就是這樣，沒有愛，得個溝字，溝完就鬆人。女仔都可以溝返轉頭，整天就是這樣你溝我我溝你，溝到亂晒。總之，沒有人真正將我當作一個有意思的人，有主張、有自我的人看待。男仔都當我是白痴。包括高榮。我知道，他對我好是因為想保護我，還有因為他自己的空虛，想找人去填補。想來真的老套。只是因為那個人剛巧是我吧。我一直好努力學，好用心機做一些事，但是從來沒有一個鍾意我的人是因為這原因。但是，他，我知道他好欣賞我，是真正地覺得我有我的生存價值。我又要用這些字，真是邪，好似給你們傳染了甚麼怪病似的。他給我這種感覺，知道我不是因為其他人，因為他，而成為我，我是因為自己而成為自己。我不敢說我完全相信他，但是我好想知道是不是真的可以這樣，想知道一男一女之間是不是真的有這種關係。好老實講，我不覺得這是愛情，我根本不知道甚麼是愛情，這東西不要問我。但是我好想知道一個好似政這樣的人，會是

怎麼樣的對象，甚至，會是個怎麼樣的性對手。一個本住這樣的心對我的人，跟他上床會有怎樣的感覺？我不想評論政在這方面的東西這麼可恥，但是，性不單是一件肉體的事。我的意思不是想講性是精神或者愛情的表現之類的廢話，我是說，跟一個好似政這樣的人做愛，跟同我以前認識的那種人做愛有甚麼分別。結果呢？我不知道怎麼講。我已經不可以好純粹地去判斷，因為還加入了你的關係。所以我覺得有另外一半跟政沒有關係，而是跟我自己，跟你有關。所以我才覺得你這個人好難明。我不是想推卸責任，但是你應該難以否認，你差不多從一開始就默許政跟我親近。我不知道你心裡面是不是直情好想這樣。我都不是想反過來怪在你身上，說你根本是利用我來幫你解決你和政之間的問題。你覺得其實自己不是真的愛他，但是又找不到理由跟他分開，亦都不願意負起主動毀壞這段關係的責任，於是就等我來扮演這個破壞者的角色。你說是不是這樣？（對不起，或者你說得對。）我不是想你講對不起，這樣說沒有意思。我想講的是，我自己方面，都可能因為這樣而偏偏特登去做不可理喻的事情，好似我知道，其實你不是完全不在乎，其實你不可能只是利用人，當你看著件事真的如你所想那樣發生，你心裡都會好難受，會產生被欺騙，被背叛的感覺。或者你好需要這種感覺。而我就有意去加倍地加強事件對你的傷害，我甚至有點刻意地想過，在化石音樂會之後，跟政上床那一晚，你會突然出現，目睹我就躺你以前睡過的床上面的場面。我真的有這樣想過。我那晚跟政做愛的時候心裡面一直在想著的就是這東西。我這個人真的好賤，好邪惡。但是，我剛剛講過，朝早我知道你偷偷來過，真的看到我，我就將之前想過的東西都忘了，反過來惱你，怪責你故意想差辱我。我個心裡面一時一樣，好矛盾是不是？我有時真的想跟你講，你以為這樣好好玩嗎？你以為這樣飛走男朋友好爽嗎？我就要你知道其實是多麼難受。所以那次你迫我講真話我就覺得好無聊，

好討厭那種夾硬要坦誠相向的舉動。根本就沒有甚麼真話好講，又或者，如果有，真話是你受得住的嗎？我想話，你受得住多可怕的真相？當然，我這樣講其實好無恥。我想，我跟你如果覺得難受，那都是我們自招的。但是，政是個受害者。我們可以說是他自己變了心，都有責任，但是，他不知道其實在發生甚麼事。我們其實已經傷害了他。特別是我，因為我根本就不會真的愛他。對其他人，我可以說他自討沒趣，但是對政，我講不出口。因為，我們都是白痴。白痴之間，是不可以互相大聲叫對方白痴的。人家叫我們白痴，我們可以當作沒事。但是，我不可以對著你或者政大聲叫，你都白痴的！白痴一方面對人關懷備至，好似好令人安穩，但是另一方面其實好脆弱。好似那天我臨時沒去他的畢業禮，他都好多疑慮。他的知識和使命感給他力量，但他同時其實是個還未真正受過考驗，未見過這個世界的邪惡的人，可以說是好天真，好幼稚。我知道他都在責怪自己，覺得是自己變了心，辜負了你，他一直沒有跟你說，其實是不敢直接面對你。如果不是，他不能消除心裡面的罪惡感。他這個人表面好理性，好想好合理地做人，整天講甚麼兩性平等之類，好多理論，這次合理不到自己，其實是一種挫敗，好似突然失去了方向一樣。所以那次你走了之後，你以為已經解決了問題，其實我們一點都不好過，好幾天都沒見面，又沒話說。好似突然覺得，噢！我在做甚麼呢？為了甚麼呢？其實是不是真的鍾意他呢？原來都不知道！但是已經好似甚麼都破壞了！沒可能返轉頭一樣。可能，在三個人裡面，現在只有你心裡面好似解決了問題，我和他都依然迷惘，不知在做甚麼！我猜他好傷，搞到件事一塌糊塗，加上學校裡面的事，好似都有點複雜的狀況，他跟姓韋那個人之間，化石來那晚的事令他好沮喪，怎料之後那個早上，你就來說跟他玩完。其實你知道他的事情比我多，你應該明白他的心情。我和他又未至於擘面，但是，就算再一齊，都不會是愛情。（你還掛

念著高榮？）……我知道這事情沒得救，所以你講得好對。我這個人，到頭來只會傷害人。（你又來了，我不是這個意思。）

走調：

　　我這個人好多缺陷，我知道……我已經好努力去改變，但都沒用……自從丟下我一個人之後，我就一直是這樣，覺得自己好不行，好衰，不會對人好，不會得人鍾意……（哎，要不要休息一下，或者食些甚麼？你講了好久。）不好，我沒事，你讓我講完它好不好？要不，我就沒機會講出來。之前我們好久甚麼都講不出，其實好幸苦。其實我只可以跟你講，跟政都不能。如果要講世界上跟我最親近的人，我想只得你一個。我是講真的。我知道我可以信你。但是，我就不值得你信任喇。你知不知道，你整天好似個乖乖女的樣子，著衫都扣到上頸喉鈕那種，好似好天真，我就笑你傻，但是，有些東西其實你想得比我複雜，有些東西又比我難明。我可能會比你世故，我怎麼說見的衰人都比你多，但是我的衝動和混亂，大起大落的心情，其實都好幼稚。我以前好少去反省自己，有時就好自大，以為自己跟人不同，有時就好自卑，覺得自己注定是一堆沒有人愛的垃圾，但是都沒有認真地想一下，思考一下，自己究竟是怎麼樣的人。我有一種好古怪的感覺，自從小時候就有，可能是在阿媽走了之後開始，就是突然間會覺得自己困了在自己的身體裡面，沒法出來。你明不明白？好似現在一樣，我在我裡面，就是這樣了，我困在自己裡面，我的手，我的頭，我的身，看！我的身體就好似個監獄，就算我脫了衣服，我還有層皮，有個軀體，個軀體就是我，我不可以離開它，跟它分開，我不可以是你，不可以是別的人，或者是別的東西，我沒法出來，困住了，好恐怖！好得人驚！你明不明白？又或者是因為我阿爸，那時候他搞我，我每次

都好驚，躺著動也不敢動，給他脫掉衣服，於是我就自己想，用一種精神的方法去想，我還有一層東西他未脫去，還有一層想像出來的衫，好似保護膜一樣，包圍著我，我只要就這樣躺著結了冰一樣，他就傷害不到我。我要自己相信這東西。這樣子，就算他在我身上面做甚麼，我都可以躲在自己的身體裡面不出來。後來，我困住了自己，就沒辦法再出來了。你明不明白？沒法出來呀！我困在裡面沒法出來！（喂！沒事！好好的！做甚麼！來呀！我過來讓你捱住啦。對。看。沒事。沒事喇。要不要蓋被子？好啦。）……我常常都這樣覺得……突然間就會襲擊……就算是我跟人做愛的時候，就算是和高榮，兩個人黐埋一齊，他的那裡在我的那裡裡面的時候，甚至是高潮來了，大家都在使勁抽搐的時候，我都是沒辦法出來，沒辦法跟另一個人融合。（但是我那個早上望著床上面的你，突然覺得好似看著自己一樣。）……對呀？我第一次見你已經這樣想，那次你晨早來元朗找我，撳完鐘轉頭走，我打開門，看見你在路口擰轉頭，個樣子好似個傻瓜，就覺得好似看見小時候的自己。（你手臂好凍。）牛油幾時會溶？（甚麼牛油？）……

重唱：

那個下午在不是蘋果家裡，我們互相倚傍著。氣溫第一天開始下降。冬天始終還是要來吧。在被子底下，我的腳和她的腳也很冰。冷空氣令元朗陰鬱的天色更陰鬱。窗外沒有投下同情的陽光，只有混混沌沌的灰。我一直聽著她喃喃的說話，雖然是一邊聽一邊令人痛楚的說話，但卻好像必需的苦藥一樣，只要捱過了病情就會好轉。我絕不是出於大方，或者寬容，或者同情，或者堅強，而能忍受這樣的表白。也許，我只是渴望通過這場折磨，分享我也有分種植出來的苦果。如果外面的事情對我們來說實在太大，那至少讓

我們能收拾好我們私下的情感。也許她說得對，她不能從她的身體裡出來，我也不能從我的身體出來，就算我們的身體是如何緊靠著，甚至是肌膚貼著肌膚，我們還是隔絕開來的兩個身體。不過，有甚麼可以溶化它呢？身體和身體可以互相溶化嗎？不知倚著多久，我和她都睡著了。

濫調：

好似好晚啦？要不要聽下歌？喂，不要弄東西吃啦，一會出去食啦！（你走得動嗎？）行啊！走不動都要走啦，不可以再躺下去喇，再躺會退化。我這幾天在想，自己最多是做到椎名的翻版人，甚麼都是學她的。其實我是不是很不行？我算不算有自己的東西？我好鍾意蘋果，但是又不想似蘋果，是不是好矛盾？越鍾意越不想只不過是翻版。想擺脫她。你寫東西有沒有這樣想？有沒有受誰影響？（我想都有。）不過，在這裡就算是椎名翻版人我想都沒機會做，這個城市真是好行癮，甚麼都沒有，甚麼都死，甚麼都是一樣，不可以不同。就算是報紙上面見到講椎名的東西，不知為甚麼都會 cheap 了，好似點金成石一樣，甚麼一落在我們手上就變爛泥，即刻給我們玩謝。真的，我們最威是甚麼？就是把甚麼都玩謝！好多東西都是這樣。好似食些甚麼，以前流行過食 pancake，食芝士蛋糕，一開就人人都開，一齊玩殘它，然後又玩過別的。唱歌都是這樣，今年紅哪個新人，就算是一碌木，只要個樣子扮得下，就捧到上天，第二年就摺埋，沒人理。報紙雜誌一樣跟紅頂白，好殘酷，讚你的時候就天上有地下無，悶了就即刻說你給人上位喇，地位不保喇，唔該借借啦！好無情。好似特登夾埋來做低你一樣。有時想想下，發甚麼歌星夢呢？發不到又頹，發到也不過是出來讓人整你！看著好多人，本來好似比較像樣的，說是實力派，

出道的時候還好好的，到後來浸浸下，不也是搞到人不似人鬼不似鬼！學阿灰哥話齋，不紅又話沒人賞識，紅了就身不由己，變了別人的工具。這些事情，真是想得多都發癲。但是如果不是想著出名，多點人聽多點人識，又搞音樂來做甚麼？難道在家裡廁所唱給自己聽嗎！貪回音夠勁咩你估！你們寫書都是這樣啦是不是？都想多點人看，但是又不想好似某些人寫得那麼差勁，盡是寫些陳腔濫調，但是寫得特別點人們又說看不懂，你說怎辦？你說人家椎名的詞這麼深都可以紅，在這裡？寫一二三人們都說甚麼來的甚麼意思呀都敢死！（又說頭暈沒氣？這麼勞氣！沒事了嗎？）不是嗎，那麼氣頂，真是進了棺材都彈起身啦！（你估喪屍咩！你說話好似黑騎士，他最近也是這樣。）是嗎？我以為他溫文爾雅，不會講粗口。（我不是說他講粗口。）好久沒見他，他怎麼啦？（唔知，好似好怪。）其實我一直想，可以買些甚麼送給他。（送甚麼？）送帽囉，呢，黑色那種呢，他在書裡面都有寫，黑騎士戴的黑色禮帽，不如找天去Sogo看看。（好呀。喂，去吃飯啦，餓死人咩，再講真的變喪屍喇！）好啦，好啦，我起身喇，破繭而出喇！（發癲！）

Magritte畫裡面個句法文點樣讀？

Ceci n'est pas une pomme。

如果要講我個名呢？

Je ne suis pas une pomme。

是呢？

Oui。

不是呢？

Non。

飛行物

曲／詞／聲：不是蘋果

等一頂黑色帽子　　配合俗艷的粉紅裙
崇光百貨門外大雨
六骨迷你傘子老是打不開

再沒有人戴帽的城市
行人的頭皮滲透灰色的雨
髮尖一律黏住後頸

小姐我們不賣那種帽子
你們甚麼也不賣
在火車站吃迷你粒粒雪糕
味道有點像路軌上霉色的珍珠

門鈴總是不響　　窗外沒有突如其來的飛行物
也不敢大聲聽搖滾樂
腦門持續被冷風吹襲

沒帽子就不能存活下去啊
要鎖住所有的熱情
氣溫低低地壓在眉上

戴黑禮帽的人騎著電單車
奔馳在烏雲蓋頂的大道中
只有帽沿能給我凌厲的眼睛

飛行物

　　本來這晚貝貝和不是蘋果是約好了去「我們的體育館」的，但貝貝在往元朗的長途巴士上卻收到不是蘋果的電話，說突然想處理完一件事才回來，叫貝貝先到她家裡等，有後備鎖匙在門外的信箱底下。貝貝彷彿意會到她要處理甚麼事，但卻沒有問。她好像有預感，但又沒有想下去。晚上車外的景象和日間很不同。白天的荒蕪和混亂好像沉到黑色的深海裡。地盤工程車的燈光有一種空洞的美，高架的吊臂像垂掛著的木偶，就算有晃動也都是睡死的，瞪著固滯的大眼。半完成的建築反映著由下而上的照明，凹陷的部位凹得特別深。其餘的地方，都沉埋在幽幽掠過的橙黃路燈後面，分不清是山是地。如果眼睛離車窗玻璃遠一點，就會只看到自己的鏡影，外面的世界不復存在。貝貝審視著自己照成青白的臉，和矮小的身軀，普通得自己也無法辨認。車在高速前進中，她想起甚麼。前進的運動十分順滑，看不見外面的景物，就好像坐在飛行物上，在漆黑無邊的太空浮游。前進運動加上浮游，會是怎樣的一種狀態？在高速前進的狀態中，思路會特別靈快。那是黑騎士的理論，還是他太太的？她不自覺地笑了，拿出小筆記本子，匆匆記下一點東西。

　　來到不是蘋果家，往信箱底摸索，在一個凹入位裡真的藏著鎖匙。打開門，開了燈，有一種陌生感，好像是個從未到過的空間。她明明已經來過很多次，但卻沒有看到過現在那種顏色，那種光調和影子，和嗅到那種味道。那是甚麼呢？她放下背包，坐在小木椅上，嘗試去理解。這絕對不是去到隨便一間未見過的房子的陌生

感。但這是沒有了不是蘋果在熟悉的屋裡的陌生感？還是，不是蘋果以另一種形式出現在屋裡的陌生感？對了。不是蘋果以一種她不在的狀態存在著。那是一個貝貝未曾接觸過的不是蘋果，和她接觸過的同樣真實。她一打開門那一刻，就感到房子在向她招手，在向她開啟自己。不，該說是不在而在的不是蘋果向她招手，向她開啟自己。她坐在小木椅上，看著四周的事物，彷彿感到它們都在說話。雖然都是那麼沉默，但卻同時用沉默說話。

　　貝貝不知道不是蘋果甚麼時候會回來。已經十一點了。她想過看電視打發時間，或者看書，或者聽CD，但她彷彿覺得，打破屋內的沉默是一種不敬。好像有人和你說話時，你卻去做別的事情一樣。於是她只是坐著，從十一點坐到十二點，把屋內的事物逐件觀察，好像逐件聽它們的說話。起點是門口的右邊，第一件東西是鞋架，然後是廚房和裡面的東西，然後是小桌子和上面的雜物，然後依次是木箱、電視、電腦、衣櫃、床尾CD架、床、床頭音響、床頭桌子、沙發，最後三百六十度回到門。很小的房子，加上偏遠，租金很便宜。貝貝也想過，不如搬來這樣的地方住，不住宿舍了。至少，在她畢業前最後一次過一種自己的生活。她起來伸伸腰肢，把手提轉駁到房子的電話號碼，然後在家具間狹小的地板上踱步。有時好像聽見屋外有腳步聲，有時又預感電話會忽然響起。就算不是蘋果現在就回來，去「我們的體育館」的約會大概會取消吧，因為她該會很累。特別是在處理過事情後，可能精神會疲憊，心情也難免會低落。她不想想像不是蘋果在哪裡和當時的情景，也不想想像事情的結果。她知道一開始想就會不可收拾。雖然不知會等到甚麼時候，但她也不想打電話。

　　貝貝拿出筆記本子，想把上面零碎的文字整理一下，又想加添一點甚麼。她寫下一個句子：

　　　　坐在小木椅上，等不是蘋果回來。

再寫下一個詞：

小木椅。

然後是：

房間物體清單：

她和自己點了點頭，好像找到要做的事了。於是拿著本子，走到物件跟前，仔細觀察一下，然後在本子上寫字。

房間物體清單：

1）鞋

十幾對。有舊波鞋，平時粗著。新波鞋，襯鮮色絲襪。黑長筒皮靴。是那天在政床下看見的那一對。別再去想它。繼續。米色尖頭皮靴。保齡球鞋。雖然數目不少，但未至於對鞋無情。喜歡的會經常穿。但少不免快殘舊。我的波鞋放在旁邊，整齊的並排著，像個新加入的成員，不敢亂動。因為體形相近，臭味相投，看來相處融洽，沒有被排擠的跡象。

2）拖鞋

只有一對，沒預算有客人。毛毛頭，但沒有動物造型。橙色，有點變棕色。毛線開始黏結，頗舊。裡面和暖，適應了腳形，可以感到腳趾公較長。底部好像有打扁昆蟲的痕跡，踩在冬天的地板上很滑，容易跌倒。很輕，輕輕一踢就飛脫，試過飛到電視機後面，很難撿出來。

3）蠟燭

有香薰味道，紫色，看來是薰衣草。圓柱體，廁紙筒大小的圓周，高度比廁紙筒稍矮一點，放在小碟上。只燒了少許，似乎很少點。找打火機（很易找，隨處也丟有廉價透明膠打火機）點上，果然是薰衣草味。關掉天花板燈，只留下床頭燈和燭光，氣氛暖和，雖然寫字有點看不清楚。用作秉燭談心很好。

4）香菸

有菸包在床板與CD架之間，看來是不小心遺忘在這裡，還未抽完，裡面有三枝。放近鼻子嗅嗅，很濃烈，和黑騎士的菸絲不同。很輕，好像無質感。銜在嘴唇間，舌尖有苦味。可能只是菸紙味。也用透明膠打火機點上，吸一口，尾端紅一下，像爆發的小星。咳了一下，不慣。小心再吸，不吸入肺部，含在口裡，匆匆噴出來。到鏡子前照照，再吸噴一次。有點熏眼。練習手部姿勢，拇指和食指拿著太笨，夾在食指和中指間，無名指和尾指不知應該伸張還是彎縮。好像很生硬。笑死。找不到菸灰缸。平時見慣那個不知放在哪。到廚房拿了個碗充當。後來才發現菸灰缸在床下底。

5）電話

無款式可言，功能一般，但有留言箱。留言數目是27，該有一段時間沒有清除記憶。裡面可能有我的口信，也可能有別的。想過偷聽，但沒有，這樣會好些。電話旁邊有小本子和紙片，都是抄寫電話號碼用的。號碼旁邊有人名，單字，或英文，都不認識。其中有政的電話，旁邊卻沒有寫名，只是一個數目字。有一張寫了歌名，是她作的歌，不知有甚麼用。另一張有日期，十一月的，已經過去。想不起那幾天有甚麼事發生。最近一張寫著黑騎士三個字，沒其他，也不知用意。

6）日記

放在枕頭旁邊，可能平時放別處，不過因為剛剛歸還，所以隨便放在就手的地方。翻一下，和我看的時候沒有不同，只是裡面夾了一封信。信紙沒放回信封。分開來的。打開信紙，是我寫的。一首叫〈四月的化石〉的詩。但句子有些塗改，字行上加了和弦記號，也改動過，是推敲過吧。看來是為了改編成可唱的歌詞。但沒有寫簡譜。或許記在心裡沒寫出來。

7）歌譜

壓在日記下面。裡面是最近的歌，最後一頁原來抄寫了〈四月的化石〉，填了簡譜。我照著唱了一遍，初時有點笨，抓不住整體感覺，後來熟了，整首歌就出來。

幾時可以一齊唱？

8）床頭燈

歌譜該是第五本吧。封面沒編號。是那種學生單行英文練習簿，上面有中學校名。是從前念的中學吧。姓名一欄寫的竟然是不是蘋果的真名。看來很陌生，好似另一個人。其他歌譜還在原位，在書架上。

9）窗簾

料子很薄，白色底，散布紅色小花，綠色細長莖和葉片，植物繪圖風格，像少女的裙。挑選過，不像是街邊鋪頭買的，可能是北歐風味，不過樣子不貴，頗新。陽光直射會滲透，可以想像花的影子會投落身上。今晚不冷，開了窗子也無風，窗簾也沒晃動。

10）飛蛾

我揚起窗簾時飛出來，可能早就伏在那裡。不大不小，看不清顏色，可能是灰白色，沒有斑紋。在床頭燈附近繞飛，在牆上投出很大很動亂的影子，很騷擾，翼拍在東西上發出聲音，有點駭人，但不想打死牠。只想牠伏下不動。沒辦法。不是蘋果在的話該會毫不猶疑拿拖鞋打牠。

11）照片

床頭有三個相架，早看見過。小的長方形銀色相架放了發黃舊照片，是個小女孩。不是蘋果介紹過，是小二時的自己，在沙灘上，玩砌沙，腳邊有小紅膠桶。穿粉紅泳衣，胸口橫排有三朵黃橙花，腰腿部卻沒有常見的花邊。照片下側有一截腿。是媽媽的。她說是唯一保留下來的小兒照片。

在大長方形銀相架裡的，時間較近，約三年前，那是個十七歲少女

應有的笑容，當時電了個小捲髮，少有的燦爛中帶有傻氣，穿小藍T恤，很簡單的打扮，沒怎麼化妝，好像沒有預算拍照，背景就在屋外的空地，似乎是在推單車，要外出買點東西，突然給叫了一聲，轉過臉來，看見相機，就傻笑了一下，拍了下來。眼笑成小魚狀，牙齒也露出，臉比現在稍胖一點。可以猜想是高榮拍的。雖然相裡沒有他，卻留下了他的目光。我可以感覺到當時這樣看著她的高榮是怎樣的心情。相信是既快樂又哀愁。快樂從她的眼中反映出來了，哀愁卻經過了時間，現在才慢慢浮現。不是她臉上有哀愁，而是照片本身的眼光流露出哀愁。照片不是死物。是活的。它會隨時間改變它的視覺。

第三張是一個男的和不是蘋果一起，放在木相框裡。那比上面這張更早，除了褪色更明顯，女孩的樣子也更稚氣。不是蘋果沒有談過這張，好像是略去了。但可以肯定那個男的是高榮，其實當時很年輕，二十六七歲的樣子，但也顯然比相中的女孩大很多。她大概只有十四五歲吧，髮型雖然已有點飛女，但神情有一種還未熟練的野。該是最初相識的時期，還未開始戀愛之前。兩人雖然挨得很近，但還未做出情人的姿態，雙方的手臂都垂著。好像那種中學男老師和女學生合照的神情。她事實上也真是穿著校服，領帶拉得很低。

相框都沒有花紋，也沒有趣緻動物裝飾。

12）其他照片

書架上有照片簿，之前她給我看過。桌子前的水松板上也貼滿了照片，但再沒有高榮的影子，連他的眼光也沒有。都是些朋友間的照片，很多不認識的人。也有認識的，智美、阿灰。沒有奧古。不少夾band的照片。有一張是參加地區歌唱比賽的，一隊共五個人，不是蘋果站中間，頭髮染成紅色，穿著紅色皮衫褲，身上掛著紅色結他，對著咪在唱歌，後面打鼓的該是智美，其他三人未見過，很

可能就是 Rejuv。那次好像只拿到第三。房子裡好像不見有獎座。

13）CD

都是正版。最熟悉的東西，每次來都翻看。有整套 Luna Sea，所有椎名 CD、Single 和 MTV，包括最新推出的《下剋上 Xstasy》和《發育地位御起立》演唱會 DVD。巴哈。Glenn Gould 的系列。化石自資出版的 CD。尺八音樂。Nirvana。Chara。和許多我不認識的名字。沒有新的觀察，不贅。（但竟然有阿 Moon 的新碟。）

Luna Sea 的《終幕／PERIOD》CD 盒打開，裡面沒有 CD，可能放在 Discman 裡帶了出去。

14）VCD

都是翻版。雜亂的中西片，不少爛片。有幾張鹹碟，封面有穿戴著可笑飾物的赤裸日本女子，其中一張穿校服，校服裙拉起來，露出穿性感內褲的下體，女子臉上掛著天真無邪的笑。不敢看下去。卻不是因為色情。

15）書

數目很少，以日本文藝小說為主。村上春樹。三島由紀夫。大江健三郎的《萬延元年足球隊》。較新的有柳美里。世界詩歌選。Gould 的傳記。黎達達榮的漫畫。麻衣相人術。

黑騎士送給她的書放在床頭。除了那次在他家送她的那本，還有另外三本。包括那本寫作歷險的書，第八章有櫃員機提款單充當的書籤。前面的章節有筆跡，打剔或者問號。書的扉頁都有黑騎士的簽名。和日期。是 11 月 27 日。

16）電腦

舊型號手提電腦。黑色。很重。

17）單車

在小飯桌後面。堆了雜物。車胎有漏氣跡象。看來近來沒用。該是照片中那輛。

18）羽毛球拍

一枝。擱在雜物堆上。沒有拍套。拍線斷了，中間部分網線環繞破洞處呈扭曲狀。很久沒動過。

19）沒有植物和動物（除了飛蛾）

20）沒有毛公仔

21）有木偶和模型：唐喬凡尼扯線木偶。（不是蘋果介紹過，高榮歐洲旅行買的。）穿黑衣。臉上有黑顏料塗上的鬍鬚。左邊的腳尖跌破了一塊。黃金機械人。頭身手腳可拆開重組，不知有何作用。拳頭可換死光槍、鉗或鋸，較有意思。還有李小龍公仔，蝙蝠俠，鹹蛋超人，懞面超人，其他機械人和怪獸。都是高榮留下來的玩具。只有一隻手掌大的豆袋熊屬於不是蘋果。

22）結他

木結他。有舊木味。可能是高榮教不是蘋果時用的結他。淺木色。鋼線。聲音很清脆，但不容易按弦，要馴服。音箱上貼過貼紙，後來撕去。

電結他。紅色。是照片中那枝。愛物。保養很好。我不敢亂搞。

23）床

不大不小。很難歸類是單人還是雙人。比一般單人床闊，但又比一般雙人床窄。勉強要睡兩人還是可以的。床單米黃色，有淺綠色樹葉圖案。床褥中間有人形凹陷，是長期一個人睡那個位置。枕頭有一對，較扁平。有一種不令人抗拒的人體氣味，混合了洗髮水和沐浴露的化學餘香，好像有體溫的氣味。可想像肌膚在渴求親密的溫暖感。沒有菸味，相信不會在床上吸菸。枕頭底沒有藏東西。只有一個還纏著一絲金髮的桃紅色髮圈，相信是無意的。被子沒特別。算是很暖。看見也令人想蜷縮在被窩裡。已經一點多。沒有電話。是不回來了嗎？應該等下去嗎？還是自己先睡？我摸摸床單，有一種冷天的柔滑和對毛孔的刺激。是那種剛躺下時教人有輕微痛苦但

又同時很舒暢的會嘩嘩大叫出來的感覺。但還未覺累呢。

24）食物

想吃點東西。有幾塊吃剩的克力架。雪櫃也有牛油和果醬。還有鮮奶。未過期的。沒有其他可吃的東西了。有兩罐啤酒。一枝未開的砵酒。可能是那次去完黑騎士家後買的。沒有牛油刀，只有餐刀。沒有微波爐。鮮奶用小鍋煮熱，加少許糖。牛油未解凍，很硬，切開一大片，放在餅上，一用力壓，餅就碎了。再薄點，只能放在餅上。塗果醬，桃味。好吃，但冷凍。一邊呷一口熱奶。飛蛾又在拍打燈罩，令人有點毛骨悚然。別撲過來就是。我躲到陰影裡去吃餅。蠟燭燒了一半，熔得不成形狀，火光在微晃，好像其實有風。

25）粉紅裙

衣櫃不算亂，但衣服很多，除了衣櫃，還掛滿牆邊的大衣架。很少名牌，都是廉價貨，但看來質款也很好，很懂得用最少的錢買最好看的東西。接受寬容度很大，主要都是新潮大膽的，但不是沒有清純樸實的。最偏愛無袖上衫，背心和吊帶。搭配的可能性很多。

揀了條粉紅裙。是那種我從來不會穿的顏色。平時也很少穿裙子。配了那天不是蘋果穿的紫色無袖樽領上衫。換上了，站到鏡子前。在昏暗的燈光中，有看見不是蘋果的幻覺。還應該穿上黑色長筒靴吧。有點緊，但也穿進去了。坐到桌子前，往化妝箱裡翻，揀了唇膏、粉底和眉筆，就著鏡子塗著，不太懂，只是淡淡的掃上，做個樣子。在兩頰灑點金粉。頭髮太普通了點。直直的及肩髮。於是紮了條辮子，兩側插滿彩色髮夾。還有飾物呢。七彩手圈、皮繩、金屬戒指和耳環，一一戴上了。沒差甚麼吧。再照照鏡。是不是蘋果沒錯。你回來了吧！今晚可好？事情解決了？好晚了啊！累嗎？（不，不累。）今晚不能去「我們的體育館」了。（沒關係，下次再一起去吧！）等了你好久呢！好擔心！（我知道。）多謝你給我作的歌，很好聽。（是你寫得很好呢！）可以唱一次給我聽嗎？（當

然可以。）我也給你填一首好嗎？（給我填？）是啊，一首關於你的。（我們一起填吧。）

我坐在桌子前面，打開歌譜，找了其中一首，哼了調子，覺得不錯，就拿筆填上新的歌詞。那是我在巴士上已經有的意念，現在整理出來，填得很快。抬頭望望化妝鏡中的人。是我自己在寫嗎？還是不是蘋果？大調的蘋果，小調的蘋果，走調的蘋果，濫調的蘋果。是你的心情嗎？

> 尋找方法打碎石膏
> 迷戀你卻要決心和你背道而馳
> 在這連歌舞伎町女王也容不下的城市
> 沒有勝訴也沒有敗訴
> 連敗德也只是庸人飯後的談笑
> 歌唱惡之花成為遙不可及的夢
> 最美滿的是沖上沙灘的魚首人身怪物
> 虛偽的聽眾　我的同代　我的姐妹們
> 我唯有戴上馬格列特的禮帽跳舞

　　門鐘響的時候，貝貝才從睡夢中醒來，見天已大亮，自己躺在床上，蓋了被。迷濛中看見不是蘋果在床沿坐下，手中捧著一盒甚麼。貝貝問是甚麼時候了，不是蘋果就說是十點了。早上十點？貝貝驚訝地問。是啊！不是蘋果說。那你是剛剛回來嗎？我回來一陣了，見你睡著，沒吵醒你。那，你昨晚怎樣了？沒事，好好的，已經搞清楚了，好累呢。真的？嗯，真的，這次是真的了。那就好了。起來吧，去吃東西！貝貝起身，發現自己穿著不是蘋果的衣裙，半晌才記起昨晚自己做的事。不是蘋果說：你這樣穿其實很好看。貝貝想換回自己的衫褲，不是蘋果止住了她，說：不用啦！

來，就這樣出去吧！貝貝聳聳肩，笑了一下，突然又想起：剛才響門鐘的不是你嗎？不是蘋果就向她打開手中的盒子：是郵遞公司送貨，你看，我們上網從美國訂回來的禮帽！

那是一頂非常美麗的黑色圓頂禮帽，給黑騎士的禮物。

不是蘋果把帽戴在頭上，把帽沿拉低，壓在眉上，張開雙手，單起腳來轉了一圈，擺出跳士的舞的姿勢。

《體育時期》創作訪談記錄（Part 2）

譚：那麼為甚麼你的小說裡面大部分的假面都是年輕人？為甚麼會用年輕人的假面進行創作？

董：年輕人作為我主要描寫的人物，我本來沒有一個特定的概念，覺得要怎樣去寫年輕人，而是很自然出現的。現在我為了回答你的問題，有點馬後炮地說，我覺得年輕人就是處於這樣的一個階段——假如說我們在人生中必須代入很多的假面去生存，去進行社交生活，那年輕人就是開始學習去進入這個假面的世界的階段。如果你看小孩子，你可以說他們是很真的，他們是沒有假面的，哭就哭，笑就笑。他們也不知道自己有角色這回事，只是做回自己。但他們進入學校的時候，就開始教他們進入角色。在學校裡你是學生，所以就應該怎樣怎樣，對老師又應該怎樣，知道老師和學生是不同的角色，在哪裡又有哪些角色。到了年輕人的階段，他們的學習已經比小學生更加純熟，但又未完全馴化，不像成年人一樣已經加入社會，對角色扮演已經毫無保留，很自然和接受。年輕人依然有一定的抗拒，甚至心智上有反思的能力。我覺得這個階段最複雜，能夠把假面的存在揭示出來。當然我的意思不是揭開了假面，真面目就露出來了，但至少有這樣的可能，把一些東西揭開。

你問我為甚麼有興趣去寫假面這東西，我覺得自己一直沒法不去探究一個問題，那就是：甚麼是真？所有藝術都在探究這回事：甚麼是真？因為藝術本身就是假的，就算是很寫實地去描繪事物，想做得很真，但事實上藝術品就一定是假的，一定不

是真實本身。但人創作藝術的時候往往就在不斷地追求，如何在假的東西裡面去找到真。我一直在問這個問題，然後我發現，要找到真，我們一定要通過假的東西，也即是通過假面。所以如果我們在人與人之間要達到某種真的話，我們也必須通過假面，才能接觸到某程度的真。

譚：這些年輕人對你的創作有甚麼意義？

董：我覺得寫年輕人可以提供給我一些視點，一些看事物的角度。《體育時期》已經是十多年前寫的書，那時候還比較年輕，但我越寫便越不年輕了。繼續寫年輕人可以讓我回到一個不同的角度。另外就是一種不同的表達的聲音。這個聲音不是我自己的，不是我這個年紀的，而是跟我有距離的。我的意思不是我很懷舊，嘗試寫自己從前那些年的感覺。不是這回事。反而是去想像一個已經跟自己不同的年輕世代的人，他會怎樣去看事物。對我來說這個距離感是必要的，我在當中可以發現到一些事情。如果我只是一味寫現在的自己，會是一個很大的局限。再者就是一個可能性。剛才說到的那個年輕人的狀態，剛剛學習進入假面的世界，但又並未完全順從，這當中就有許多的可能性。他可能有許多的變化和看法，全都是未知之數。所以我覺得年輕人那種未完成的狀態，給予我很大的創作空間。

譚：這種「未完成」跟你在書裡提到他們會「倒下」有甚麼關係？

董：「倒下」是一個姿勢，一個反應。這牽涉到另一個問題。「倒下」好像是面對著一個堅硬的、沒辦法改變的現實的時候的一種你可以說是帶有一點點絕望但又很決絕的態度。我所寫的「倒下」不是不小心摔倒的很狼狽的狀態，而是一種完全放開自己，迎頭撞向地面的狀態。如果大家想知道甚麼是「倒下」，可以看椎名〈石膏〉的MV。雖然好像完全放開，但其實是很有力的。她就是那麼完全讓自己撞擊那堅硬的地面，就

好像我們面對這個世界，有很多事情沒法改變，但無論如何也要作出這樣的衝擊或反擊。

譚：那你覺得你寫的年輕人是不是沒法改變世界的，還是你自己有改變世界的想法而通過他們去影響別人？

董：能不能改變世界不是由我們去說的。當然我們還是懷著這個希望，覺得有這個可能性。我們說到可能性的問題，就是這回事。世界沒法改變，但年輕人可以改變。你至少可以改變自己。改變自己之後是不是接續下來可以改變世界，這個沒有人能說，但至少存在這個改變的可能性。

拜占庭的黃金機械玩偶

曲／詞／聲：不是蘋果

我想去一個很遠的地方　　可以送我一程嗎？

早晨起來洗刷腦袋底部
想吃東西就打開腸胃看看殘餘甚麼
不願上班索性把雙腿留在浴缸裡
做白日夢最好把眼球掛在窗簾上
幻想成為拜占庭的黃金玩偶

在地鐵入閘桿上玩迷迷轉
乘扶手電梯俯衝尖叫的角度
投幣汽水機裡面有彈珠遊戲的獎品
刷信用卡說明自己的星座運程
在那沉埋海底的黃金城市中

扭轉你的頭讓你整天望向我這邊
扭轉你的手臂讓你整天擁抱我
扭轉你的腿讓你維持屈膝的姿勢
拿走你的心臟讓你無法喜歡別人
而我就用黃金的身軀和你交換

請給我左胸的機械時鐘上鏈

請給我磨蝕的唇加點潤滑油
沙啞的聲帶看來要更換零件了
腦袋的齒輪運作始終追不上最高速的晶片
我不過是拜占庭的黃金玩偶

迎面轟飛蝗蟲群般的黑色車隊
我騎著紅色電單車　　單手按著胸口的機械時鐘
就算雙臂連同駕駛盤折斷
左腳跌落高速公路的後頭
子彈射穿我琥珀色的右眼
氣流撕掉我的肩膊和長髮
鬆脫的下盤在車輪下粉碎
也要一直衝向黃金的國度

如果你要去很遠的地方　　可不可以讓我送你一程？

拜占庭的黃金機械玩偶

　　想來必定是不是蘋果以鐵鏟向著那輛藍色房車的車頭玻璃作第一次揮擊時因為力度控制不準沒有打碎反而自己失衡倒地的絕望姿態，令貝貝產生了微妙的共同無力感。那是在大學本部下面一條斜路上發生的突發性事故，突發的程度和那次不是蘋果在卡拉OK中揮拳攻擊韋教授不遑多讓。而且事情也必然和韋教授有關。但今次韋教授並不在場，受到襲擊的只是他的車子。事發後五分鐘校方的警衛已經發現停泊在斜路旁邊的這輛藍色房車呈不尋常的毀壞狀況，而十分鐘後當韋教授毫無心理準備地從斜路一旁的大樓步出走向自己的汽車時，警衛剛打算致電警方調查。韋教授一目睹自己的汽車的離奇損毀程度，除了很難相信眼前的事實，竟也立即嗅出事情的真凶是誰，而且令警衛們大惑不解地說，這事不打算追究。我們都知道法律上是有所謂刑事毀壞這項罪名，而這正是當前正在發生的情況。但韋教授還是堅持不報警，並且立即傳呼拖車來把殘毀的證物拉走。車子的損毀主要集中在玻璃窗上，因為那是最容易擊破的部位。六隻窗子，包括車頭擋風玻璃，四隻側門玻璃，和後窗玻璃，全數粉碎了。玻璃碎片撒滿車頭蓋、車內座椅，和四周路上。另外，車身也有多處凹陷和刮破的痕跡，但顯然因為攻擊無顯著效果而放棄，也可以由此猜想攻擊者手持的武器的破壞力頗為有限。不過凶器沒有留在現場附近，因為沒有報警所以也沒有搜索下去。車子拖走之後韋教授站在它被襲的原來位置，用鞋底擦著地上殘餘可見的玻璃粉跡。皮鞋底部有被尖銳碎屑刮擦的感覺，好像直接刮在腳掌一樣地微痛。他轉頭望向斜路下面的方向，雖然那邊空

空的只有盡頭路口的草坡，但他忽然感到有一股東西向上衝過來，好像有人持著武器迎面向他站的位置迅速趨近，而且快要揮動重物當頭向他砸下來了。他下意識躬身一閃，才醒覺這不過是自己的幻覺，連忙看看四周有沒有人看到他的窘態。沒有人知道他不報警的動機究竟是對行凶者的容忍，還是害怕招惹到其他敏感的猜測，因為這天校園內有很多記者出沒，如果事情張揚了一定會給牽扯進最近的爭議裡。他看看錶，幸好還可以趕及參加剛剛才開始的畢業禮，不過看來他要走路到山上的會場了。他竟有種逃過大難的釋然感，因為如果他早半小時站在同一個位置，被敲碎的也許就不是他的車子而是他的腦袋了。從他的位置看去事情當時的確以這種進程發生著。不是蘋果雙手緊握著一把對她這樣體形的女孩來說頗為沉重的鐵鏟，急而不亂地從斜路的下方向上面的這輛藍色車子走近，來到車子前面的時候並沒有如預料中立即攻擊，反而走到車子前面彷彿要再確認一次車主的身分似地查察了一下，然後才對準車頭擋風玻璃砸下。所以雖然車子是頭部向斜路上面而尾部向下地停泊著，而不是蘋果是從下面接近的，但首先受到衝擊的卻是車頭擋風玻璃。這時候四周可見範圍內至少有貝貝一個。她站在斜路下面的盡頭，目送不是蘋果開始她的行動，因為太不可思議而一時不懂得追上去加以阻止。她完全沒有料到不是蘋果的情緒會突然產生這樣激烈的爆發。之前她們還是靜靜地在路上並肩走著，尷尬地等待著話題浮現。雖然她事前也有猜想過今天不是蘋果會在大學校園出現，因為今天是政的本科畢業禮，但她沒料到真的會給她碰上。貝貝已經刻意在畢業禮舉行前避過場地附近的範圍，但今天校園裡好像瀰漫著一種不尋常的緊張氣氛，早上距離畢業禮開始還有大半天，已經看見一大隊記者挾著像重型槍械一樣的攝影機和鏡頭往校長辦公室方向衝去，似乎是要截擊今天會到達的重要人物。貝貝整個早上也給這種和她無關的氣氛擾亂著，課也不想上，只是躲到圖

書館裡。但真的是和她無關嗎？她說不清楚。本來她會是畢業禮座上的一員吧，該會和政的家人坐在一起，遠遠地看著政踏上台上拿取他的一級榮譽本科學位吧。還會在會後和他在校園各個景點循例拍照留念吧。雖然政必然會對這些俗套反感，但作為一個孝順好兒子也會勉為其難地裝作興高采烈地取悅以兒子大學畢業為終身榮耀的父母親吧。父母親也同時會用欣慰的眼神望著這個兒子的小女友而期盼著很快有一天她將會成為自己家裡的新抱吧。想到這裡貝貝就很悲傷，好像自己殘酷地剝奪了他父母的單純願望，要對今天他們兒子畢業禮的缺陷負責似的。但不是蘋果會來嗎？她會以政的新女朋友，政父母未來新抱的新候任者的姿態出現嗎？想到這裡就更難受了。雖然她早說過事情已經解決了，而且自己已經心無罣礙了，但傷害是不容易立即痊癒吧。在這種混亂的心情中，她竟然在路上碰見不是蘋果，也不知是命運對她的懲罰還是玩弄了。不是蘋果也十分驚訝，而且為自己的存在顯得很不自在。貝貝不能問她去哪裡，她又不能問貝貝去哪裡，兩人就只有站著不說話，好像好久沒見過面的舊情人一樣，不想表示興奮又不想表示冷漠。可是既然大家都心裡明白了，一切就無須多說了。她們簡短地說了再見，就各自往上下不同的方向走去。不過，更出乎貝貝意料之外的是，走不了幾步，不是蘋果竟然突然回頭向貝貝追上去，說她不去畢業禮了。貝貝愕然得無話可說，但又說不出催迫她去畢業禮的說話，就任她作了這個奇怪的決定。兩個人默然地在下山的路上走著。這是貝貝第一次和不是蘋果在學校裡一起走著，感覺很怪，因為一直覺得不是蘋果和這所學校格格不入，後來更演變成不是蘋果和作為大學生的自己格格不入。在她往政的房子找他們作出最終的表白的早上，她已經作好和不是蘋果中止關係的心理準備。那未必是表面上和不是蘋果不再見面，但縱使會再見面，她以為也是完全不同的關係了，是在心底裡永遠格格不入的一種虛假的關係了。可是為甚麼

現在兩人很意外地一起走著，心裡卻又覺得是那麼的順理成章？是碰見貝貝給了不是蘋果藉口不去參加政的畢業禮，因為她覺得這邀請暗示了一種關係的確認，而她對這確認毫無心理準備。她還記掛著貝貝那個早上來政的房子悄悄放下日記和信就離去一事，而且不斷去拷問自己對政的喜歡程度。自從高榮離開之後，她從來沒有認真考慮過這種問題，和甚麼人短暫一起的關係裡也不覺得有這些界線，好像來來去去也是很輕省的事情，但這次卻感到非常的難。來到一個斜路路口的時候，不是蘋果突然停下來，向斜路上方眺望著一個剛剛從藍色車子裡出來的身影。那人很快就消失在對面大樓的入口裡。貝貝也停下來，看到不是蘋果的眼神有點異樣，也向那個方向望去，卻除了藍色車子外甚麼也看不見。不是蘋果好像中了咒語似的，急忙回頭往附近地上搜視，在路邊來回跑著，然後鑽到欄杆後面的草坡上，在一個花圃的工具間旁邊撿了把鐵鏟。那鐵鏟看來頗沉重，因為她是在草坡上拖著它爬上來的。貝貝這時還不知她想做甚麼，呆呆地站著，看著她從欄杆後鑽出，雙手握緊鐵鏟，站直身子，看了看兩邊路上的情形，然後果決地向斜路走上去。她的背影縮小，看來是那麼的柔弱，但步伐卻是那麼肯定，好像明知是泥沼但每一步還是毫不猶疑地大力踏進去，縱使是越來越舉步維艱也拚命掙扎著。貝貝看著她走到車子前面，停下來不知審察甚麼，然後退後一步，慢慢地把鐵鏟舉到頭上，那在她眼中的確是一個慢動作，好像菲林一格一格地停下來一樣，好像每一格也呼喊著挽回的聲音似的，但不是蘋果無視於這種聲音。鐵鏟無聲地砸下，然後才傳來鈍鈍的一響，看見不是蘋果因為大幅的揮擊動作而失去平衡跌倒在地上。貝貝這才終於醒覺到事情的迫切性，立即向不是蘋果跑去。貝貝來到她跟前的時候，不是蘋果剛好自己爬了起來，撿回地上的鐵鏟，使勁地舉過肩上。貝貝看見那車子的擋風玻璃已經在正中央裂成一個圓形蛛網狀，但還未碎散掉下。她向不是蘋果喊叫

了一下，想去阻止她，但她已經揮下致命的一擊。擋風玻璃今次應聲粉碎，碎片像瀑布一樣向車頭座椅一瀉而盡，也有零星碎片向外面飛彈而落。這一擊之後，有半刻的停頓，好像在場的兩個女孩突然醒悟到正在發生怎麼可怕的事情似的。然後，咒語又發作了。不是蘋果再次掄起鐵鏟，向側面的玻璃窗擊去。貝貝連忙閃避，抱著頭幾乎不敢看。只聽到碎裂的響聲，再看，那玻璃已經不見了。不是蘋果的行為看來一點也不狂亂，反而好像是很有系統的，打碎一個窗子之後就輪到另一個，打完左邊就輪到右邊，直至兩邊的四個玻璃窗也蕩然無存。她把鐵鏟立在地上，一手按住木柄，另一隻手扠著腰，好像在欣賞工作的成果，又好像在思索下一步的行動。貝貝屏著的一口氣終於鬆開，以為不是蘋果停止行動了。但不知怎的，就看見不是蘋果蹲了在地上，忍不住抽泣著。她想上去扶她，正抱住了她的肩膀，她突然又跳起來，撲上前用鐵鏟在車身上亂砸亂捅。車子表面雖也受了損傷，但一枝鐵鏟是無論如何也無法把一輛車子的車身打爛的吧。不是蘋果徒勞無功地攻擊著，終於打累了，頹倒在地上。貝貝就立即攙她離開。快走吧！快有人來了！兩人往下坡路走，走到路口，貝貝回頭，看見那枝鐵鏟還躺在車子旁邊地上，突然就撇下不是蘋果，自己往回走。在貝貝撿起鐵鏟的一刻，她心裡湧起了一個無法解釋的衝動，不知是為了表示和不是蘋果站在一起，還是為了自己心裡的鬱悶，還是出於一開始就存在的共同羞辱感，她竟然舉起鐵鏟，往車子僅餘的車尾窗玻璃砸下。她好像沒有怎麼用力，甚至好像心裡其實沒有想過真的會把玻璃打碎，只是在意識上做了個象徵的動作，那玻璃就像變魔法一樣自動破開，像下雨一樣滴滴答答地灑下。在耳中那是多麼清脆的聲音，多麼像一陣令人心曠神怡的雨粉。那一擊令她由一個旁觀者變成一個參與者，就算她參與的是犯罪的行為。她竟然一點不怕，而且一點不後悔，站著對自己的成果觀賞了一會，才懂得該趕快逃亡了。

她沒有忘記帶著鐵鏟，回到路口，敏捷地鑽到欄杆後的草坡上，使盡力氣把鐵鏟往它的原位拋下去，然後回來，拉著不是蘋果的手，說：跑啊！當時附近其實可能有其他人在場目睹這一切，但後來都沒有人過問了，而她們眼中也沒有察覺到有任何其他人存在，她們只知道，在這一刻，世界上只有她們兩個，兩個共同受到了屈辱的人，兩個共同反擊的人，兩個一起跌倒的人，兩個分擔了罪行的人，兩個卑微的，力量薄弱的，原本應該會是格格不入的，可能互相傷害的，但卻也互相原諒的女孩。跑啊！不是蘋果和貝貝，在大學校園下山的路上拚命奔跑，拉著手，從高空下望，會是兩個幾乎看不見的點子，但與山上衣冠楚楚言辭華美氣派堂皇的、會聚著公眾目光焦點的大型典禮相比，這兩個點子才是我關心的。她們才是我們故事的主角，不是那些授受虛銜大人物。

跑吧！貝貝、不是蘋果。遠離這個罪惡的場所吧。

公路上的終曲

曲：不是蘋果　　詞／聲：貝貝

當沙啞的歌聲冒起　　窗外的風景默默無言
公路上的楊樹垂著哀悼的姿勢
我知道離你越來越遠了
我們還會再見嗎

天上的雲不會塌下來吧
荒蕪的田野不會忽然起來把高架道推倒吧
我不會就此任由記憶把我拋棄吧

耳裡響起爆炸的聲音　　心就不動聲色裂成碎片
在高速前進中髮根有向後的拉力
你大概不會記起我的樣子
連偶然也不會

坐上你的船我們航向夢中的城市
可以不捨得甲板上的風和水花嗎
可以用這個做藉口留下來嗎
報告船長　　前面有颶風
這可以是擁抱的理由嗎

望遠鏡中的黑點是真正的島國吧

城市腳下的陸地不會毫無預告地消失吧
我不會毫無保留地流淚吧

歌曲終結的時候　　絕不會再按重播鍵
天氣轉涼我的咳嗽將會持續
入黑後玻璃窗上顯現自己的影子
普通的矮小的女孩

報告船長　　前面風平浪靜

公路上的終曲

　　想不到是這樣子。在回元朗的通宵巴士上，貝貝說。對啊，好有癮。不是蘋果撕了塊香口膠，放進口裡，又給了貝貝一塊。巴士沿著海岸邊的高速公路前進，左邊可以看見青馬大橋，皇冠狀起伏的鋼吊索列反映著幻彩的燈光。其實都是為了有化石才叫你們去看，如果不是，在家裡睡覺好過。不是蘋果說話的時候，牙齒間有香口膠的黏接聲。也沒關係吧，反正除夕都沒事做，怎麼都是白過。舊年除夕去邊？有沒有玩甚麼千禧倒數？沒有啊，阿政最憎這些東西，他說千禧年根本一點特別都沒有，跟任何一年沒分別，年份日期都是人發明的東西，沒特別含義，所以不肯參加這些虛偽的遊戲。這個人真是想壞腦，硬是要講不同的東西，道理多多。那你呢？我？我都沒有，在家裡睡覺。你說青馬大橋好不好看？青馬？好似入鬼門關的通道一樣，一打開門，惡鬼就湧出來，你說不是嗎，那些燈好鬼幻，令人想起牛頭馬面。哈，叫牛馬大橋好過。牛鬼蛇神！放馬過來啦！我不怕你的！不是蘋果做了個握拳姿勢，令貝貝想起第一次見她的情景。但是化石真的令人失望啊！今晚！對呀，為甚麼呢？我跟阿灰在後台就不那麼覺，你跟智美坐在下面看就真的受罪。最無聊是後來那個所謂音樂劇，都不是唱歌的。我最憎倒數完唱那首大合唱串燒歌，核突到死，那些歌都變了形，又改編得差勁，簡直是扮鬼嚇自己。那個阿Moon都好不行，老是不記得歌詞，跳舞好似不懂做體操的中學生一樣，驚驚青青。還要說，我在後台看著人家幫她在台前的喇叭後面貼滿了歌詞，你不覺得她整天望著左邊腳下面那個位置嗎？是呀，原來如此，我還以為她在

望誰。不過，演唱會是這樣的了，你好久沒看嗎？我一向不看。我上次看Luna Sea終幕真的不同，完全兩回事，人家真的是玩音樂，不是玩馬戲，不會講廢話，都是在同一個地方吧，但是好似兩個星球一樣。對呀，我在你家裡看椎名演唱會都不會這樣，人家只是唱歌，一句廢話都不說，好專業，那些觀眾會一路聽一路跳，好high，沒有搞多餘的東西。當然不一樣啦，這裡的人又banner又螢光棒又送花又毛公仔，好多垃圾，人家在唱他們就大喊大叫，嘈喧巴閉，鏡頭影過去他們就躲開，遮住塊面，好似好羞家一樣，不見得光，這裡的fan屎，真是世界一絕，一舊屎！但是猜不到化石會這樣。這類場合當然啦，怎麼說都是半官方電台搞的，當然是故作健康啦，LMF都沒唱粗口歌啦，都不知幾斯文，唱些鼓勵年輕人的東西，差點阿媽都唔認得。哈，他們十二個人這麼多，又整天戴冷帽笠住個頭，怎麼看都不認得啦！街上面隨便一個人講句粗口，說自己是LMF都有人信啦。哈！哈！對呀！對呀！喂，靚仔，你知不知道我是誰，你老母丫，我是LMF呀你咁都唔識呀？醒啲啦靚仔！不是蘋果裝出粗啞的聲線，又起兩隻手指，向著空氣凶神惡煞地說。貝貝見她扮得很似，拍手笑著，車廂內除她們外只有兩個中年乘客，都回頭來望望她們。笑到累了，大家就沉默下來。不是蘋果突然嘆了口氣。連化石都令人失望呢。看來是因為不久前搞大學那件事出了名，公司就想到請他們來表演，但是似乎有條件。一定有啦，你看他們唱的那首新歌是甚麼？雖然說風格都是搖滾，音樂上一樣的水準，但是，那些歌詞講甚麼？甚麼自從失去你，砌圖碎了一地，甚麼不過是遊戲，就住來唱，不知所謂！他們不可以唱〈沉積物〉的嗎？清理我們吧，社會底層的沉積物，把思想埋藏在黑暗的石屎地裡，欲望向光之所在發芽，狠狠一腳踩死，狠狠一腳踩死！不是蘋果大聲唱著，前面那兩個乘客又回頭望了一下，但她沒有停下來。不過好搞笑，古天樂首歌的歌詞裡面有椎名林檎個

名，嚇得我。貝貝說。她們也沒有笑。車繼續沉默地在午夜公路上前進。

※　　　※　　　※

出場序：（後台視覺）

1）開幕。主持出場。和觀眾打招呼。話題。邀請嘉賓致詞。

2）古天樂

3）容祖兒

4）阿Moon

　　今晚阿Moon演唱的是最hit歌曲〈愛情教室〉。出場前口裡還喃喃自語，在念歌詞，有時又輕輕擺一兩下舞步。工作人員叫她就位也聽不到。後台很暗，但在穿黑衣的工作人員中間，她卻有一種晃亮。一看就知道這個穿演出裝束的女孩和周圍隨便的一個女孩不同。一年前她也許還和其他女孩一樣，會和朋友去卡拉OK大聲不怕走音地唱喜愛的歌星的歌曲。但一年後她就站在這個漆黑的後台，緊張地念著歌詞，等待出場，唱出那千萬普通女孩也天天在卡拉OK不怕走音地唱的熱門歌曲。在昏暗裡，她面上的白粉呈灰色，只有頭髮上的金粉閃出微弱的星光。有人過來替她的裝束作最後的整理，特別檢查短裙下面有沒有走光的危險。為了配合歌曲，她今晚的服裝是仿中學校服的格子百褶短裙，上身是露臍小白恤衫，配一條格子小領帶，雙腳穿上日本風象腳白襪。但為了避免太像普通學生，在飾物方面特別誇張，兩手手腕和頭髮都戴滿最搶眼的東西，化妝也很耀目，頭髮在兩邊紮了兩束極為蓬鬆的辮子，像巴比娃娃。工作人員把一疊道具書遞給她。看來是中學課本，當中夾了一本某本地詩人的詩集，不知是從哪裡無意間撿拾回來的，看

來沒有含義，也不是惡作劇，沒有人察覺到有甚麼異樣。台前的上一位表演女歌手努力地完成了歌曲最後一句，刻意把尾音拖得很長來顯示自己不是沒有功力的。觀眾爆出掌聲和歡呼。大喊她的名字。但當中也夾雜了喊另外的歌星的名字的聲音。有人喊阿Moon。但阿Moon大概聽不到，因為她完全沉入她的溫習裡，無暇細聽其他。她大概不會料到，自己脫離學生生涯，成為矚目的新進歌星之後，竟然還要重溫以前進入試場前的可怕心情。這甚至比進入試場更駭人，因為交白卷只有你自己知道，表演失準卻是在千萬眼睛底下發生的啊！她想問工作人員要毛巾抹抹手心的汗，但人們都太忙，保姆又不知去了哪裡。有一個女工作人員見狀，就掏出自己的手帕給她。阿Moon很感激地向那女工作人員笑了笑，遞回手帕。那女孩子就是在這個時候看到，阿Moon手中捏著的那本詩集的名稱，和書面上微微的汗濕指印。當然，女孩也是後來問人，才知道那本是一個本地詩人的詩集。但她很記得那書名，因為那指印。後來詩集連同其他道具書本在演出的中段給大力地拋擲到台下去，掀起了一陣騷動。那本詩集的下落不詳，可能給瘋狂爭奪的樂迷當場撕成廢紙，或者給某位幸運兒據為己有，以高價在商場紀念品店出售，或者給丟棄在會場地上，散場時給毫無秩序地離去的人群踐踏，然後由清潔工掃進垃圾筒。從後台看出去，只看到阿Moon的拋擲動作雖然有點生硬，但陰差陽錯間竟表現出一種學生的稚氣。那手臂從後方揮出的弧度，和雙腳遲疑地離地跳起的運動，有點像體育課上的練習動作。因此而露出的大腿也有那種學生白，是除了中學女生以外再找不到的那種白。當然在工作人員的防護措施之下，是絕不會過火走光的。阿Moon的整段演出就是遵循著這種既似挑逗但其實十分克制的隱形邏輯。穿恤衫西褲扮演男教師的男舞蹈員並沒有過激的動作。歌曲的危險性在阿Moon純真的形象和潔淨的聲線中消弭了，越軌的暗示也在甜膩的視聽經驗裡化

為無害的享受。她微妙地走在容許和禁忌的界線上，但她自己其實並不知道。她為了應付技術上的要求已經疲於奔命了。當歌曲終結，她終於可以回到後台來的時候，簡直是個大解脫，這從她走入化妝間時那種大聲說話的情態可見一斑。當她和剛才借手帕給她的女孩在通道上碰見，她也沒有察覺，或者是沒有示意。那在演出前簡短的一幕好像從沒有發生過。

5）LMF

6）DJ棟篤笑

※　　　※　　　※

回到元朗，大家也有點肚餓，就去了間粥麵店食消夜。人們都好像不想在除夕夜睡覺似的，都在找藉口在街上流連。就算連元朗這樣偏僻的地方，人們都好像為了尊嚴而努力發掘消遣的方法。三五成群的少年男女在大馬路上嘶叫嬉笑，在無人注視的黑暗路邊誇張地往手掌大力拍打新買的菸包，然後合力製作人造雲團。貝貝和不是蘋果穿過這種百無聊賴的街頭，有坐在欄杆上的男子向她們吹口哨，不是蘋果回過頭去做了個粗口手勢，那人想上來纏繞，但又被另外的一群女孩吸引過去。在粥麵店裡不是蘋果想叫豬皮魚蛋，卻說錯了豬皮蘋果，笑了很久。後來就說很多廢話。貝貝吃粥，不是蘋果就問她要不要牛炸鬼。不要，我要油膩酥。你不如要牛腩鬼啦！好呀，你食豬皮蘋果我就食牛腩鬼。亂說一通，伙計也不知她們搞甚麼鬼。好無聊！貝貝說，大家就吃著東西，沒再扯下去。後來貝貝提起智美，問不是蘋果她是不是和阿灰一起。我看都似，如果不是阿灰不會無端端叫她一起來，完了之後他們兩個好似還有地方去。我看其實他們兩個很配。我一直都這樣想，不過阿灰個人一向都不太出聲，智美又好亂，好容易信人，所以兜兜轉轉同過好多

人一齊，阿灰個人其實對人好好，一直好照顧我，有好東西都關照我，好似今次他幫個show搞音響，都找我幫手，讓我賺點外快。但是對人好跟鍾意一個人是兩回事。是呀，所以阿灰好少鍾意人，或者沒有講出嚟。我猜他其實鍾意智美。我都想智美跟到個又好又真心鍾意她的人。說到這裡，空氣突然就好像凝住了，兩人不約而同地吸了口大氣。還要不要牛腩鬼？要。一齊食一條好不好？好。喂，阿哥仔，給條牛腩鬼！嘻，你知講甚麼啦！唔該晒。不是蘋果說完，拿了枝菸點上。貝貝也從她的菸包裡拿了一枝。你都抽？不要夾硬來。試一下。不是蘋果就給貝貝點了菸。為甚麼你的菸從鼻哥窿裡面噴出來的？不是蘋果聽了就笑得無法收拾，伏在桌上爬不起來。你真好笑！哈！食菸當然是從個鼻裡面噴出來啦，難道從肚臍噴出來嗎！你個人真妙趣！貝貝試了很多口，也無法吸到鼻裡，煙都從嘴唇溜出來。不是蘋果一邊笑一邊觀賞，菸灰都來不及敲，撒了一桌子。牛腩酥來了，伙計望著桌上的菸灰，不是蘋果就連忙道歉。你猜我們將來會不會記得，2000年至2001年除夕晚，我們一齊食一條牛腩酥？不是蘋果說，是牛腩鬼呀！說罷就把整條牛腩酥咬在口中，面向著貝貝，好像伸出巨大的舌頭。你看，牛腩鬼就是這樣！好肉酸呀！成條腩腫脹一樣！我想起牛馬大橋。牛腩鬼大橋。本港十景之一。

※　　　　※　　　　※

出場序：（後台視覺續）

7）小雪
8）楊千嬅
9）化石

化石的出場並沒有引起太大的哄動。在場的觀眾似乎並非化石的長期擁躉，反應處於觀望。因為新鮮，而且成員五人的台型很有力，所以頗感吸引，但又因為陌生，所以不會過於熱烈。對於強勁的搖滾樂風，大部分歌迷也吃不消，好像嫌太吵耳，或不慣聽不清歌詞，雖然歌迷們一向對歌詞並不講究。也不慣歌手不說話，不打招呼，不親善地笑和揮手。不過，在場認識化石的少數人都覺得化石讓了步。原本他們打算唱一首新作的叫做〈校長你好〉的歌，但有關方面覺得歌詞太敏感，希望他們不要把演唱會政治化。當中可能也憂慮到，歌詞會令人聯想到阿Moon的〈愛情教室〉，產生某種諷刺效果。聽說化石成員也爭論過是不是要堅持到底，但後來還是把歌重填了一次，變成了現在的〈砌圖遊戲〉。有人猜想，化石之所以會罕有地作出遷就，是因為一間經理人公司在背後出的主意。這間公司在學位事件中看準了化石的市場潛力，很想捧紅他們，但他們想製造的是一個非政治化的化石，一個無害的化石。有成員覺得這是他們苦等多年的難得機會，所以不想一開始就起衝突。結果就出了〈砌圖遊戲〉這首歌。在除夕音樂會首次演唱之後，有娛樂版作者還對歌曲大加讚賞，說裡面砌圖的比喻用得十分巧妙。不過，內行人都知道，石松這首詞是亂填的，是一種不滿的發洩，不過也是無效的發洩。在出場前，化石五人散站在後台，心裡可能都會有點奇怪自己為甚麼會出現在這種場合，和這些自己從前覺得毫不相干的人物同台共處，甚至是公式化地寒暄幾句。除了和另一隊以唱粗口歌成名的樂隊感到親近之外，他們覺得自己是異類。他們也不知道，這種感覺會一直延續下去，還是慢慢就會習慣。但想到習慣，就不期然覺得恐怖，好像病人進入手術室前打了麻醉藥，知道自己漸漸一點一滴地失去意識的那種感覺一樣。在後台裡也遇到朋友，例如負責音響的是一個也是組樂隊的老友。那人的樂隊曾經也十分優秀，但主力成員退出之後就解散了。還有一個

在後台工作的女孩，一看見石松就和他說過不停，好像很興奮的樣子。石松整晚第一次滿臉笑容，說完又拍拍女孩的肩膀，自己沉思著甚麼。輪到化石出場，他們就在各自樂器的位置站好，互相望了一下，好像希望彼此了解這次的決定是非不得已的。於是大家就用加倍的憤怒彈唱出這首自己其實無比厭棄的歌曲。

〈砌圖遊戲〉
自從失去了你
砌圖碎了一地
零亂的心情無從再砌起
再玩下去也不過是遊戲

圖中那傷心地
重遊可惜心已死
景色再美已經失去希冀
從此不再寫手指的遊記

眼神的對應
時光的累積
曾經在我們手中完整
場景的缺口
記憶的空白
教我破碎的心靈如何再砌拼

10）陳奕迅
11）謝霆鋒
12）陳奕迅＋謝霆鋒合唱

13）音樂劇：千禧激爆音樂力量

14）除夕大倒數。眾歌星出台前。

15）大合唱。名曲串燒。

16）終幕

※　　　※　　　※

　　吃完消夜，兩人也不累，貝貝就說不如去「我們的體育館」。
上次我們去不到，今晚補翻數。那個地方離元朗市區有一段距離，
她們又沒有拿單車，於是只有走路過去。出了元朗市區，沿著公路
旁邊一直走，四周很荒蕪，只有高速掠過的夜車颮起沉滯的空氣。
但她們心裡一點害怕也沒有，一前一後走著，互相聽著對方的腳步
聲就足夠。不是蘋果有時抬頭望著飛馳而過的車輛，和車尾鬼火般
幽浮而去的紅燈，就想起和貝貝那天一起不顧一切幹了的事，心裡
竟然有無以名狀的暢快感。如果可以再幹一次就好了，隨便把路上
的一輛車子想像成那人的車子，上去用鐵錘打碎它，甚至炸毀它。
黑夜公路上一連串的大爆炸！那會是多麼的優美！不知貝貝心裡會
不會有同感？貝貝低頭在後面走著，偶爾抬頭看看不是蘋果的背
影，那晃動的雙腿，雖然今天穿了牛仔褲，但好像依然有那種裙子
的曲線。好不容易來到那個工程地盤，從並不森嚴的圍板間隙裡鑽
進去，找了一會，終於找到「我們的體育館」的入口，也即是建築
中的天橋的起點。天橋比印象中長了，其實是條高速高架公路的一
部分，可能將來會直通南面的市區，把偏僻的元朗和繁盛的城市中
心相連起來。她們走了好一會才來到盡頭，那是一個好像懸崖一樣
的終止點。在暗夜裡也可以看見，對面的相接點也在建築中，相信
很快橋的兩邊就會相連起來，很快橋就會啟用通車，很快，「我們
的體育館」就會不復存在。她們坐在橋的盡頭，因為走了很遠路，

身子都走熱了，一點不冷，反而有點汗。這個冬天表面氣溫很暖，但內裡卻有甚麼東西在凍凝著。貝貝想起剛才演唱會裡化石的歌曲，有種怪怪的說不出來的感覺，但不是蘋果卻搶先說出來了。其實，化石的表現都可以理解，你覺不覺得，他們好似好憤怒的，但是這種憤怒不是平時那種，我在後台跟石松說話的時候已經覺得，他好似有心跟自己作對，好似特登將首歌搞成這樣，然後又好氣忿自己一樣的發泄出來。嗯，想來都好似，但是我講不出是甚麼。你想想那些歌詞，大概的意思，好似是一首好 cheap 的情歌，但是，其實就是化石自己的心情？好似有些甚麼破碎了，有些甚麼告別了一樣，好悲，又好憤怒。貝貝沒有出聲，但她切實地感覺到了。好邪呀！這首歌千祈不要是個凶兆，變了化石玩完的宣布呀！不是蘋果真的害怕了，第一次在這個漆黑的夜裡感到無助。貝貝覺得她應該說點甚麼。喂，不如我們真的組個樂隊，玩幾首歌，錄下來做個紀念好不好？不是蘋果望向她，好像有點不理解她的話，過了半晌，才說，你真的這樣想？我一直怕你其實沒興趣，不想夾硬迫你，但是如果你真的想，我當然求之不得啦！對呀，還有智美啦。嗯，再加多一兩個人，一個彈 bass，一個彈 keyboard，keyboard 沒有都行，不過有就更好。好呀，那 Rejuv 就復活喇！不好，Rejuv 已經死了，現在是屬於我們的新東西，不是以前的翻版。都好，那叫甚麼名字？不是蘋果想了一會，口裡呢喃著，我們的體育館，……。體育館。不如，體育堂。堂字令人想起大懶堂。唔，那不如體育系啦，勁一點。好怪，不過好過癮。體育堂令我覺得是青春時期的事情。以前中學喜歡上 P.E. 堂嗎？曾經好鍾意，鍾意打排球，不過後來就有奇怪的感覺。噢，你打排球？怎麼啦，不可以嗎？不，不，我就最憎體育堂。為甚麼？不知道呀，覺得整班人穿著 P.E. 衫褲喺度跑來跑去好低 B，好似可以好自由地去玩，其實都是規限住做些甚麼。但是你那天都穿了條 P.E. 褲。吓？哪天？卡拉

OK那天呀，我第一次見你，你打人那天。是嗎？我有穿P.E.褲嗎？我不記得喇，真的有？我為甚麼要這樣做？在網球裙裡面穿P.E.褲？這麼無聊？……真的沒有？……別理啦，總之，就叫體育系啦，發育時期，上體育堂，最惡劣的經驗之一，肉體感，本能，生理變化的來臨，男仔的目光，流汗，口渴，痛楚，脹大的胸，討厭的P.E.褲，所謂體育精神，被迫的操練。其實，我們一直都是在上體育堂。永遠都不會完的體育堂，好厭煩。或者就快要完喇。或者，完了才會懷念都未定。又或者，沒甚麼值得懷念。

我為甚麼演出董啟章的《體育時期》?

譚孔文

0. 回憶的刀片

回憶如花飄下。

太太將「夢的地圖」撕開，此刻一張張紙碎化成一幅一幅回憶的圖畫：一張印有某天，窗外是一片藍色的海，她坐在窗前凝望；另一張，印著一個炎熱的晚上，在月亮底下，她赤著腳，在沙灘漫步；又一張，在一條人來人往的大街上，她正在吃一杯藍莓雪糕……，這些紙碎一直凝聚在半空，彷彿要我看清楚內裡記載的每一刻、每個地方、和當時的感覺──有些時光幾乎連發夢也想不起，而現在卻像瀑布般湧入自己的內心。如果每一張紙碎都變成一張刀片的話，我希望這些「回憶的刀片」可以割開自己的皮膚，讓血灑在紙碎之上，要自己永遠記住這一刻的光景。

1. 無間夢

最近，我一直發著同一個夢，令我久久不能入睡。於是，有位朋友介紹我去看一位心理醫生。我想，看心理醫生的情形應該像電影《無間道》那麼「酷」：一位如陳慧琳那樣漂亮心理醫生坐在旁邊，自己則躺在一張古典臥椅、小几放上一杯清水、房間瀰漫著薰衣草的香味、那部高音準中音甜低音勁的音響組合正播放著蕭邦的音樂，我和心理醫生談話像談情一樣，……。於是我帶著這些幻想不消半小時已依照咭片的指示來到診所門口。推門一開，裡頭沒有

《無間道》的裝潢，更加沒有如陳慧琳的心理醫生，醫務所四周堆滿奇形怪狀的東西，如有個像女子身形的書櫃、流動的鐘、紅色嘴唇的梳化、四隻腳瘦弱如針的大象、由地下至天花板大的雞蛋、一個被拉長的騎士銅像等等，所有東西都叫人摸不著頭腦，令我以為自己來到一間古怪屋而不是一間醫務所。

2. 甲由醫生

當我正觀察著這裡的物件時，醫生已悄悄地走出來站在我身邊，當然，他不是陳慧琳，而是臉上有兩撇如甲由觸鬚鬍的男子，於是我暗地稱呼他為「甲由醫生」。我開玩笑的和他說：「這裡像夢境。」「這裡才是真實。內在的真實。」他嚴肅的回應令我一時招架不來。「甲由醫生」一邊說話兩條如甲由觸鬚的鬍子會一邊擺動，我懷疑最終他會將觸鬚插在我的頭蓋上，去了解他所謂的「內在的真實」。「好了，你慢慢將那個夢說出來，我會為你解夢的。」此時，我已躺在那張紅色嘴唇的梳化，「甲由醫生」則站在老遠的一個畫架前拿著畫筆，似要將我的夢畫出來。而診所內播放著關淑怡的〈忘記他〉。

3.「銘心刻骨來永久記住　從此永無盡期」

「在夢中，我見到兩位身穿著體育服的女學生，大概十多歲，一位長頭髮另一位則短頭髮，兩人的體育衫都是白色的，而體育褲則是深藍色，同時穿上白色的體育鞋。一位手持一把短刀，另一位則拿著一把銀色手槍，二人同時受傷且躺在一所舊式學校的樓梯轉角處，深啡色的木地板染滿她們的鮮血，兩人的臉色開始變白，但眼睛卻炯炯的望上那白色的天花板，慢慢呈現紫色的嘴唇則泛著淺淺笑意。在她們身邊，散落了很多書、CD及樂譜，封面可見到作者或音樂家的名字，包括有董啟章、高行健、大江健三郎、

Fernando Pessoa、椎名林檎、巴哈、Nirvana、Luna Sea、Glenn Gould、Tom Waits，還有一些我也不認識的。再望上去，發覺四周已圍觀著很多人，分別有學生、老師、校長、她們的父母，甚至有一隻貓在他們身邊走來走去。所有人都望著她們，但各人有著不同的動作和態度，有兩位女學生在尖叫、一位戴眼鏡的女學生則掩著雙眼、三位男學生拿手電打電話、另外四位則拿手電拍照、一位老師用手掩著嘴、而有兩位老師則在交頭接耳、校長似在為二人祈禱、她們的媽媽則跪地痛哭、兩位父親卻選擇沉默不語。整個畫面都是黑白色的。醫生，我想你告知這個夢代表甚麼？」當我說完的時候聽到關淑怡正唱到「銘心刻骨來永久記住　從此永無盡期」。

4. 結他與機關槍

「你現在仍然是學生嗎？」

「我似嗎？」

「不似，但人不可以貌相。」

「如果我是學生，那會怎樣？」

「我會報警。」

「報警？」

「因為你可能是一個學園殺手。」

靜。此時，我又聽到關淑怡的歌聲，現在正播放〈海傍獨唱〉。隨藉歌聲，我竟幻想自己手持手槍和手榴彈，走入校園，衝到一片綠油油的草地上，那時正有一位穿啡色高跟鞋和穿杏色套裝戴眼鏡的女老師，拿起結他與一班穿著整齊校服的同學唱起歌來。我正想將一個手榴彈投向她們的時候，此時老師剛巧回望，見到我不但沒有驚惶，反而更不屑的望著我，之後就指揮棒一揮，手上的結他突然變成一支機關槍，並在同學面前向我開槍，一瞬間我已倒在草地上，老師殺我像殺死一隻蚊一樣樣容易，之後她又若無其事

那樣繼續教同學唱歌。

「你在讀書的時候可能嘗過很多挫敗了。」「早由醫生」說。

5. 我想吃一個富士蘋果

「每一個人都有挫敗，為甚麼我會將這些挫敗變成一個惡夢？」

「因為你在妒忌。」「早由醫生」已放下畫筆，用非常肯定的語氣對我說。

「妒忌甚麼。」我問。

「青春。」

「妒忌青春？」

「早由醫生」走近我身邊，說：「因為，青春已經離你越來越遠，其實，即是你開始老了。當你開始自覺開始衰老，你會開始懷緬自己的青春，在這個過程中，你可能想起一些青春時期某些錯誤的決定，例如可能你在中學時選錯科、錯失了一段可歌可泣的友誼、一段令你忘不了的初戀、一次讓你可名成利就的機會等等，你以為這些挫敗對你來說已經麻木，那些人和事都已經過去，不可以回轉，但其實這些景象在你腦內卻久久不散，他們已不知不覺地融合了，形成一顆悔恨的種子，藏於你內心深處，再經過時間的發酵，而你的夢就是果實，成為你心中的一個禁果。」當他說話的時候，我想起今早起床的時候，走入廁所望著鏡看到那雙充滿紅筋的雙眼，出來的時候，看見客廳的飯桌上有一個富士蘋果，我明白為甚麼那一刻我想大口吃掉它。

6. 再造青春

「醫生，那我這麼辦？」

「其實你不用徬徨，只是你這個人較為任性而已。」

「任性？」

「任由情感宣洩的簡稱，你只要做一些事情配合一下便會好了。」

「做甚麼？」

「青春。」

「青春？」

「再造青春。」

「再造青春？」

「先生你現在做盛行？」

「攪下舞台劇咁啦。」

他沉默了一會，便走入回自己的房間。我以為會拿出一些如羊胎素生命激素靈芝或人參等可令人回復青春的食物，又或者如房內那些奇形怪狀的東西出來時，他只拿著一本書，然後對我說：

「這本書，拿去讀，你會找到夢的起源。還有，」他走到畫架前，將之前畫的畫交給我，「這是一幅地圖，夢的地圖，你只要循著地圖，便找到夢的答案，而最終你的夢亦會慢慢消失。」

7. 夢起航

當我正猶豫這些「藥物」要怎樣服用，是每四個鐘頭飽肚服用？還是三碗水煎為一碗水的時候，他又向我說：

「其實你比起很多人已經很幸福，無論好夢惡夢，你至少還有夢。」

說完，他便悄悄的走了，正如他悄悄的來。原來他雖然外表像是一隻甲由，但其實他是徐志摩──一隻像徐志摩的甲由，又或者是一個像甲由的徐志摩。當他離開之後，我才看清楚書的名稱，是董啟章先生的《體育時期》。於是，我拿了夢的起源（董啟章先生的《體育時期》）及夢的答案（我的夢的地圖）離開診所。見到街上的行人，如面對一個大海一樣，而自己覺得像《金銀島》的男主

角，準備展開一段有關青春和夢的尋寶旅行。

8. 蜘蛛網和沉積岩

過去一個月，我將董啟章的《體育時期》從頭到尾又由尾到頭的看一遍，甚至將小說的字當成綿羊的逐隻數，那個夢，依舊每晚纏繞著我。我又將「甲由醫生」的「夢的地圖」從左至右又由右至左地看一遍，結果，當然找不到寶藏，那個夢依舊使我如在一片茫茫大海中，載浮載沉。為了解開這個夢魘，我嘗試像《有你終身美麗》中羅素高爾飾演那個數學家一樣：將書逐頁撕出來鋪在地上，再將地圖影印放大掛在牆上，然後用繩將所有可能的線索連起來，最後除了在客廳上結了一個巨型的蜘蛛網外，似乎仍然沒有辦法將這個夢魘驅除。

於是，自己唯有呆在家中，彷如一塊沉積岩般鑲死在杏色的梳化上，望著那個凌亂的客廳，甚麼也不想再做，只有等待奇蹟的降臨。

9. 每個人心中都有一罐石油氣

沉悶的氣氛令家中變得極為死寂，連一隻蚊飛過也可以聽到。我怕悶，於是開電視，正由一位穿著粉紅色套裝戴上銀色花形耳環配上銀色心口針的女主播報告新聞。女主播正以親切的笑臉報導一宗深圳家庭倫常血案，女主播正以親切的笑臉報導一宗觀塘汽車連環爆竊案，女主播正以親切的笑臉報導一宗西環海底浮屍案，女主播正以親切的笑臉報導一群黎巴嫩市民因為不滿以色列軍空襲他們的城市，導致有居民死亡，於是拿著不同的武器，闖進聯合國維和辦事處，將十秒鐘之前還十分整齊的辦公室瞬間變為廢墟，將所有物品如影印機、玻璃窗、桌椅、甚至一堵門瞬間都化成碎片。

望著那個畫面，令我想起原來每個人心中都有一罐石油氣，只

是不知道何時會爆炸。此時，畫面又回到女主播那張親切的笑臉，於是我問她：「在妳永遠的笑臉上，會不會也埋藏了一罐石油氣？」突然，女主播的笑臉凝住，接著電視畫面變為黑色，連串白煙從電視機後面冒出，似乎，她也選擇逃避面對這罐石油氣。

10. 鏡湖

當我正等待女主播回覆的時候，突然，一陣怪風將原先貼在白板上的「夢的地圖」吹起，之後一直飛出窗外，見此情形，我拋低女主播，急忙走出門外，乘電梯到樓下，找回「夢的地圖」。走過對面馬路，來到一個公園，沿著小徑走，發覺四周長滿樹木，每棵都有二三十尺高，儼如走進一個森林。抬頭望天，見地圖一直吹向森林的盡頭，於是唯有拔足狂奔。穿越森林，來到一處平地，地圖終於飄落在湖邊，我趕緊將地圖拾回，並將它接好放回口袋內。走近湖邊，見湖水清澈，更倒影出自己的影子，望著滿臉鬍子的樣子，始發覺自己為了那個夢魘，已整整一個月也沒有梳洗，短短一個月已使我像衰老三十年。此際，我如像一個老人般慢慢地躺在寧靜的湖邊，希望在優美的風景下可讓我小睡片刻。

「請起來。」一把蒼老的聲音將我的大計粉碎了。

11. 戴圓禮帽的掃葉人

我抬頭望見這個人，他手持一把大掃帚，單憑聲音以為他已經一把年紀，但看上去卻與自己差不多，甚至可能更年輕，而他頭戴的不是一頂漁夫帽，是一頂圓禮帽，看上去有點像卡夫卡[1]，又有點

---

1 卡夫卡（Franz Kafka,1883-1924），猶太裔捷克人，一生都幾乎住在布拉格市中。他在生時甚少朋友，也沒有結婚，曾從事保險業，有一父、一母和一妹。他最重要的小說包括有《變形記》、《審判》、《城堡》和《美國》。

像宮澤賢治[2]，更有點像在《體育時期》裡曾經提過的 Fernando Pessoa[3]。

　　我起身，見他已經開始掃地上的樹葉，他掃樹葉的時候，身體像可以360度的旋轉，而兩隻手瞬間變成四隻手：一隻手拿著煙另一隻手拿著書一隻手握掃帚一隻手拿著鏟子，這個可能是有點像卡夫卡有點像宮澤賢治有點像 Fernando Pessoa 的「掃葉人」，就這樣將樹葉掃成一堆又一堆，然而，我發覺他原來每堆樹葉都堆成不同的形象：這堆像一隻水牛、那堆像一個耍太極的人、左邊像一個跳芭蕾舞的少女、右邊則是一堵大門，而在最遠方，更堆出一隊整齊的軍隊，個個都站直身子，舉手如向你敬禮一樣。樹葉從樹上跌得越多，他便掃得越快，身邊的煙則越來越濃密，漸漸將整個人也包

他在臨死前對好友說，將他的手稿付諸一炬，因他認為實在沒有必要讓其他人讀這些灰暗無望的作品。不過，他的好友並沒有遵照他的遺言，反而把作品發表了，所以《審判》、《城堡》和《美國》都是在死後才發表的。

2　宮澤賢治（1896-1933），日本家喻戶曉的詩人及童話作家，作品有《銀河鐵道之夜》、《風又三郎》等。他一生努力實踐自己的夢想：讓所有人擺脫現實的苦痛，在夢般的美妙世界悠閒地過活。他致力於研究農業改革，同時推動文化事業和寫作。他的大部分作品在生前從未受人青睞，卻在逝世之後漸漸受到後人重視。由於其懷才不遇的生平，以及其追求夢想的單純執著，其事蹟流傳到今日，已被大眾視為傳說中的作家。

3　「Fernando Pessoa（1888-1935）是20世紀葡萄牙詩人，生前未被重視，死後作品後被重新發現，並譽為葡萄牙最偉大詩人之一。Pessoa 一生生前曾使用72個名字進行創作，他們不單是一個筆名，而是不同性格不同生活背景的人物，其中主要包括如 Alberto Caeiro、Ricardo Reis、Alvaro de Compos、Bernando Soares 同 Fernando Pessoa 等角色，他們各有各風格，不同的理念，他們彼此認識又互相批評，將寫作過程中必須的自我分裂，創造推到極致。主要作品有《惶然錄》。」摘自董啟章的《體育時期》。

圍了，我望著這堆「白煙」，竟有一種莫名的感動，兩行淚突然從眼裡傾瀉出來。

12. 人間

　　良久，煙霧漸散，「掃葉人」終於從霧裡走出來，情形有點像《第三類接觸》中，外星人與地球人接觸的情景。當我仍然陶醉在那個情景之際，原來他已站在我面前，興奮地和我說：

　　「看，這是我的新作品，叫〈人間〉。」

　　「〈人間〉，但見到你所做的東西，我覺得自己在發夢。」

　　「是嗎？但我覺得很實在。」

　　「這是你每日的工作嗎？」

　　「不是。」

　　「那麼，甚麼才是你的工作？」

　　「抽煙，抽煙才是我的工作。」此時，他正噴出一個又一個的煙圈。

13.「只要走出這個森林，你就會發達啦。」

　　「抽煙是一份工？」

　　「因為，這份工很實在。其實有好多工作，做完可以沒有做過，就好像這些東西，大風一吹，甚麼也沒有。只有抽煙，將煙抽入身體裡，之後又將煙吐出，你看，真是又費勁又費神！」

　　「其實你這樣厲害，只要走出這個森林，你就會發達啦。」

　　「你錯了，如果我一出去，就會死。」

　　「你在外面有仇家？」

　　「沒有。」

　　「為甚麼？」

　　「這裡，」他望望四周自己的作品，再說：「那裡是我的世界。」

「我的世界？」

「這裡的一花一草一景一物，全部我都熟悉的。」

「還有，這裡的一切，都是叫我感動，讓我有創造的動力。」

「創造的動力？」

他拿起手上的書，舉給我看，說：「英文有一個字更貼切，叫Passion！」

14. Passion

「Passion？」我拿起他的書，見到他一直在做「葉雕」的時候，一直拿著這本書，原來，這是一本記事簿，簿上寫了大大小小或整齊或凌亂的「Passion」字，看著這些字，我腦海中突然想起在董啟章的《體育時期》內，兩個年輕女孩不是蘋果和貝貝一起用鐵鏟打碎韋教授的汽車擋風玻璃的情景，她們也不知道那裡來的勇氣，但她們卻有著一股「Passion」去做著自己認為對的事，為活著屬於自己的世界而生存。或許，我自己正欠缺這種「Passion」，才落得現在的下場。

「出去吧，差不多是時候出去了，外面才是你的世界，那裡才找得到你的Passion。」

15.「旗未動，風未起，是人的心自己在動。」

「不用想啦。去做吧。整天只在想想想，會黐線的。」

「我應該做些甚麼？」

「做甚麼都可以。」他將煙放入口中，吐出白煙，一手舉起掃帚和鏟子，地上的一堆又一堆的樹葉又再變成一同的形狀，又說：「你看，我在這裡做甚麼都可以，你不要再來這裡了，你留在這裡，只是在逃避。」

「我不是在逃避，我來這裡只是想——」正當我要拿出來給他

看的時候，口袋內的「地圖」不見了。

「旗未動，風未起，是人的心自己在動。」

突然，「掃葉人」捲起一陣強風，將所有「葉雕」都吹散了，連自己與白煙一起消失於風中。最後，我仍然聽到他說：

「記著，要有Passion！」

16. 遠和近

我沿路走出森林，期間，撿起一塊樹葉，讓自己可以記得這個有點像卡夫卡有點像宮澤賢治有點像 Fernando Pessoa 戴圓禮帽的「掃葉人」。回到家裡，已是黃昏，當我開門的時候，見太太已坐在書房內，自己好像很久也不見過她了，她穿著一身白色的碎花長裙，一手拿著董啟章的《體育時期》，另一手卻拿著我以為被吹走的「地圖」，坐在那個向海的窗口，望著書桌前的一首詩：

顧城[4]　　遠和近

你
一會看我
一會看雲

我覺得

4　顧城（1956-1993），中國著名詩人，生於一個詩人之家。5歲開始寫詩，14歲便寫出被認為是「朦朧詩」代表作的《生命幻想曲》，21歲正式發表詩作。顧城的詩，以童心稚趣見稱，故有「童話詩人」之稱。他的作品有《顧城寓言童話選》、《黑眼睛》、《雷米》、《城》、《水眼》、《顧城詩集》等，作品曾被譯為多國文字。1993年10月8日，顧城在紐西蘭北部一個只有兩千人的小島上，將妻子殺死後自縊於一棵大樹之下。

你看我時很遠

你看雲時很近

17. 花見

回憶如花飄下。

當太太將那幅「夢的地圖」撕開的一剎那，她不停地和我說話，但自己一時間卻聽不進去，反而從一張張的紙碎裡，看到一幅幅回憶的圖畫，彷彿印著自己經歷過的時光，有些事情幾乎連發夢也想不起，現在卻像瀑布一般湧入自己的內心。

中學的時候，學校每一年都舉行歌唱比賽，我在中一的時候已經開始參加，第一次便僥倖入圍，唱的歌是張學友的〈遙遠的她〉——是一首會唱到「斷氣」的歌，如果閣下的記憶不壞，一定會記得最後兩句歌詞是「熱情若無變　哪管它滄桑變化」，那個「化」字要拉長五秒或以上才夠厲害的；最後雖然沒有贏出，卻令自己開始喜歡在舞台上表演的感覺。

18.〈阿 Lam 日記〉

到了中二，新一年的歌唱比賽又再舉行，我當然第一時間參加，但和去年不同，今年在預賽的時候便需要找人伴奏。當年卡拉OK，MMO 還沒有盛行，如果要伴奏的話，通常首先從《勁歌金曲》歌詞書中找到歌譜，再找朋友擔任伴奏。但我沒有這樣做，那時想，有沒有歌不需要伴奏也可以唱呢？於是，我想起一首歌，那是林子祥的〈阿 Lam 日記〉，因為那是一首 Rap 歌，沒有伴奏也可以唱，於是自己便唱這首歌去參加預賽，可能當年大部分同學唱的都是張國榮、譚詠麟、梅豔芳的歌，沒有人想到有人會唱林子祥的〈阿 Lam 日記〉，於是我便連續兩年在中學的禮堂上唱歌。

19.「倒下」的感覺

　　比賽當日，自己充滿信心，認為這次表演可以出奇制勝，當司儀說我的名字時，自己昂首地踏出禮堂，睥睨著禮堂下的每一位同學和校長（他是評判），彷彿向各位說：「看我今次的表演吧！」於是我便一手拿著咪開始就唱：「一於努力　一於努力　換個對象　一於努力　一於努力　創新方向　一於努力　一於努力　每天向前望！」之後，略頓片刻，我又唱「一於努力　一於努力　換個對象　一於努力　一於努力　創新方向　一於努力　一於努力　每天向前望！」略頓片刻，再唱「一於努力　一於努力　換個對象　一於努力　一於努力　創新方向　一於努力　一於努力　每天向前望！」我不記得自己唱了多少遍，只記得台下從沒有聲音轉瞬間變得充滿掌聲和笑聲──因為，我忘記了歌詞，唯一方法便是不停的重複第一段！

　　那一天，可能是我的人生中，第一次有一種「倒下」的感覺。

20. 手心的溫度

　　此刻，我已躺在地上，再次「倒下」了。因為一個夢，又回到那種「倒下」的感覺，又因為那種感覺，令我想起董啟章《體育時期》的貝貝和不是蘋果；她們的人生中也曾經「倒下」過，但她們卻因為互相分享這份感覺，反而建立起一段令我悸動的情誼。此刻，我對坐著椅上的太太說：

　　「你說的，我全部都明白，都是我不好，但你可不可以應承我一件事？」

　　「甚麼事？」

　　「躺下來。」

　　「躺下來？」

　　「躺下來，在這片紙碎上，一起躺下來。」我拉拉她的手。

「今天，你的手很暖。」

回憶如花飄下。

21. Fly me to the moon

我們二人手拉手，一起躺在地上，躺在那堆「夢的地圖」的紙碎上，此時唱機播著：

Fly me to the moon

And let me play among the stars

Let me see what spring is like

On Jupiter and Mars

In other words hold my hand

In other words darling kiss me

Fill my life with song

And let me sing forevermore

You are all I hope for

All I worship and adore

In other words please be true

In other words I love you

不知不覺間，我竟睡著了，在夢裡，我還會再見到那個夢嗎？不緊要了，無論好夢惡夢，至少還有夢。

2007 年 8 月至 9 月

再見青春與垃圾
——《體育時期》芻論

陳智德

> 為甚麼都只是些簡單的詞彙？聽慣聽熟的說法？這麼方便隨
> 意就把你定在某種容易消化的形象？……如果不掙扎，就一切
> 也沒有。
>
> ——董啟章，《體育時期‧上學期》

2007年9月看7A班譚孔文根據董啟章《體育時期‧上學期》小說而改編的《體育時期‧青春‧歌‧劇》，之前已看過他所執導的「浪人劇場」《0925》，該劇以人工廢墟式的舞台、近乎歌德式的風格意象，製造詩化劇場效果，述說渺小、傷痛而正視人性尊嚴的情感。[1]譚孔文是一個敏感而富有想像的劇場者，他的《體育時期》劇場以小說人物為本但不以其為一種鋪演情節的角色，已捕捉且推展了小說的人物世界意義。

日後或會再論其劇場與小說的問題，在這篇幅有限的評論裡，我想先論述《體育時期》這本神奇的小說，包括它所談論的詩與垃圾、真實與虛構、人物世界的喊話、作者的位置，以至由人物到作

---

[1] 《體育時期‧青春‧歌‧劇》由譚孔文改編及導演，2007年9月1日於香港藝術中心壽臣劇院公演；《0925》由火火編劇、譚孔文導演，2006年12月28至30日於香港藝穗會小劇場公演。

者到讀者的尊嚴和生命。這可能不會是嚴整的評論，但至少是我目前無法不這樣處理的、一篇不得不成為特殊模樣的評論，只希望讀者朋友，特別是我所信任的《字花》讀者，給予較多的耐性——也許只此一次。

使垃圾成為垃圾的垃圾（詩與垃圾之一）

> 詩和垃圾有甚麼關係？
>
> ——貝貝在詩會上的反問。
>
> 董啟章，《體育時期·上學期》，頁56。[2]

　　小說《體育時期》的關鍵人物，是貝貝和不是蘋果二人，譚孔文編導的劇場即以她們的成長故事為核心，凸顯青春的思考，就此，董也在場刊寫了一篇短文〈青年作為方法〉來回應。雖然情節故事不是《體育時期》的最重要部分，青春亦非全部主題，但至少在上學期，即上冊，確實認真地處理青春的問題，也必須由此，才能創造其人物的真實世界，以及在她們世界當中的種種歷練，因為青春，對於真實的我們和虛構的人物來說，同樣重要。

　　有關青春，特別是對它的理解和解說，幾乎已成了一種濫調，一種已定型的別無他選講法。畢竟青春是一回事，而對青春的解說是一回事，濫調和定型的危險，有時使置身青春當中的青春人，也會接受以至迎合或刻意製造符合濫調和定型的青春。濫調的嚴重，連對其批評也成了濫調，毋庸再多提了，《體育時期》也不是提出反論調，而是提出理解和解說的新可能，當中的關鍵仍在於兩名人

2　董啟章《體育時期》初版於2003年由香港蟻窩出版初版，修訂本2004年由台北高談文化出版，由於香港初版已絕版，台灣修訂本是目前較通行版本，為方便讀者查閱，本文所引小說頁數據台灣修訂本，下同。

物的情感和她們本身真正（而非外加）的特質：不是蘋果直率，特別對人，包括人的背後真相敏感。貝貝的思考較曲折，對世界比較敏感，敢於思考和批評世界的種種假象。她們二人都各自從不同角度看穿人世的幻象，由此而痛苦、清醒亦由此而相知，再因當中共通的感知和喊話，表述出不一樣的青春及其解說。

在這層面上，作者真正呈現的，似乎不是青春的故事，而是透過二人不同方向的敏感，呈現對青春的解說及其思考，其中提到詩與垃圾時最為明顯。小說中的「詩與垃圾」有兩章，前者由敘述者講述貝貝和不是蘋果的成長故事，後者以貝貝和不是蘋果的角度思考自身的存在和形象。至於垃圾的涵義，是由一次貝貝參與的詩會討論而引起。有詩人說：「這首詩的問題是不肯定自己在詩發展史上的位置，未能對既有的形式和新興的形式作出回應，貝貝師姐，你說對不對？」心不在焉的貝貝答道：「詩和垃圾有甚麼關係？」[3] 這一問一答看似無關，卻由於詩和垃圾的真正關聯而結合，小說對此沒有進一步闡述，這裡或可由我所理解的垃圾講起。

垃圾，具兩重義，一是常見的表面義，即本身為無價值的、被拋棄的事物，而另一層面，是本身為有意義的事物，由於被處理或被視為無價值，因而被迫戴上垃圾的意涵，而成為了垃圾。而《體育時期》這小說所談論、所表現的青春，正如敘事者提出，不是根據整個地球的意義，而是針對「在這個城市」的眼光，亦即是一種被視為無價值的、被迫成為了垃圾的青春。由此引申，當貝貝在詩會上反問詩和垃圾有甚麼分別時，她是批評一種假大空的論述和說法，把詩賦予了垃圾的意義。詩與垃圾可以是等同的，一方面由於一個視詩為垃圾的社會，另方面亦由於詩世界當中派生的垃圾語言，使詩成為了垃圾。基於此詩與垃圾的演義再回頭看青春的意

3　董啟章，《體育時期・上學期》，頁56。

義，大抵亦可作如是觀。

雖然不是蘋果在歌曲裡批評詩歌和小說，提出「至少垃圾光明正大／至少垃圾實實在在」[4]，但垃圾不一定比詩實在，真正的詩其實並不虛無。我們不必針對詩或垃圾，**因為垃圾和詩本身其實從來都不是我輩所說的垃圾，真正的垃圾實在是那些使垃圾成為垃圾的垃圾**，一種不說破的偽假、涼薄的態度、環環相扣的利益、市場和制度，教無數事物、情感和語言，在前一分鐘還是一種詩歌，而下一分鐘已化成中人欲嘔的垃圾，這化身的姿態毫不悲壯，只有點可笑而更顯悲哀。

最真的真，與虛構人物的尊嚴

> 但怎樣才算是真實呢？是哪一種真實呢？是不是心中有一個意念，有一種感覺，直接說出來，那就是最真呢？有時候，我們通過虛構的行為，比如寫小說，或者是寫詩，為甚麼反而感到更真呢？
>
> ——黑騎士的思考。董啟章《體育時期‧上學期》，頁85。

甚麼是真實？一個有點近似於宗教者提出「甚麼是真理」的發問，為何或如何會成了一個文學的問題？我想，不純粹是一種寫作技巧的詢問，例如怎樣反映現實的思索；而更是文學者如何理解和處理本身的生命及其所經驗的世界。

小說對敘事有特殊的理解和實驗，透過貝貝對葡萄牙詩人佩索亞的述說和導師黑騎士的回應，反思敘述語言的可能：「如果寫作必然只能是一種扮演」[5]，真實或感官如何表現？真實和虛構有沒有

4　董啟章，《體育時期‧上學期》，頁45。

5　董啟章，《體育時期‧下學期》，頁83。

相連的渠道？它不單只是黑騎士回應中所說的寫作矛盾，不只是技術的問題，佩索亞的經驗、董的實踐，實際上指向一種生命呈現的模式，以至如何透過語言自處，使個人在世界中得以立命，而這可能對於寫作人或資深讀者來說，尤其是一種存在價值和生命意義上的問題。

由於這種自覺和實踐，小說幾乎不是製造情節和故事，而是製造敘事語言，整篇小說在兩名少女的成長故事以外，真正動人的其實是那「敘事」，是那敘事教小說故事具強烈的生命感，教「人物」得以成為了「人」，以至睥睨大地世界，像興建中的天橋一幕，不是蘋果說：「起來啊！天橋！公路！地面！有種就反過來拋倒我吧！」[6] 不是蘋果和貝貝二人在未竣工的天橋俯瞰市鎮，兩名人物甚至已高於人的意義，而超越了「人」。

作者對其人物的塑造或敘述並不抽離對待，在下學期一再介入故事的敘述中，時而解說使用方言和情欲描寫的必要，時而強調人物有一定的真實性，以至走入故事與人物討論，結束時喝她留下的可樂。與所謂的後設或後現代不同的是，作者的種種介入並不視為作假的遊戲，不是挑戰讀者的理解力或嘲弄讀者，而是認真地以人物為可以介入、可以對話的主體存在，不是可以隨時後設作假又隨時說得煞有介事的客體角色。

就在下學期的第一章，當作者準備介入故事，與人物一同經歷真實的構成之前，他對學究式硬套理論審視一切的評論者，作出預先的「詛咒」：

> 如果將來有讀者或評論家（如果這本書有一天真的幸運地出

6　董啟章，《體育時期‧上學期》，頁61。這句的香港版作「夠薑就翻起來拋倒我！」

版的話）還要說出甚麼關於後設小說或者後現代之類的話，請你們接受我至為誠懇的咒詛，願你們有一天為自己的才識付出代價，獲得應有的懲罰，那就是，有一天發現，原來自己錯過了文學，原來自己從來沒有領會過文學是甚麼。[7]

詛咒過後，隔幾段文字談論到小說的地域特點，他又近乎害怕地說：「至於小說的地域特點，例如主要場景發生在一間郊區的大學和更為偏僻的元朗，是否包含了甚麼去中心或邊沿化之類的理念，我在這裡懇請諸位評論者高抬貴手。」[8]他不是害怕評論者的言論，只因那些生硬的搬弄實在中人欲嘔。正如作者補充說，學究不會在乎這詛咒，作者只是藉此提出他所重視的一種與生命接連的文學樣式，不是預設的理論搬演可以理解。

虛構的人物，猶如一切思想、哲學、理念的創造，要求更認真的對待，人物即使亦當然不是「活生生」的人，但由於作者與之對應真實世界的事物，他的認真使人物的思想理念仍可為真，並還以獨立的尊重。**整部《體育時期》小說的上下學期，最終指向一種生命的投入和解釋，要求讀者更認真地看待自己和特別是別人的生命**，包括了過去和現在，因生命是一種在時間的流動中不斷消逝又不斷增生的經歷，立足於時間流的人生也透過回顧、希望、想像、反省、創造，不斷在過去、現在與未來中建立自己，也建立倫理和世界的脈絡。

亦由於此，使本書有別於一般情節主導的小說，把它的情節搬上舞台近乎沒有意義，它對改編者有很大考驗，譚孔文的處理也看到這點，是以將小說的敘事語言改編為劇場，而不僅於故事，成了

7　董啟章《體育時期‧下學期》，頁15。
8　董啟章《體育時期‧下學期》，頁17。

更大程度的一種敘事的翻譯。劇場尚且如此，這篇評論亦不想把小說作為一種研究項目或研究課題來看待，它不是所謂的「研究對象」，它不可以因興趣接近又忽然拋棄，對這小說的閱讀和評論，實在與真實生命的經驗具同等應予尊重的價值。

已受夠了

> 這些話是說給誰聽的呢？我真的說對了嗎？真的理解了嗎？還是不過是自說自話？
> ——貝貝給林檎的信。董啟章，《體育時期·上學期》，頁73。

為甚麼搖滾音樂對青年人有不可抗拒的魔力？它的表現形態亦每每與青春的表現掛鉤，我想除了它「有型」的表現，更大程度由於搖滾向世界的喊話，使一再遭世界扭曲的青年不覺投身其中，得到某種宣洩以至超越。甚麼是喊話？從貝貝向椎名林檎的喊話，使我想起以前也想向引為同代人的Sunny Day Service與AMK喊話。

喊話，是因為客觀位置遙遠，不認識對方，但透過其作品某種共通的感應，接連了本來互不相干的生命，而感到有溝通的渴望，當然那客觀位置的遙遠使喊話無可避免地，成了一種單方面的溝通，但它與一般一廂情願的無效或被拒絕的溝通不同的是，喊話由於強烈的信念，確信共通性的存在，而不介意溝通是否可傳達，只因那具強烈信念和共性的喊話，已超越了溝通的意義，具有更普遍的創造理念上的意涵。即是說，透過這喊話，喊話者不是與對象溝通，也不是自言自語，而是透過一種共性的想像，創造並指向另一感通理念的延續。

貝貝在信中為椎名林檎辯護，指出她的意義被曲解，質疑慣常的解讀，再而提出另一可能：「為甚麼都只是些簡單的詞彙？聽慣聽熟的說法？這麼方便隨意就把你定在某種容易消化的形象？……

如果不掙扎，就一切也沒有。」[9]由此而聯繫了這世界對青春的慣常解讀，以至對小說、作家或董啟章的慣常解讀。

青春是甚麼？人生是甚麼？教育、愛情、詩歌和文學又是甚麼？解說者和讀者有沒有指出不同的可能？還是把慣性的符號解讀又再消費一次？**經過特定的歷練，走過了若干的長途，人或會面對自己，但更困難或更不易達致的也許是真誠面對自己以外的事物。**董所創造的獨立人物貝貝說：「這些話是說給誰聽的呢？我真的說對了嗎？真的理解了嗎？還是不過是自說自話？」我想告訴她，不是的，不是自說自話。

誰人願意真誠地面對別人、面對這世界的各種符號和各種形式的派贈？我們還有空間或以為自己真的已「回應」了他人嗎？又是否或能否對世界的「派贈」予以「回敬」？真的是走過很長很長的路，回顧很長的過去，不同的人面和事件在腦海閃過，董透過自己所創造的獨立人物說：「這麼方便隨意就把你定在某種容易消化的形象？」我想告訴他，不，真的已受夠了聽慣聽熟的說法，很不容易才得出這樣的覺悟：已受夠了。

從逃離路上返回之前的不是評論

致董啟章兄：

可不可以換另一方式討論這本小說，比如，與介乎認識與不認識的你作假設的通信？不是取巧的技法，是真的想和你談話，想暫時逃離評論的位置，也等於暫時逃離我的人生——如可以的話，我更想永遠逃離。就讓我無法不回去之前，借用這距離，說一些或者以後都不會再說的話。

寫了這篇幾近失控的「不是評論」，自己都無眼睇。《體育時

9　董啟章《體育時期‧上學期》，頁72-73。

期》的上學期好幾次讀至中段無法繼續下去，下學期的作者自白、介入故事、與人物對話，於我好像艱澀生命的解釋又像是一種安撫。即使在上學期好像只是兩名少女的成長故事，我幾乎不是因為她們的故事，而是因為她們本身的敘事、她們的對話和喊話而失控、失眠、食唔落飯、唔想做人。都已經唔冷靜，點樣寫評論落去？唯有隔天再寫，再隔天又寫，中途幾乎想重寫、想唔交稿，或刪去大段「不是評論」。最終刪去一些，也保留了部分，是因為經過了許多年，至現在有你的小說，和這篇派生的不是評論，再讓我想通自己為甚麼要寫，為甚麼要評。

多少年了？1992年的《星島日報·文藝氣象》、93年的《文化評論》、95年的「文學關注小組」在藝術中心主辦連串「香港文學論壇」，以至《讀書人》、《MAGPAPER》、《同代人》、《講話文章》、《地圖集》、《安卓珍尼》、《V城繁勝錄》、《衣魚簡史》、《天工開物·栩栩如真》、《時間繁史》，從藝術中心的小說工作坊到各種寫作班，獎項、作品、工作逐漸構建了你和你的人物世界，內裡的理念愈見堅實。多年來我們只零星地在一些場合碰面，透過零碎的交談和持續的閱讀，也可稍稍感知你的理念，至今已近於強立而不反。

而我？《公教報》、《突破》、《讀書人》、《呼吸》、《MAGPAPER》、《詩潮》、《單聲道》、《低保真》、《憶齋書話》，其間台灣求學四年、中大工作三年、嶺大進修又工作七年、寫詩寫書評、編書編刊物、搞活動搞研究，不知還可以怎樣，也不知寫出了怎樣的世界。我一直在想，我們苦苦追求的文藝到底是甚麼？甚麼是我們最關心的事物？我們的人生被甚麼所占據？為甚麼要寫，為甚麼要評？要走過多長多遠的路，才可以明白？

去年在《天工開物》的座談會上，你提出文學的追求成了一種罪，那時我不知怎樣回應，近月在新出版的《時間繁史》上，讀到

書中的作家提出文藝已成了一種「病徵」，作家因被社會邊緣化而成了生產上的殘障，我想起那次座談會，猛然醒起你是在談論作家身分的焦慮及其生存問題，於是我在書評裡提出「父性寫作」的說法，試圖解釋小說對焦慮的消解和我的一點回應，如今再細讀《體育時期》的下學期，很快就見到你說：「在這個城市，文學變成了一種罪。」

這不是一時的感慨或埋怨，在這個城市，新詩恐怕是更重的罪。如果文學只是一種嗜好、一種休閒活動、一種有品味的雅興，一種換取稿費或版稅的文字，甚至只作為滿足學究搬演理論的附庸，或一兩學期裡讓學生吹吹水、鍛鍊文辭、讀一兩本上課前臨時到圖書館借閱然後下課歸還的文學名著、一字不易抄錄網上小說當作習作並在導修時向同學分享「創作心得」然後投訴講師評分過低的創作課，也許不會產生我們的困惑？

我暫時的想法是，也許我們在困惑的同時，還感到一點些微的慶幸？即使這慶幸從未換取一點快意。也許一種與生命聯繫的文學已近乎一種自虐，基於對已知的痛苦及其超越的無可抗拒，也許同時是一種召喚，甚至一種虛無的責任，基於對文學前人既有高度、既有超越的崇拜，而無法忍受高度的中止和墜落。思考或困擾於這問題的作家何其多，很少人真正決絕地割棄，我清楚，我們的困惑不是「作家」的身分或派贈，而是對於真實的思考，還未透徹。

事件還是會繼續鋪演下去，雖然很想繼續逃離，但我很快就要回去。對於自己如果未全消除的困惑，我暫時的結論就是，也許我們（或只是我自己）走過的路還未夠長，也未夠遠去理解，甚麼才是真實，而在任何一步停頓，都永遠不會明白。

陳智德上

2007 年 9 月 27 日

香港方言文學超簡史

　　香港初版《體育時期》比台灣版較多使用粵語，這本是寫作這小說時的模式。在下學期，敘事者在「語言／方言」一節提出他對香港作者使用粵語寫作時受到批評的反詰：「我成日諗，北方作者喺作品裡面用咗北方土話就係有地方特色，台灣作者喺作品裡面用咗閩南話就係有鄉土氣息，但係本地作者寫方言就係語言污染。有時我地要問，點解我地要寫純正漢語？又或者，乜嘢叫做純正漢語？」[10]是的，在方言文學的問題上，香港作者似乎受到更多幾近不公的詛咒，但我們也在許多流行讀物上看見不少運用粵語反而矮化了粵語的負面例子，此所以敘述者仍以審慎的態度思考，並非主張推倒書面語全用方言寫作，主要提出如何在寫作過程中表現地方語言及探索一種「我地嘅語言」。

　　有關在文學上使用方言的問題，真的可以寫好幾篇論文，單單是香港的方言文學問題已可以追溯至戰前的「民族形式文學論爭」與戰後來港的左翼作家的方言文學理論和創作，前者涉及抗戰文藝的討論，後者則牽涉戰後來港左翼作家的鬥爭使命，為承接中共針對國統區的文藝政策，爭取城市工人的支持，符公望、黃寧嬰、薛汕等作家曾在香港成立「方言文藝研究會」，倡導方言文學的寫作，它們幾乎一開始已不僅是語文技巧的問題。[11]

　　香港粵語文學的另一傳統是承接戰前廣州的市民文化，特別見於報紙連載小說，以文言、白話和粵語混雜造句，製造出所謂「三

10　董啟章，《體育時期‧下學期》，頁130。

11　參陳智德，《論香港新詩：1925-1949》第七章「戰後的香港左翼詩歌」（香港：嶺南大學博士學位論文，2004〔未出版〕）。

及第」文體，於五、六〇年代的香港報紙依然常見。[12]圍繞香港方言文學的左翼文藝與市民文化的消長，以及九〇年代以後趨向搞笑化和粗俗簡化的運用，這裡實在無法多論。在文學上使用方言本就有不同模式，有些方言運用只是圖方便或取悅讀者，求一種痛快或親切，從跨地域的閱讀和現代漢語角度，受到質疑還是有理由的。然而現代漢語是一回事，而以普通話的文法作為現代漢語一切規範式又是另一回事，以後者的邏輯相信不會容下王禎和、七等生、老舍、張愛玲以至魯迅。

常見的對方言文學的意見，只想到親近同一地域或阻隔了不同地域讀者的優缺點問題，這只一種市場上的考慮吧。我想董啟章在《體育時期》使用大量粵語，不是考慮地域上的親切或阻隔，除了小說敘述上的需要，更大程度是出於對在香港寫作的敏感，忠實地正視我們一向所承接的中文書面語讀寫教育及現實生活語言的創作問題，語言的探索結合了「本土性」的思考，由《體育時期》一直貫徹至《天工開物》及《時間繁史》等著作，無疑為懸而未決的方言文學課題，增加了研究的向度。對此的談論涉及更複雜的學術論證，將來萬一有機會的話，必定綜合再論。

詩與歌詞，或文學對音樂的轉喻

（存目，暫不發。）

情欲或色情之想像

（存目，暫不發。主要討論《體育時期‧下學期》的情欲描寫，以及敘事者在「速度自白」一章的解說。有興趣的讀者可先參閱蘇珊‧桑塔格的論文〈色情之想像〉，收入於《激進意志的樣式》

---

12 參黃仲鳴，《香港三及第文體流變史》（香港：香港作家協會，2002）。

（一書。）

垃圾的回應（詩與垃圾之二）

（存目，包括陳滅〈垃圾的起源〉、〈垃圾的研究〉、〈垃圾的煙花〉、〈垃圾的旅遊〉及〈垃圾的人生〉等詩作，詳見2006年10月至12月《明報》「世紀版」。）

再沒有體育及任何課堂，但有另一段時期

《體育時期》下學期講述二名人物離開學校之後的故事，但這段談論當下已離開學校的景況的故事，還是要從回溯過去開始。我也不想說現在是過去的累積之類的話，但現在的可能性，確實是透過回憶或理解過去而形成。在生活的時間上，沒有一刻是割裂的，文字的時間亦然，而也許理解前者即生活的時間，才可真正理解文字的時間是如何延續。所有生活的當下一切尚未定案，文字的可能性亦然，沒有任何回轉或修補是可以實現，至少這種修補的希冀，可以延續下去。

然而消逝的不只是時間，不只是個人選擇收放與否的生活時間，更包括無可選擇的廣泛世界。在下學期的前半部分，圍繞在貝貝、不是蘋果、政與黑騎士之間個別或聯繫的困惑，往往在於面對外界的無力。當董談論及敘述人物的無力時，他實際上創造出圍繞他們各自獨立的時間，像一個一個包裹人物的小宇宙。

在下學期的中段，作者以選擇題迫使讀者思考不同選擇的結果，也同時思考無可選擇的真實；把中段以後再讀下去，才知道選擇不是關鍵，關鍵是選擇者如何理解他的選擇，又在時間流中如何演繹之。也許，真實就是與時間有關的，是從各種人物演繹出的選取及其無力。真實也是圍繞他們之間的祕密，**真實只可以猜而不能明說。這是一種怎樣的真實？這是一種唯有猜想才可以達致的真**

實。

　　人物的時間與文字的時間不斷接連前進，《體育時期》這部小說終會讀完，但對我來說，有關它的評說仍會沒完沒了，它是一部讀得完而說不完的小說。四周都暗了，螢幕游標那脈搏似的閃爍亦已減弱，再見，我所珍視的青春與垃圾，即使對它們的評說，像人生只能在每個關口選擇一次，來到在這最後的文字彌留時分，道別之前我只想說，如果可以的話，真想從頭再寫一遍。

2007年9月21日至10月3日記

董啟章創作年表（1992-）

1992　• 6月於《素葉文學》發表第一篇小說〈西西利亞〉。
　　　• 於《星島日報》副刊「文藝氣象」發表短篇小說〈名字的玫瑰〉、〈快餐店拼湊詩詩思思CC與維真尼亞的故事〉、〈皮箱女孩〉等。

1994　•〈安卓珍尼──一個不存在的物種的進化史〉獲聯合文學小說新人獎中篇小說首獎；〈少年神農〉獲聯合文學小說新人獎短篇小說推薦獎。

1995　•〈雙身〉獲聯合報文學獎長篇小說特別獎。
　　　•《紀念冊》（香港：突破）；《小冬校園》（香港：突破）。

1996　•《安卓珍尼：一個不存在的物種的進化史》（台北：聯合文學）。
　　　•《家課冊》（香港：突破）。
　　　•《說書人：閱讀與評論合集》（香港：香江）。
　　　• 董啟章、黃念欣合著，《講話文章：訪問、閱讀十位香港作家》（香港：三人）。

1997　•《地圖集：一個想像的城市的考古學》（台北：聯合文學）。
　　　•《雙身》（台北：聯經）。
　　　•《名字的玫瑰》（香港：普普）。
　　　• 董啟章、黃念欣合著，《講話文章II：香港青年作家訪談與評介》（香港：三人）。

　　　　　• 獲香港藝術發展局文學獎新秀獎。

1998　　• 《V城繁勝錄》（香港：香港藝術中心）。

　　　　　• 《同代人》（香港：三人）。

　　　　　• 《名字的玫瑰》（台北：元尊文化）。

1999　　• 《The Catalog》（香港：三人）。

2000　　• 《貝貝的文字冒險：植物咒語的奧祕》（香港：董富記）。

2002　　• 《衣魚簡史》（台北：聯合文學）。

　　　　　• 《練習簿》（香港：突破）。

2003　　• 《體育時期》（香港：蟻窩）。

　　　　　• 《第一千零二夜》（香港：突破）。

2004　　• 《體育時期》（台灣版）（台北：高談文化）。

　　　　　• 《東京‧豐饒之海‧奧多摩》（台北：高談文化）。

2005　　• 《天工開物‧栩栩如真》（台北：麥田）。

　　　　　• 《天工開物‧栩栩如真》獲台灣聯合報讀書人最佳書獎及
　　　　　　中國時報開卷好書獎、香港亞洲週刊中文十大好書。

　　　　　• 董啟章、利志達合著，《對角藝術》（台北：高談文化）。

　　　　　• 劇本《小冬校園與森林之夢》，由演戲家族演出。

2006　　• 《天工開物‧栩栩如真》獲第一屆紅樓夢長篇小說獎決審
　　　　　　團獎。

　　　　　• 劇本《宇宙連環圖》，由前進進戲劇工作坊演出。

2007　　• 《時間繁史‧啞瓷之光》（台北：麥田）。

　　　　　• 劇本《天工開物‧栩栩如真》，與陳炳釗合編，於香港藝
　　　　　　術節演出。

2008　　• 《時間繁史‧啞瓷之光》獲第二屆紅樓夢長篇小說獎決審
　　　　　　團獎。

2009　　• 《致同代人》（香港：明報月刊）。

　　　　　• 獲香港藝術發展局藝術發展獎年度最佳藝術家（文學藝

術）。

2010　•《體育時期》（簡體版）（北京：作家）。
　　　•《天工開物・栩栩如真》（簡體版）（上海：世紀文景）。
　　　•《安卓珍尼》（經典版）（台北：聯合文學）。
　　　•《學習年代》（《物種源始・貝貝重生》上篇）（台北：麥田）。
　　　•《雙身》（二版）（台北：聯經）。
　　　• 劇本《斷食少女Ｋ》（原名《飢餓藝術家》），由前進進戲劇工作坊演出。
　　　•《學習年代》獲香港亞洲週刊中文十大好書。

2011　•《在世界中寫作，為世界而寫》（台北：聯經）。
　　　•《學習年代》（《物種源始・貝貝重生》上篇）獲香港電台、香港公共圖書館及香港出版總會合辦「第四屆香港書獎」。
　　　•《地圖集》（台北：聯經）。
　　　•《夢華錄》（台北：聯經）。
　　　•《天工開物・栩栩如真》（簡體版）獲第一屆惠生・施耐庵文學獎。

2012　•《答同代人》（北京：作家）。
　　　•《地圖集》（日文譯本）藤井省三、中島京子譯（東京：河出書房）。
　　　•《繁勝錄》（台北：聯經）。
　　　•《博物誌》（台北：聯經）。
　　　• *Atlas: The Archaeology of an Imaginary City* (New York: Columbia University Press).

2013　•《體育時期（劇場版）》【上、下學期】（台北：聯經）。

7A班戲劇組 十週年劇季壓卷之作

P. E. PERIOD
體育時期
青春・歌・劇
粵語音樂劇場 Cantonese Music Theatre

看・青春倒下
《體育時期　青春・歌・劇》改編自本地著名作家**董啟章**長篇小說《體育時期》
以日本新銳系立作音派女歌手**椎名林檎**的歌曲作為貫穿音樂寫成
描寫兩個年輕女孩在繁華城市面對一場又一場的**生命搏擊戰**

不是青春・不殘酷。
在今日虛浮浮躁之時，7A班戲劇組以**音樂為經**戲劇為緯的形式全力創作
把小說的文字力圖以**舞台語言**重新演繹呈現，為青春唱唱一闋**最後輓歌**

原著	董啟章
改編/導演及	
舞台設計	譚孔文
改編	王穎蕾
作曲及音樂總監	劉穎途
填詞	許少榮
原畫設計	逸陸詩
燈光設計	鄭曉彤
錄像設計	吳小塵
形體指導	何芽采
演員	陳健德　黃碧絞　王貴強
	鄧穎蕎　郭智堅　周家輝
	黃曉財　陳志敏　任翠琪

香港藝術中心壽臣劇院
二零零七年八月三十一日至九月一日　7:45pm
二零零七年九月一日　2:45pm
票價 $200, 160

初回の劇場化・盛夏公演。

   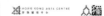

Photography: Cheung Chi Wai　Illustration: Margaret Li　Graphic Design: Margaret Li・Cheapman